研究叢書69

英文学と映画

中央大学人文科学研究所 編

中央大学出版部

はしがき

本書は、人文科学研究所に設置された研究会チーム「英文学と映画」（第一期・二〇一三〜二〇一七年度）が活動してきた研究成果の内容を、チーム参加者各自の論考のかたちでまとめたものである。

本書の関心は研究チームの名前より一貫して「英文学」と「映画」の関係であるが、しかし、このテーマに取りかかるとすぐに分かるのは、この二つは、相並べてすぐに比較できるほどの対称性や類似性を必ずしも備えていないことである。食器棚と本棚の比較は割と容易であるけれど、食器棚と猿を比べるのは格段に難易度が上がるのだ。「原作」という概念は定着しているものの、そもそも文学作品と映像作品とでは同じ対象を扱い表現できるはずという前提が相当に怪しいものである。それでも、近年、映像作品を文学との関連で論じるスタイルの研究や、アダプテーションという観点から映像作品を論じる研究は、数年に数冊ほどのペースで刊行されている。その内の代表的なものについては、岩田和男／武田美保子／武田悠一編『アダプテーションとは何か――文学／映画批評の理論と実践』（世織書房、二〇一七年）の「まえがき」（ⅰ〜ⅳ頁）に詳しいので、重複回避のためそちらをご参照頂ければ幸いであるし、当該書籍もまたその一冊に数えることができるだろう。

文学との関係やアダプテーションという議論を除いたところで考えてみても、現在、映画の研究が盛んに行われており、その成果に満ちているのかというと、必ずしもそうは言えないだろう。ここでも文学と比較すると、文学が――その発祥はともかく――世界の限られた一部の人に占有されるものではなくなり広く普及してから、研究が行われるようになり、学術機関の整備も含め、研究活動の一応の定着というものをみるようになっていったけれど、これに比べると、実は映画の方が普及から研究の定着までに文学のそれ以上に既に長い時間が経過してしまっている。映画の上映が技術的に可能になり、娯楽として定着した時点をどこに認めるとしても、そこからゆうに百年が経過しているし、今も十分な大衆性を保っており、その受容者の数は文学を超えると思われるものの、映画の研究が文学ほどなされていないことは、図書館の書架を見るまでもなく明らかだろう。その意味で、比較以前に単体としても、映画の研究は未だその黎明にあると言えるだろう。

そうであれば、文字表現と映像表現、あるいは文学と映画が同質のものではなく、同列に置けるものではないにしても、文学の世界や他の人文科学がアカデミズムのなかで過去に蓄積してきた研究の方法からある程度のことを学び、映画の研究に援用することはできるだろう。あるいは文学作品と映像作品を共に論じたり、比較したり、アダプテーションのあり方を研究することにも、そうした過去の資産を利用できることへの期待は決して小さくない。文学作品と映像作品は違うものではあるけれど、それでも、文学研究をしてきた者が映像作品を論じる試みの意味は当面はそこに求められるのではないだろうか。

ただし、文学研究の悪しき側面も大いにあって、その悪しき研究慣習を引き継がないことも恐らく重要なことだろう。具体的には、何をどう研究して何を明らかにしようとしているのかを、他の学術分野に携わる人々に説明しようとしない、あるいは説明を差し控えるという悪い慣習が文学研究にはある。そればかりか、何をやっているのかを自身の学術分野に携わる人々に対しても、学術の外にいる人に対しても、これから学ぼうとする人に対しても説明することを棚上げし、ことによると、自分自身でも直視しないことも珍しくない。また、それ以外にも、ただテクストにある物語を理解してなぞることだけに終始する解釈型の論考や、テクストに深く共感することだけを研究成果とする感動型の論考など、論考と言えるかどうか怪しいものも量産してきたのが文学研究の実態の一面であることは否定できない。また、悪いことに、文学と映画はこうまで別物であるのにもかかわらず、以上に挙げた文学研究の困った方法は映画とも相性がそう悪くもなく、映画研究でもそれを繰り返して割ともう百年いけなくもなさそうなところがなくもないのである。大いに慎重を期すべき場面である。いずれにしても、こうした諸々をいかに脱して、有意義であると広く認めてもらえる研究成果を残すことができるかという課題が、こうして次に映画を新たに研究題材に選ぶことで改めて浮かび上がり、文学研究の方へも教訓として返ってくることが期待できるのではなかろうか。

ただし、映画が文学に比べてひたすら新しい媒体で今後もあり続けるかどうかについては大いに疑問の余地があるだろう。映画は映画として発展し、娯楽の王座の地位を一度は占めたけれど、今や制作技術や上映媒体、上映環境、配信方法に大きな変化が生じており、今後も同じように発展したり、同じあり方をするという保証はほとんどないと見るべきではないだろうか。二時間の視聴どころか二秒の映像で何も起こらなければ再生停止のボタンが押され、別の映像に切り替えられてしまう時代には、二秒間動きのない台本、場面展開、カメラワークは無理であり、このことは物語そのものの質を変化させるだろうし、「二時間も落ち着いて一つの物語に集中できないのか」というお説教も道徳的ですらなくなっていく。映画は、文学と比べれば新しい媒体ではあるけれど、それ自体はもう十分に古い媒体であり、とっくに変わるべきときを迎えて久しい。どんな時代になっても何百年か経っても、物語にまつわるアートはたぶんまだなくならないだろうけれど、映画や映像の今日の形式は変化する見込みの方がずっと高いだろう。そうすれば、今ようやく黎明である映像の研究の方だって、変わらねばならない事情を大いに抱えることになるのだ。

とはいえ、ここまでに挙げた諸課題にもかかわらず、本書が体系的ななにがしかを提示することができるわけでもなさそうであり、その黎明に相応しく、いささかの人文学研究の過去の成果を踏まえつつ、多様な対象に目をつけて、多様な方法論で論じてみて、そのパターンをいくつか展開してみせるというあたりに留まろうかと思う。『英文学と映画』と言いつつも、振り返ってみれば、そう言うほど「英文学と」ではあまりなかったかも知れない。それでも少なくともある程度「と映画」ではあったのではないかと思われる。それくらい、議論は多種多様であり、したがって、論文相互の書式の統一性すら本書にはない。しかし、それでも大いに他の研究分野の方法や経験は活かされているとはなお言うことができるので、そこの部分を汲み取る読み方をして頂ければ幸いである。

なお、前掲「英文学と映画」研究チームは当初十六名で開始し、最終的には二十三名が名前を連ねた。しかし、関わった方々はそれに留まらない。ほとんどの会を日本学術振興会による助成事業の科学研究費基礎研究（B）「イギリス・ヘリテージ映画とナショナル・アイデンティティに関する文化史的研究」（研究代表者新井潤美、二〇一三〜二〇一七年度）との共同で開催してきた。結果として当然のことながら、ヘリテージ映画は本研究会の一つの主要な関心であり続けた。さらに本研究チームでは数々の研究会を開く中で、チーム構成員である研究者による研究や報告、講演に加え、ときに併せて映画の上映会を開催し、また、構成員以外の研究者や、脚本家など映画の制作に携わる方々をゲストとしてお招きし、数々の講演や研究発表を聞く場を設け、知見を交換する場を設けてきた。毎回の研究会では、英語圏の文学と映画が軸ではあるものの、それ以外の外国や日本の文学、映画、歴史や文化考察など、縦横無尽に広く研究題材が持ち込まれる場となった。

本書の出版にあたっては、原稿の執筆にとりかかったものの諸事情から最終的に寄稿に至らなかったものもあり、大変惜しいことにそうした方々の論考を掲載することができなかったが、本書に執筆した方々だけではなく、執筆していない方々が毎回の研究会で展開されたお話から得た情報や知見や刺激というものは、本書の大きな背景を形作っており、実際に本書に名を連ねている執筆陣以外も含めた全体の力があっての成果であることを、ここに記しておく。

二〇一九年三月

研究会チーム「英文学と映画」

宮丸裕二

目次

「時にしたがわねばならぬ」
――オーソン・ウェルズの『オセロー』をめぐって――

篠崎　実

のっけから鮮烈な映像に目を奪われる――ピアノと男声合唱、打楽器の荘厳な音楽が鳴りひびくなか、オセローの頭部を頭頂部のほうからアップにする暗い映像のあと、画面は一転して白い雲の輝く空に切りかわり、キプロス島の砦でのオセローとデズデモーナの葬列がシルエットで映しだされる。この荘厳な雰囲気は、イアーゴーを鎖につないで引っ立てる兵士たちの登場によってかき乱される。檻に入れられたイアーゴーが城壁に吊りあげられる映像のあと、スクリーンにはふたたび葬列が映しだされ祈禱の声が聞こえてくる。約四分半の、四〇近いカットに割られた、明暗対比の強烈な白黒映像によるシークエンスである。

この映像体験が、その後約一時間半にわたって展開するオーソン・ウェルズの監督・主演作『オセロー』（*The Tragedy of Othello, the Moor of Venice*；1952）の特徴を集約的に示している。この映画では、明暗対比の強い、カット割りの多い映像と原作を大胆に再構成した台本が独特のリズムをきざみ、時間の主題を強調し、オセローとイアーゴーの運命を対比するように示すのだ。

ウェルズ版『オセロー』の顕著な特徴は、台本レヴェルからの徹底した時間の支配である。ウェルズは、カットなしで演じると三時間半をゆうに超える劇を一時間半の映画にしているのである。しかも、物語の結末となるオセローとデズデモーナの葬列ではじめ、台本は原作の台詞を融通無碍に切り貼りして、原作がもつ特異な時間構成をたくみに活かしながら、時間の主題を前景化し、独自の劇世界を作りあげている。というのも、ウェルズは、登場人物の感情表現と密接に関わる「二重の時間」という原作がはらむ問題を活かしつつ、イアーゴーの作中世界とオセローに対する支配の力を強め、しかしながら最終的には、原作とは違い、オセローの愛をたたえるようなエンディングで映画を締めくくっているからだ。

ウェルズ版『オセロー』は、一九五二年にカンヌ映画祭でパルム・ドールをとりながら、三年間アメリカで配給元が見つからず、一九五五年にあらたに手を加えたヴァージョンがユナイテッド・アーティスツによって公開されるも、ほとんど注目されずに終わるという不幸に見舞われる。ウェルズのシェイクスピア作品では、むしろ、本作の前後に撮られた『マクベス』（*Macbeth*；1948）と『オーソン・ウェルズのフォルスタッフ』（*Chimes at Midnight*；1965）のほうがよく知られているだろう。一九九二年にはウェルズの娘ビアトリス・ウェルズ＝スミス（Beatrice Welles-Smith）指揮のもと復元版が制作され公開されるが、旧版のサウンドトラックとあらたに録音しなおしたサウンドトラックの齟齬などによりけっして高い評判は得られなかった（Anderegg 110–20）。二〇一七年にクライテリオン版として、デジタル処理された一九五二年版と一九五五年版に、ウェルズ自身がこの映画の制作について語り彼の最後の公開作となった『「オセロー」の撮影』（*Filming* Othello；1978）などをおさめるかたちで発売された。本稿は、この新しいＤＶＤ／ＢＤ版の発売を契機として、近い時期に作られたオリヴィエの『ハムレット』（*Hamlet*；1948）と違い、けっして大きな影響力をふるったわけではないが、独特のスタイルをもち、原作に対して興味深いアプローチを見せているこの映画の特徴を浮かびあがらせることを目的とする。

そのために、以下本論は、まずイアーゴー役のアイルランド人俳優マイケル・マック・リアーモ（Michael Mac

Liammoir）による撮影日記『財布に金を入れておけ』（*Put Money in Thy Purse*）に基づいて撮影のあらましを辿ったのち、原作の「二重の時間」の問題に触れながら、本作におけるウェルズによる時間構成と時というテーマについて考える。次いで、時のテーマと密接な関係をもつイアーゴーの支配を強化するために、ウェルズがどのように原作に手を加えているかを分析する。そのうえで最後の節では、にもかかわらず、原作と大きく異なるかたちで、オセローの愛を理想化する一方イアーゴーを処罰するウェルズの作品解釈を見ることになる。

一　『財布に金を入れておけ』——マイケル・マック・リアーモの撮影日記

一九四七年の夏、オーソン・ウェルズが、出演作である、グレゴリー・ラトフ監督によるアメリカ映画『黒魔術』（*Black Magic*；1949）の撮影でローマに滞在していたとき、イタリアの映画制作者モンタトリ・スカレラ（Montatori Scalera）が『オセロー』制作を提案し、九月には撮影がはじまる。ところが、スカレラが作りたかったのはヴェルディのオペラ『オテッロ』（*Otello*）であることがわかる。スカレラの資金が得られないことを知ると、ウェルズはキャロル・リード監督『第三の男』（*The Third Man*；1949）の出演料を制作費に回すことを決め（*Filming* Othello）、その後ウェルズは資金が底をつくたびに撮影を中断してはあらたな資金源を探すといったことをくり返し、撮影は、中止と再開、さらにはウェルズの思いつきによる突然の撮影地変更などの連続で、イタリア国内の三箇所、モロッコ国内三箇所の計六箇所の撮影地でイアーゴー役のマック・リアーモのクランク・アップの一九五〇年三月ののち数ヶ月先までつづけられ、夏ぐらいから編集作業がはじまり、五一年一一月にイタリア語吹き替え版が完成し、五二年五月にカンヌでの公開となる。

混乱はキャスティングの面でも起こり、デズデモーナ役は一九四七年九月にイタリア人女優レア・パドヴァーニ（Lea Padovani）で撮影がはじめられたが、撮影再開後四九年三月にはフランス人女優セシール・オーブリー（Cecile Aubry）、五月にはアメリカ人女優ベッツィー・ブレア（Betsy Blair）が試されたが、最終的に八月二三日にカナダ人女優スザンヌ・クルーティエ（Suzanne Cloutier）に決定する（Mac Liammoir 133–35）。キャスティングが決まっていくのは、一九四九年春からで、二月二七日に先述イアーゴー役マック・リアーモの出演が決まり、ウェルズは四月五日にはダブリンに行き、ゲイト劇場におけるマック・リアーモのパートナー、ヒルトン・エドワーズ（Hilton Edwards）にブラバンショー役をオファーし、その出演が決まる。五月二七日には、マック・リアーモは、ロダリーゴー役のイギリス人俳優ロバート・コート（Robert Coote）、キャシオー役のアイルランド人俳優マイケル・ローレンス（Michael Laurence）、その時点でのデズデモーナ役ベッツィー・ブレアとともにローマに集まり（70–75）、紆余曲折を経て六月一二日にモガドールのトルコ風呂でキャシオー襲撃のシーンから撮影がはじめられる（91–93）。

撮影地となったのは、モロッコ西岸の太平洋に面した港湾都市モガドール（現在のエッサウィラ）、ヴェネチア、ローマ、イタリア中部の都市ヴィテルボとその近くの古い町トゥスカーニア、ポルトガル統治時代の城砦が残るモロッコ中部の海港都市でサフィ、印象的な地下貯水槽で知られるモロッコ中西部の港湾都市エル・ジャディーダである。ウェルズは、さまざまな土地で撮影されたこの映画について、「イアーゴーがトロチェッロ島の教会から出てきて、アフリカ沖の島のポルトガル人による貯水槽に入っていきながらひとつのフレーズを口にするということや、ひとつの部屋の一方の端がトゥスカーニアの階段で、もう一方の端がモロッコの城壁であること、さらには、ロダリーゴーがマッサーガでキャシオーを蹴り、オルゲーテで殴り返される、などということもあった」と語っている（*Filming* Othello）。

撮影の流れをマック・リアーモの日記をもとに辿っていくと以下のようになる。

最初のモガドールにおける撮影は、一九四九年六月一二日から七月二四日にかけて行なわれ、その間四幕四場の盗み聞きの場面、二幕一場一六五行の「やつ［キャシオー］はあのかた［デズデモーナ］の手をとったぞ」（原作では独白だが、映画ではロダリーゴーへの台詞となっている）を含む部分、三幕三場の「嫉妬（疑い）の場面」（通称「誘惑の場面」）、二幕三場のキャシオー泥酔の場面、三幕三場のエミリアがイアーゴーに渡す件が撮影されている。撮影は世界遺産となっている、ポルトガルによって築かれた街全体をおおう城壁で行なわれており、ここで撮られたキプロス島の場面は強烈な視覚的印象を与えるものとなっている。キャシオー襲撃がトルコ風呂で撮影されたのは男性の衣装が届かず、いつ届くのかその目処もたたなかったためで、七月二五日には財政問題によって撮影を中断せざるをえなくなり、ウェルズは悲観していたという（91–118）。このようにモガドールにおける最初のロケ撮影のはじまり方、終わり方ともに、この映画の制作の困難と波乱に満ちた道のりを予兆するものとなっている。

八月三日にはデズデモーナ役がようやく「飛行機や列車など見たことのないような」目をもつ「純正なルネサンス的美女」（126）スザンヌ・クルーティエに決まり、八月二四日にはローマで撮影が再開され、九月二日までのあいだに、一幕一場の駈け落ち密告の件、その前に挿入されるデズデモーナとエミリアがゴンドラでオセローのもとへ向かう件、一幕三場の市会の場面、映画ではオセローのキプロス派遣が決まったあとに挿入されている、一幕一場の「おれはおれの正体とは違う」で終わる長台詞（I.i. 41–65）、四幕一場のオセローがデズデモーナを娼婦呼ばわりしたあと、エミリアに次いでイアーゴーがやってきて彼女を慰める長いワンショットの場面が、カナル・グランデやトロチェッロ島などで撮られている。つづけて撮影隊は九月四日にローマに移動し、九月七日から一七日までのあいだに、ローマのスタジオに作ったセットで、ハンカチにまつわる場面、エミリア殺し、四幕一場のロドヴィーコー到着の場面を撮影し、エミリア役のフェイ・コンプトンはクランク・アップとなる。

しかし資金が底をついてふたたび撮影中断となり、マック・リアーモは九月二五日にパリでウェルズらと別れを交わし、翌日アイルランドに帰国している。

一〇月一六日にはマック・リアーモのもとに電報が届き、一八日から二九日までのあいだにトゥスカーニアの一一世紀の教会や地下のセットとヴィテルボの教皇宮殿で撮影が行われ、四幕一場でデズデモーナが打擲されたあとの様子をイアーゴーが見ている件、「嫉妬（疑い）の場面」の「どうやらお心を傷つけてしまったようですね」から「閣下、あなたは怒っていらっしゃいます」（III. iii. 217–28）までと、オセローが鏡を見つめ「だが自然が本来の姿を失い」（232）と言う件、五幕二場のデズデモーナ扼殺の場面、二幕三場のオセローが騒ぎを鎮めるためにやってくる場面の撮影が行われている。

ところが、一〇月二九日にウェルズが突然ローマへの撮影地変更を決断し（189）、マック・リアーモは他の出演者たちとは別行動でローマに行くが、三一日に偶然会ったウェルズに撮影は翌日七時半からヴェニスで行うことを告げられ（190–91）、急遽移動することになる。ヴェニスでは一一月一日から一七日までのあいだに、総督宮とカ・ドーロで、一幕三場のブラバンショーとデズデモーナの絡み、ブラバンショーとロドヴィーコーがゴンドラに乗っているオセロー捜索の件など、市会、ロドヴィーコー関係の場面が撮られ、キャシオー役のマイケル・ローレンス、ロドヴィーコー役のマイケル・ニコラスがクランク・アップとなり、帰国する。

撮影は順調に進んでいるように見えたが、ふたたび空白の期間が生じる。マック・リアーモは最初ひとまずマルセイユに移動して、次の撮影地の指示を待つが、その後ウェルズからの連絡が途絶え、他の出演者らとともに一一月一九日から三週間ほど南フランスのサンポール・ド・ヴァンスに滞在し、さらにパリで一〇日ほどすごして、一二月一八日にダブリンへ帰る。その間マック・リアーモの頭にはダブリンでの演劇の再開がちらつきだし、撮影がいつまでも終わらないことに対する焦燥感がつのる。日記には、ニースのコンサート会場で会ったダブリンから来た兄妹から、『オセロー』の撮影がまだ済んでおらず演劇公演の再開ができないことを心配される、などというエピソードも記されている（207）。

撮影再開は二ヶ月以上がすぎた一月三一日のことで、撮影隊は三月七日までのあいだにモロッコ国内のモガドール、サフィ、エル・ジャディーダの三箇所での撮影を急ピッチで行い、ペルージャで撮ることになっている市会の場面だけを残して、マック・リアーモはクランクアップとなり撮影日記は終わる。このモロッコ撮影行の最初の撮影地は撮影が最初に行われたモガドールだった。二月八日まで撮影が行われ、「嫉妬の場面」と「癲癇の場面」（四幕一場）の夏に撮れなかった部分、オセローに最善を尽くしてとりなしてみる、とデズデモーナがキャシオーに請けあう件（III. iv. 118-、ただしこの台詞は映画ではカットされている）、九月にローマで撮った四幕一場のロドヴィーコー到着の場面の撮りなおしなどが行われている。二月八日には撮影隊は突然サフィに移動する。サフィでは海に面した城壁から「誘惑の場面」の一部、三幕四場のオセローがデズデモーナを難詰する件の前の現地の子供が演じる小姓がデズデモーナをオセローのもとに案内する映画独自のシーンなどを撮っている。すると二月一四日にまた突然の移動で撮影隊はマガザンに行き、二三日までエル・ジャディーダの地下貯水槽での乱闘シーンと、港での、映画のオープニングを飾る、イアーゴーを檻に入れて吊りあげるシーンの撮影が行われる。それが終わると、ふたたび撮影隊はモガドールにもどり、オープニング、イアーゴーが癲癇で倒れているオセローを発見する件、ロドヴィーコー到着を兵士たちが迎えるスペクタクル的シーン、オセローを癲癇の発作に追いこむ「彼女と寝た」の件などが急ピッチで撮られたことを記して、マック・リアーモの撮影日記は終わっている。

マック・リアーモにとって、ウェルズの『オセロー』への出演はもともとノイローゼを患った彼にパートナーのエドワーズが転地療養的な意味で勧めたものだった。マック・リアーモは、一九四九年二月九日に契約を交わした際、ウェルズに、その年の八月には終わるからダブリンでの演劇活動に支障をきたすことはない、との保証を受けている（12）。それが、たび重なる資金難による中断とウェルズの音信不通、撮影地の突然の変更などにより撮影期間は当初の予定の倍以上となり、「『オセロー』の映画に関する奇妙な永遠性の感覚」に圧倒される（226）。また、現場でも、不可解な怒号を浴びせられ（249）、リハーサルとテイク数が重ねられ、撮影日記からは時間を支配するウェルズに翻弄されるマック・リアーモの当惑や憔悴が惻惻《そくそく》と迫ってくる。マック・リアーモは資金難のウェルズを揶揄するかのように自身のロダリーゴーへの台詞「財布に金を入れておけ」を撮影日記のタイトルとしている。しかしながら、のちに見るようにこの映画のなかでイアーゴーに翻弄されるオセローの状況を表わす「われわれは時にしたがわなければならない」（I. iii. 298）という言葉こそが、作中世界とは反転したマック・リアーモとウェルズの関係を端的に表わしているように思われる。

二　「時にしたがわねばならぬ」――「二重の時間」とウェルズ版『オセロー』の「時間」

この節では、ウェルズ版『オセロー』の大きな特徴となっている監督＝脚本家による徹底した時間のコントロールと時のテーマについて見ていく。

ウェルズは台本を作成するにあたって、原作にある一五の場面のうち、市会でオセローとブラバンショーが対峙する一幕三場、舞台がキプロスに移る二幕一場、祝勝の宴でキャシオーが騒ぎを起こして解職される二幕三場、イアーゴーがオセローに疑いの心をいだかせる「誘惑の場面」三幕三場、オセローの焦燥が極に達し殺害を決意する四幕一場、カタストロフィーとなる五幕二場の六つの場面を柱として、原作の三、二四六行を約一、二〇〇行に圧縮している[1]。

さらにウェルズによる劇の時間のコントロールは、オセロー、デズデモーナの葬列とイアーゴーの処刑というこの映画独自の物語的結末の示し方にも現われている。ウェルズは物語の結末にあたるその映像で映画をはじめ、最後に自刃に果てたオセローとデズデモーナの亡骸がならぶベッドを映しだしたあと、葬列の映像で映画本篇を締めくくり、最後のタイトルバックの冒頭に、処刑シーンでイアーゴーが入れられた檻が水面に映っている映像を見せている。それだけでなく、ウェルズは、その檻を劇中くり返し映しだすことによって、観客を、独自の結末に向かって突きすすんでいくこの特徴的な時間進行に引きこんでいく。檻のショットは、映画がはじまって約二〇分頃のキプロスにおける戦勝布告の場面の最後、次いで、その一〇分ほどあと、キャシオー解職のあと、イアーゴーが、騒ぎの際に殴られたことを嘆くロダリーゴーに、キャシオーのとりなしをさせることでオセローにデズデモーナの貞潔を疑わせるという計画を話すシーンの最後、さらにそれから四〇分後の柳の歌の場面の冒頭、そしてさらに一〇分後オセローによるデズデモーナ扼殺の直後と、計四回にわたって強迫観念的に挿入されているのである。

テーマとしての時間ということを考えるとき、オセローのキプロス派遣が決まったあとの、映画がはじまって一五分ぐらいのところに見られる、三つのシーンからなるシークエンスは重要である。問題の部分は、一幕一場の、ロダリーゴーに向かってイアーゴーが、宮使いをしているもののなかには面従腹背の輩が多く、自分もそうしたひとりで、「おれは本来のおれではない」と話す件（I. i. 43–65）のあとに、ヴェニスの観光アトラクションのひとつである「ムーア人の時計」が時を打つ映像が挿入され、次いで、ベッドに横たわるデズデモーナのもとに現われたオセローが「さあ、デズデモーナ、愛のために使えるのは一時間しかない。時にしたがわなければならない」（Come, Desdemona. I have but an hour / Of love, of worldly matter and direction / To spend with thee. We must obey the time. I. iii. 296–98）(2) と言いながら彼女にキスする件がつづく一分半ほどのシークエンスである。劇中世界ではイアーゴーが術策を弄して時間をコントロールし、オセローはただそれに翻弄されることを端的に示す象徴的なシークエンスと言えよう。

こうした意図的な時間操作は、原作のシェイクスピア劇がもつ時間の問題に端を発している。というのも、原作の『オセロー』には、「二重の時間」という問題があると言われているからだ。この劇のもつ時間的な矛盾は、最初の批判者トマス・ライマーやクリストファー・ノースという筆名で『ブラックウッド・マガジン』に投稿した論攷ではじめて「二重の時間」という言葉を使ったジョン・ウィルソンらによってつとに指摘されてきた（Rymer 123; North *passim*）。観客が出来事の連続を見聞きしながら感じる時間の流れと、舞台上での出来事として起こりはしないが、登場人物たちが言及する出来事から経過していることが想定される時間の流れに矛盾があるためである。大雑把に言えばこういうことだ。二幕一場から最終場面にかけての舞台上の時間の進行は、二幕一場の主要登場人物たちのキプロス到着からはじまり、島中がトルコへの勝利に沸くその夜失態をおかしたキャシオーが新婚初夜をすごしたオセローに解職され、翌朝デズデモーナを介してオセローにとりなしを求めることから、イアゴーにそそのかされたオセローの心に疑念が起こり、その夜デズデモーナを扼殺するに至る、ということになり、これが短い時間の流れである。到着一日目の午後と思われる時間から翌日の夜までの一日半ほどのあいだにキプロスでの出来事が起こるように作られているのである。一方、その間、イアゴーは、自分といっしょに寝たとき、寝ぼけたキャシオーが、デズデモーナと関係をもっていることを露呈したとオセローに告げ（III. iii. 415–27）、オセローもデズデモーナが不貞をおかしても次の夜自分はまったくわからなかったと嘆き（340–43）、エミリアは夫にハンカチを盗むよう百度も指図されたと言い（295–96）、ビアンカは一週間ご無沙汰しているとキャシオーに言いつのる（III. iv. 168）。こちらが長い時間である。これらのことが一日半の時間のなかで起こることはありえない。しかしながら、長い時間が主としてデズデモーナとキャシオーに関わることであることから、事態は明白であるように思われる。シェイクスピアは、登場人物たちの言葉に依存する観客の時間認識を利用して、ありえない嘘をつくイアーゴーの悪辣さ、それにのせられて誤った疑いをいだくオセローの動揺の大きさを示しながら、第三者の言葉によって、オセローがイアーゴーの嘘を信じこむことをまったくありえないことではないように見せているのではないか（Neill 35–36；Orgel 115–16）。

ウェルズは、シェイクスピアのテクストを自由自在に切り貼りして台本を作りながらも、キプロスでの戦勝から翌日の夜へという短い時間と、長い時間の存在を感じさせる言及をほぼそのまま残している。ウェルズが、ふたつの時間の存在をオセローの動揺の大きさを示すためのものと認識し、それを活用していることは、盗み聞きの場につづく、オセローが動揺のあまり失神する次の場面から明らかである。映画から書き起こして再構成したこの部分の台本を見てみると、ウェルズが長い時間への言及をオセローの失神の直前にもってきている意図がよくわかる。

IAGO Did you perceive how he laughed at his vice? IV. i. 165–69
OTHELLO O Iago!
IAGO And did you see the handkerchief?
OTHELLO Was that mine?
IAGO Yours.
Desdemona gave it him, and he hath 170–71
given it his whore.
OTHELLO I had been happy if the general camp, III. iii. 347–49

Pioneers and all, had tasted her sweet body,
So I had nothing known.

What sense had I of her stol'n hours of lust? 340–43
I saw 't not, thought it not ; it harmed not me.
I slept the next night well, fed well, was free and merry.
I found not Cassio's kisses on her lips. A fine IV. i. 172–90
woman, a fair woman, a sweet woman.
IAGO Nay, you must forget that.
OTHELLO Ay, let her rot and perish, and be damned
tonight, for she shall not live. No, my heart is turned
to stone ; I strike it, and it hurts my hand. O, the world
hath not a sweeter creature! She might lie by an
emperor's side, and command him tasks.
IAGO Nay, that's not your way.
OTHELLO Hang her, I do but say what she is — so delicate
with her needle, an admirable musician. O, she will
sing the savageness out of a bear! Of so high and
plenteous wit and invention.

IAGO She's the worse for all this.
OTHELLO O, a thousand thousand times! And then of
so gentle a condition.
IAGO Ay, too gentle.
OTHELLO Nay, that's certain. But yet the pity of it, Iago.
O, Iago, the pity of it, Iago!
OTHELLO I will chop her into messes — cuckold me? 193
IAGO Will you think so? 1–5

OTHELLO Think so, Iago?

IAGO What,

To kiss in private?
OTHELLO An unauthorized kiss!
IAGO Or to be naked with her friend in bed
An hour or more, not meaning any harm?
OTHELLO Naked in bed, Iago.
But if I give my wife a handkerchief- 10–12

OTHELLO What then?

IAGO Why then, 'tis hers, my lord, and being hers,

She may, I think, bestow 't on any man. 18

OTHELLO By heaven, I would most gladly have forgot it! 21–24

He had my handkerchief.

IAGO Ay — what of that?

OTHELLO That's not so good now.

IAGO What

If I had said I had seen him do you wrong,

Or heard him say —

OTHELLO Hath he said anything? 28–32

IAGO He hath, my lord, but ~~be you well assured,~~

No more than he'll unswear.

OTHELLO What hath he said?

IAGO Faith, that he did — I know not what he did.

OTHELLO What? What?

IAGO Lie.

OTHELLO With her?

IAGO With her, on her, what you will.

Othello goes out to the rocks and faints

OTHELLO Dost thou mock me? 56

IAGO I mock you not, by heaven.

この部分は、妻の不貞への疑いにとらわれたオセローの動揺ぶりを、失神というエピソード、原作の別の部分からもってきた長い時間への言及と絶望の言葉、不気味な砦の内部やカメラの傾きなどが醸しだす映像の不安定さによって集約的に示している。失神は原作四幕一場に見られるエピソードである。四幕一場中盤の盗み聞きの場のあと、動揺のあまりハンカチを見ていなかったオセローは、イアゴーに「あれはおれのだったか」と、それが自分のものであることをたしかめる。ウェルズはそのあとに「誘惑の場面」から、裏切られた翌日もそのことに気づかず「次の夜も平気でよく寝ていた」（142）という嘆きの言葉（III. iii. 347–49, 340–43）を口にする。この台詞は、現在が、キプロス最初の夜にオセローが初夜の床入りをすませた次の日であることを考えれば、時間の矛盾を示すものであり、不貞が行われた「次の夜」が入る余地はない。そのあとウェルズの台本は原作の盗み聞きの件のもとのところにもどり、オセローは、すばらしい女性であるからこそ、不貞をおかしているデズデモーナは「千倍も」（IV. i. 186）いまわしいと呪詛する。さらに台本は、同じ四幕一場の冒頭にさかのぼり、「裸でいっしょに寝て」（5）悪いことをしていないのかというやりとりとなり、その流れで発される、キャシオーがデズデモーナと「寝た」（31）と言った、というイアゴーの言葉がオセローを失神させる。引用はそこまでだが、そのあと正気を取りもどしたオセローが発する、三幕三場（誘惑の場面）の「さらば！　平穏な心よ……さらば！　オセローのなすべきことはなくなった」（349–59）という絶望の台詞が場面を締めくくる。ウェルズは、オセローの動揺が極に達する瞬間を不安定さを感じる映像で見せ、時間感覚を失ったかのような長い時間への言及と絶望の言葉を挿入することによって、オセローの動揺を認識や感覚の失調として観客に五感をもって体験させようとしているかのようだ。

こうしてわれわれは、ウェルズ版『オセロー』において、監督による徹底した時間のコントロールは、劇の時間を目的論的に再構成して、時間のテーマを強調して、シェイクスピアによる原作がもっていた時間の問題の根底にあるイアーゴーによるオセローの翻弄を浮き彫りにするためのものであることを見た。

三　「やつの楽しみに毒を注ぎこんでやる」——ウェルズの策略、イアーゴーの術策

この節では、術策を弄して劇中世界をあやつるイアーゴーの姿を、ウェルズが原作以上に強調していることを見ていく。

ウェルズはまずプロローグで、本篇がはじまるとともに観客の注意をイアーゴーに向けるよう手段を講じている。「かつてヴェニスにオセローというヴェニス人がいて、武勲により大きな尊敬をえていた」ではじまるプロローグは、オセローとデズデモーナが恋に落ち父親の反対を受けて駆け落ちした次第を告げたあと、ゴンドラに乗ってしのび出るふたりの駈け落ちの光景を映しだしながら、「そして、オセローにはイアーゴーという名の騎手が仕えており、その男はうわべは好人物だが、きわめて背信的で卑劣な性格の持ち主だった」と結ぶ。こうして観客の関心をイアーゴーの行動に向けるようにして本篇がはじまる。

そのあとを受けるのは、一幕一場冒頭に一幕三場掉尾をつなげたイアーゴーがロドリーゴーに策を授けるシーンであるが、冒頭のやりとりはイアーゴーの策謀ぶりを強調するウェルズの戦略を典型的に示す例となっている。

IAGO I have told thee often, and I retell thee again and again. I hate the Moor.　　I. iii. 357–59.
RODERIGO Ay.
IAGO I'll poison his delight　　I. i. 68

「何度も言ってきたが、おれはムーアが憎い」という一幕三場掉尾の台詞のあとに、一幕一場の言葉を文脈を変えて使っているのである。原作の‘Poison his delight’(I. i. 68)は、ブラバンショーについての「やつを起こせ」(Rouse him)のあとにつづくロダリーゴーへの命令文で、「彼」はブラバンショーともとれるが、ウェルズ版では明快にオセローを指し、しかもそれに原作にない‘I'll’を加えて、イアーゴーがオセローの「楽しみに毒を注ぎこむ」という劇の構図をはっきりと示す。マック・リアーモはこの台詞が「ブラバンショーについてではなく、オセローについてのもの」になっていることを特記している(137)。これに連動するように、次の、イアーゴーがロダリーゴーとともにブラバンショーを起こし駈け落ちのことを密告するシーンで、デズデモーナがゴンドラでオセローのもとに行ったのはブラバンショーが許したことかという、原作のロダリーゴーの問いかけ(I. i. 119–24)は、ロダリーゴーが立って話しているように見える陰からイアーゴーが発する台詞に変えられている。

ウェルズは、舞台をキプロスに移してからの部分でも、台詞の文脈をこのように微妙に変えることを積み重ねて、系統的にイアーゴーの働きかけを拡大している。キプロス到着の場面(原作の二幕一場に相当)では、キャシオーがデズデモーナの手を握るのを見た際に、イアーゴーは、原作では傍白である「あの方の手を握った」(165)を、ロダリーゴーに向けて言い、ロダリーゴーは「手のひらを」とイアーゴーの言葉をくり返している。ウェルズは、この件をイアーゴーがロダリーゴーの心にキャシオーへの反感を醸成するものとしているのである。戦勝と祝勝の宴に関する布告（二幕二場）の場面がつづき、そのあと同じ二幕一場の、イアーゴーがロダリーゴーに気の短いキャシオーを怒らせて騒ぎを起こさせるよう策を授ける件となるが、この部分には、イアーゴーの策謀ぶりを際立たせるふたつの工夫がなされている。ひとつは、「あいつが指で彼女の手のひらをもてあそんでいるのを見なかったか」と言ったあと騒ぎを起こさせるという策を授けるという一連の流れが、原作でのキャシオーのそうした振る舞いの直後から、布告をはさんでしばらく時間が経過したあとに移されることによって、イアーゴーの策謀がより計画的に見えるようにしていることである。さらに、ウェルズはこの件のあとに、ロダリーゴーがイアーゴーに向かって弱々しく「よく教えてくれ、イアーゴー」（Advise me well, Iago）と言い、イアーゴーが「大丈夫です、とまことの友情から申しあげます」（I protest, in the sincerity of love and friendship. Farewell!）と答えるやりとりを付け加えている。ロダリーゴーのイアーゴーへの依存ぶりを印象づけるこのやりとりは、騒ぎを起こして副官の地位を失い、デズデモーナにとりなしを頼むようアドヴァイスされたキャシオーとイアーゴーのやりとり（CASSIO You advise me well. / IAGO I protest, in the sincerity of love and friendship honest kindness. Farewell! II. iii. 313–14）の「よく教えてくれた」という感謝の言葉を命令形に変えたものにほかならない。

ウェルズはさらに、すべてがイアーゴーの書いた筋書きどおりに運んでいるように、台本を修正している。オセローがハンカチのことでデズデモーナを叱責するシーンでは、ウェルズは、ハンカチを見せろと言われた直後、オセローの疑惑に気づかないデズデモーナがキャシオーのとりなしをはじめるに際して、原作では「キャシオーを呼ぶために人をやった」（I have sent to bid Cassio come with you. III. iv. 48）と言うところに、より直接的な要求「キャシーを復職させて」（Let Cassio be received again. 87）を同じ場面のあとのほうからもってきて、ハンカチを持ってこいとくり返すオセローに対して、それをオセローが自分の願いを聞かない言い訳だとして責めたあとに言う本来の、デズデモーナのキャシオーの復職を求める台詞「お願いだから、キャシオーを復職させて」（Pray you let Cassio be received again. 87）がくり返しとなるようにしている。デズデモーナの復職要求を二度にして、彼女が善意で言えば言うほどオセローの疑惑を深め、イアーゴーの術中に落ちていくことを強調していると言えよう。さらに、盗み聞きの場面の直前には、デズデモーナとキャシオーが話している遠景のショットが挿入されており、ウェルズの映画は事態がイアーゴーの計画どおりに着々と進展していることを映像でも強調していると言える。

四　「分別は足りなかったが十分すぎるほど愛した男」
――愛の悲劇としての『オセロー』

この節では、ウェルズ版『オセロー』の原作と著しく異なるエンディングについて見ていく。

原作は、ベッドにオセロー、デズデモーナ、エミリアの三つの亡骸がならぶ、イアーゴーの猜疑心が生みだしたおぞましい光景を隠して終わる。それに対して、ウェルズ版『オセロー』は、ベッドの真上からとらえたオセローとデズデモーナがならんで横たわる、ふたりの愛をたたえるかのような映像を五秒間示し、そのあと葬列の映像となる。

原作でイアーゴーは、オセローへの復讐の動機が妻を寝取られたこと、あるいは少なくともそのように噂されていることであるとくり返し話している（I. iii. 376–79, II. i. 282–93）。――「なにがあっても満足できない、満足する気もない、／妻には妻をってな具合におあいこになるまでは。／それがうまくできなかったとすれば、少なくともムーア野郎が／猜疑心にとりつかれるようにしてやる、／まともな判断力でなおすことができないほどひどく」（289–92）。また、最終場面でエミリアはイアーゴーに刺されたあと「私を奥様のとなりに寝かせて」（V. ii.

236）と言い、柳の歌を口ずさんでデズデモーナの貞潔を訴えてこと切れる。オセローが自刃に果てたあとベッドに並ぶ三人の亡骸をさしてロドヴィーコーがイアーゴーに「これはお前の仕業だ。その毒で目がつぶれる」（363）と言って隠すよう命じる。三人の亡骸がならぶベッドのうえの光景は、おぞましい猜疑心の産物であるからだ。劇は妻の不貞の疑いにとりつかれたイアーゴーが、オセローに妻の不貞を疑わせる、猜疑心の悲劇なのである。

ところがウェルズ版では、イアーゴーは妻の不貞に関する疑いを口にせず、エミリアは寝室のそとの廊下で刺され置き去りにされる。こちらでは、イアーゴーの術中にはまったオセローの動揺を、「誘惑の場面」、「盗み聞きの場面」などで描いているが、その映像表現が極に達するのは、オセローが真相を知って自刃に果てる直前だ。この場面はエル・ジャディーダの地下貯水槽で撮られており、オセローが地下貯水槽のなかにしつらえられた寝室のセットにおり、地上からイアーゴーがすべてを白状したことを告げるロドヴィーコーは円形の天窓からオセローを見おろす恰好となっている。なぜ罠にかけられたのかという問いに対するイアーゴーの「おれになにも訊くな。知っていることを知っているのだから」（V. ii. 301）という言葉を聞いたオセローが「天には石はないのか、雷となって人を打つもの以外には」（233–34）と嘆くと、よろめきながらベッド脇の床に横たわるデズデモーナのほうに歩いていく彼を仰角でとらえるカメラの回転にあわせて彼の姿と天井が激しく揺動し、次いで天窓が回転する映像が映しだされる。こうして、オセローの最期の台詞となる。

ウェルズは、原作の最期の台詞のうち、オセローが、自害する自身をヴェネチア人を打擲したトルコ人を刺し殺した自分自身になぞらえて、デズデモーナを殺した自身を罰するためにみずからを手にかけることをほのめかす部分をはぶいている。これは、オセローが自身を短剣で刺す瞬間を変えるためのものとも見える。というのも、イアーゴーの意図を尋ねる前に、オセローは「おれが刃物を持っているからといって怖がることはない」と言って短剣を投げすて、「旅路の果てはここだ、目的地は、航海の終わりを告げる標識はここだ」(V. ii. 265–67)と言うが、投げすてられた短剣には血がついており、この時点でオセローはみずからを刺しているのだ。だが、より重要なのは、この部分の削除によって、最期の台詞の内容を、「分別は足りなかったが十分すぎるほど愛した男」が、「たぶらかされて、このうえなくとり乱し」かけがえのないものを投げすててしまった、ということだけにしている点だ。

OTHELLO (*looking up*) I pray you, ~~in your letters~~ V. ii. 339–47
When you shall these unlucky deeds relate,
Speak of me as I am. Nothing extenuate,
Nor set down aught in malice. Then must you speak
Of one that loved not wisely but too well,
Of one not easily jealous but, being wrought,
Perplexed in the extreme ; of one whose hand,
Like the base Indian, threw a pearl away
Richer than all his tribe ; ~~of one whose subdued eyes,~~ 347, 350
~~Albeit unusèd to the melting mood,~~
~~Drops tears as fast as the Arabian trees~~
~~Their medicinable gum.~~ Set you down this,
~~And say besides that in Aleppo once,~~

Where a malignant and a turbaned Turk
Beat a Venetian and traduced the state,
I took by th' throat the circumcisèd dog
And smote him thus.

オセローがこう言ってデズデモーナを抱きあげてベッドに倒れこむと、カメラは俯瞰となり、ベッドに横たわるふたりの亡骸の映像が映しだされ、そのあと約一分間葬列の映像がつづき、タイトルバックの最初の映像は水面に映った檻を映しだす。

　こうしてウェルズ版『オセロー』は、オセローのデズデモーナへの愛と、それを踏みにじったイアーゴーの猜疑心を対比するエンディングを迎える。これは映画冒頭の映像が観客に提示した構図にほかならない。

　われわれは、とりつかれたかのように時間をコントロールするウェルズ版『オセロー』が、シェイクスピアが原作のテクストに仕組んだ二重の時間の流れによる、イアーゴーの支配とオセローの動揺を強調しながらも、猜疑心の悲劇を愛の悲劇に作りかえていることを見てきた。「誘惑の場面」の動揺したオセローの顔を映しだす鏡や、扼殺シーンにおける蠟燭の火の象徴的な使用や鮮明な黒と白の対比など、独自の映像スタイルをもった本作の魅力は尽くしがたいものがある。新しいＤＶＤ／ＢＤ版はその魅力をあますところなく伝えている。

（1）シェイクスピアの原作からの引用、言及はNeill編纂のオックスフォード版に依拠する。またウェルズ版『オセロー』

への引用言及に際してはアメリカで公開された一九五五年版に依拠する。

（2）映画中の台詞を引用するに際しては、原文との対応を上記オックスフォード版をもとに幕、場、行数を示し、原文にない言葉に下線をほどこし、必要に応じて削除された部分を見せ消ちのかたちで示した。

参考文献

Anderegg, Michael. *Orson Welles, Shakespeare and Popular Culture.* New York：Columbia UP, 1999.

Filming Othello. Dir. Orson Welles. 1978. In *Othello：A Film by Orson Welles.*

Lorne M. Buchman, "Orson Welles's *Othello*：Study of Time in Shakespeare's Tragedy," *Shakespeare Survey* 39 (1987)：53–65.

Mac Liammoir, Michael. *Put Money in Thy Purse：The Filming of Orson Welles's* Othello. 1952 ; rpr. London：Columbus, 1988.

Neill, Michael. Introduction to *Othello, the Moor of Venice.* By William Shakespeare. Oxford Shakespeare. Oxford：Oxford Univ. Pr., 2006. 1–179.

North, Christopher (John Wilson). *Blackwood's Magazine*, November 1849 – May 1850.

Othello: A Film by Orson Welles. Dir. Orson Welles. Perf. Orson Welles, Michael Mac Liammoir, Suzanne Cloutier, Robert Coote, and Michael Laurence. 1952 and 1955, New York：Westchester Films, 2017. Blue-ray Disc.

Orgel, Stephen. "*Othello* and the End of Comedy." *Shakespeare Survey* 56 (2003)：105–16.

Rymer, Thomas. *Short View of Tragedy.* London, 1693.

ジェイン・オースティンのアダプテーション
——成功の秘訣——

新井潤美

一　原作にどれほど似ているのか

ジェイン・オースティンは他の作家と比べて映像化されている作品が多いように思えるが、その多くは一九九〇年代半ば以降のものである。伝記作家ポーラ・バーンはその著書『ジェイン・オースティンの才能』（二〇〇二年に出版された『ジェイン・オースティンと演劇』を、タイトルを変えて、新しい材料を書き加えて二〇一七年に出版したもの）において次のように書いている。

ハリウッドは一九九〇年半ばにジェイン・オースティンと恋におちた。オースティンの小説の映画版とドラマ版が六作、テレビと映画のスクリーンに炸裂し、いずれの作品も評論家の間で、そしてボックスオフィスで成功を収めたのである。(1)

それ以前の映画化で、現在でもＤＶＤで手に入る作品としては、一九四〇年にアメリカの監督ロバート・Ｚ・レナードが監督した、ローレンス・オリビエとグリア・ガースン主演の『高慢と偏見』（*Pride and Prejudice*；1940）がある。この映画は衣装も、舞踏会での踊りのシーンも音楽も時代錯誤であり、正確さよりも、華やかな印象を優先させている。女性の衣装は、腰の部分を絞り、クリノリンの上にスカートを広げた、一八五〇年代以降のものであり、舞踏会ではワルツが踊られている。雰囲気としてはむしろルイーザ・メイ・オルコットの『若草物語』の映画（何度も映画化されているが、一九四九年の、エリザベス・テイラーとジューン・アリソンが出演している版が人気がある）、あるいはマーガレット・ミッチェルの『風と共に去りぬ』の映画（*Gone with the Wind*；1939）に近い。

一九四〇年の『高慢と偏見』では、さらに内容にも手が加えられている。そのこと自体がアダプテーションでは避けられないのはもちろんであるが、原作では最後まで傲慢で不愉快な人物であるレイディ・キャサリンが、レナードの映画では、ぶっきらぼうで愛想はないが、心は優しい人物に変えられている。彼女はエリザベスに、自分の甥のダーシーと結婚しないと約束しろと要求し、怒ったエリザベスに「そんな約束はできない」と拒否される。原作ではレイディ・キャサリンは激怒してその場を去るのであるが、レナードの映画ではレイディ・キャサリンは、エリザベスが自分に反抗した唯一の人間で、気骨があると褒めるばかりでなく、実はダーシーに頼まれて、エリザベスの気持ちを確かめに来たのだという設定にまでなっている。そしてエリザベスの家の外で不安そうにレイディ・キャサリンが出てくるのを待っているダーシーに対して、「あなたみたいな人間にはああいう子が向いているのよ」と祝福するのである。こういった原作への「フィデリティ」（fidelity、忠実さ）を完全に無視したこの一九四〇年版のアダプテーションの背景には、映画が娯楽であり、文学作品のミュージカル化同様、かなり自由に行うことができるという考えもあったのだろう。さらに、この時代はオースティンの作品はまだ文学の古典的作品として完全に定着したとは言えなかったことも理由の一つだろう。そういった意味でも、この作品は原作のアダプテーションとしてまじめな研究対象となることもあまりない。

一方で、例えばイギリスの国営放送ＢＢＣで六回にわたって放映された一九九五年の『高慢と偏見』（*Pride and Prejudice*；1995）、同じ年に女優のエマ・トンプソンが脚本を書き、主演もした、アン・リー監督の『いつか晴れた日に』（*Sense and Sensibility*；1995）、翌年発表された、アメリカ人女優グウィネス・パルトロウ主演でダグラス・マクグラス監督の『エマ』（*Emma*；1996）などの、ある程度原作に忠実ないわゆる'costume drama'は、原作と比べての優劣といったコンテクストで論じられることが多い。また、この時代にはオースティンの作品は文学カリキュラムのコアに置かれ、その文学的価値は定着していた。したがってこれらの映像作品を論じる際にはフィデリティが問題になることが多かった。

映像作品がいかに原作に「忠実」かという、フィデリティの問題は、特にジェイン・オースティンのアダプテーションについて議論されることが多いようだ。特にオースティンのアイロニカルな語りの文体を映像でどのように表現するかが興味の対象となる。例えば『高慢と偏見』の書き出しはあまりにも有名である。

It is a truth universally acknowledged, that a single man in possession of a good fortune, must be in want of a wife.(2)

そしてこの書き出しがどのようなかたちで映像作品に表されるかをオースティン研究者やファンは期待して見ることになる。例えばＢＢＣ版ではこの文は台詞としてエリザベスによって語られるが、それは主人公のエリザベスが最もオースティン（あるいはオースティンの語り手）に近いメンタリティを持っている人物として想定されているからだろう。オースティンのファンは「ジェイナイト」と呼ばれる。「ジェイナイト」という言葉自体は文学者ジョージ・センズベリー（George Sainsbury；1845-1933）が、一八九四年に新たな版で出版された『高慢と偏見』の序文で初めて使ったものである。センズベリーの言う「ジェイナイト」は主に男性であり、学者や編集者や作家などの知的職業に就く紳士たちだった。彼らは高学歴で、洗練されていて、自分たちが特別な感性を持ってジェイン・オースティンの作品を読んでいると自認している人々であった。彼らはオースティンを「無二の」、「神々しい」などと大げさな、学問的とは言えない言葉で褒め上げ、他の仲間のジェイナイトたちと共に、厳選されたファン・クラブを作っているようなところがあった。

ただし、これらの「ジェイナイト」の一人が、一九二三年にオックスフォード大学出版局から『オースティン全集』（*The Novels of Jane Austen*；1923）を出したR・W・チャップマン（Robert William Chapman；1881–1960）だったことを考えると、彼らがまったくの排他的な「内輪の会合」を作っていたわけではなく、オースティンの魅力を広く啓蒙しようとする試みもあったことも窺える。チャップマンのオースティン全集は最初にオースティンの作品に学術的な注釈をつけた決定版であっただけでなく、英語で書かれた小説をはじめて学術的に注釈したものでもあったのだ。こうしてオースティンの作品は文学の正典《カノン》に位置を占めることになる。現在では「ジェイナイト」はこのような「洗練された」オースティン研究者よりは、オースティンを楽しみのために、そして多くの場合、そのヒロインに感情移入して読む、いわゆる「一般読者」の中の熱心なファン（女性が多い）を指す言葉となっている。しかしいずれの場合も、彼らがオースティンの映像アダプテーションにおける「フィデリティ」を問題にするのも不思議はないだろう。

二　原作なんて関係ない

しかし一方で、こういったフィデリティを問題とする映画批判は、映画の研究において、今や悪名高いものとさえなっているばかりでなく、映画を評価する場合、原作へのフィデリティを問題にしないというのは、今はもう、一つのクリシェにさえなっている。つまり現在では文学テクストのほうが、映像作品よりも優れているか否かといった、単純なフィデリティ論を目にすることは少ない。しかし、フィデリティそのものを問題にするべきか、つまり、もとのテクストへの言及そのものが、アダプテーションとしての映像作品を批判、評価する過程において妥当なのかということについては意見が分かれている。

オースティン研究家のジョン・ウィルトシャー（John Wiltshire）は、いわゆる「アンチ・フィデリティ」（anti-fidelity）派について次のように書いている。

アンチ・フィデリティ批評の意図は、次のようなものだと言えるかもしれない。それは、脚本家と監督の持つ知識――もとの「古典的」テクストについての詳しい知識――を共有する観客を排除することなのである。オースティン映画の観客は原作を読んだことがないかもしれない。しかし原作を知っている観客も一部にはいるのであり、映画の商業的な成功、そしてひょっとしたら批評の上での成功も彼らにかかっているのだ。映画制作者たちも彼ら同様、原作をよく知っていて、映画を作る際の数々の決定は、原作を意識してなされることが多い。オースティンの作品をもとにした映画のDVD版に付いている、監督や脚本家のコメントからもこれは明らかだった。彼らは常に原作に言及している。それは制作上のなんらかの決断を正当化するためのときもあり、あるいは原作と違う部分について、映像の可能性を強調するためのときもあり、また、原作に存在する穴を翻案が埋めることができたと指摘するためでもある。このようなコメントは今や翻案研究には不可欠の資料となっている。アンチ・フィデリティ映画批評はこの種の知識と専門的意見を、映画そのものの正当な批評とは無関係、あるいはそれを損ねるものとして隔離しようとする。(3)

つまり、アダプテーションは一つの独立したテクストとして、監督の意図とか、原作との比較とか、そういう余計なものをいっさい考えないで、評価されなくてはいけないというニュークリティシズム的な鑑賞を奨励するのがアンチ・フィデリティ批評だということになる。ウィルトシャーはこれとは反対の立場にいる。彼は、原作を知る観客が、その映画の「理想的な読解者」であるだけでなく、アンチ・フィデリティ批評を行う者は、しばしば実際は原作を知っているが、それを映画の評価に取り入れないという立場をとっているが、それがパラドックスとなっていて、そのような立場からの議論は誠意あるものではないと批判している。

ここでオースティンのアダプテーションの中でも高い評価を得ている『クルーレス』(*Clueless*; 1995)の例をとりあげてみたい。この映画に関しては『ヨーロッパ文学を考える』所収の拙論「ジェイン・オースティンの作品と翻案」等にすでに書いているが、オースティンの小説『エマ』(*Emma*; 1815)を、舞台を二十世紀末のロサンゼルズの高級住宅地ビバリーヒルズに設定したアダプテーションである。題名の「クルーレス」とは、「無知、何もわかっていない」という意味の口語だが、題名を見ても、映画の導入部分を見ても、原作がオースティンの『エマ』だとはわからない。実際この映画が公開された時はアメリカでも、そして日本でも映画の宣伝においてオースティンの名前は一切出て来なかった。ポーラ・バーン(Paula Byrne)はこの映画を最初に見た時の体験を次のように語っている。

そしてある日、私のパートナーが、ビバリーヒルズを舞台にした『クルーレス』というティーン用の映画に連れて行ってくれると言った。彼はシェイクスピア研究者であり、私と同じくハンティントン図書館で研究をしていたので、この映画の選択は非常に奇異に思えた。しかし映画が始まった五分後に私は何が起こっているのかに気づいた。私はパートナーに身体を寄せて囁いた。「あの子はエマなのね?」映画のどの時点においてもこれが『エマ』の翻案だということは示されていなかったので、私がこんなに早く気づいたことにパートナーは感銘を受けたみたいだった。このすぐ後に私に求婚したのは、このためだったのかもしれない。(4)

バーンからの引用の最後の部分についてはここではあえて触れないが、この映画はたしかに、内容を追っていくうちに、オースティンの作品を知っている者には、『エマ』との共通点がわかってくるという、知的スノバリーを感じさせる性質のものとなっている。

映画の冒頭ではビバリーヒルズに暮らす金持ちの家のティーンエージャーが脳天気に遊んでいる場面が描かれる。ブロンドで愛らしいアリーシャ・シルバーストーンが演じる主人公シェール(名前はあの有名な歌手からとられている)はビバリーヒルズの大きな屋敷に、法人顧問弁護士の父と暮らしている(母親は脂肪吸引手術中の事故で亡くなっている)。シェールはジープを乗り回し、クローゼットは洋服であふれ、学校の人気者で、なんの苦労もなさそうだ。そんなある日、タイという女の子が転校してくる。髪型も服のセンスも今一つなタイをシェールは自分の手でなんとかしてあげようと、使命感を感じ、髪型やファッションだけでなく、つき合う友達や男性についてもすべて干渉し、その結果、かえってタイを不幸にするという結果に陥る。

バーンは「映画が始まった五分後」にこれがオースティンの『エマ』のアダプテーションだと気づいたと自負しているが、実際は五分だけでは、これが典型的なハリウッドの「チック・フリック」(主に若い女性をターゲットにした恋愛映画)であり、『エマ』とのプロットの類似は偶然かもしれないと思う余地はある。しかしある時点で、『エマ』を知っている観客にはオースティンの作品への言及は明らかになる。

オースティンのエマはハリエットという、父親が誰だか分からない、若くてナイーブな娘を気に入り、なにかと世話を焼く。自分と同じ階級の、同じレベルの女性と親しくするべきであり、いたずらにハリエットの生活をかき回してはいけないと忠告してくれる、古くからの年上の友人のナイトリー氏には耳をかさず、エマはハリエットの恋愛にも干渉する。ハリエットの相手としてエマが目をつけたのは牧師のエルトン氏だ。エルトン氏はつねにエマとハリエットに愛想をふりまいているので、エマはエルトン氏がハリエットに気があると思い込むが、上昇志向の強いエルトン氏が狙っているのは、地位も財産も美貌も持ち合わせたエマであって、身元のわからないハリエットではない。しかしシェールと同様「クルーレス」なエマはそのことに気づかない。エマはハリエットの肖像画を描いていて、エルトン氏がまめにその進行具合を見に来るので、いよいよ確信を強めるのだが、エルトン氏が見に来ていたのはモデルのハリエットでも、肖像画でもなく、絵描きの方であった。

『クルーレス』ではシェールがカメラ好きで、高校の友人のスナップをたくさん撮っている。男子学生エルトン（ここで初めて、原作と同じ名前の人物が登場する）は、シェールがタイの写真をたくさん撮っているのを見て、一枚欲しいとねだる。そして、彼がその写真をロッカーに貼っているという噂を聞いて、シェールと、彼女のせいですっかり自分がエルトンに好かれてると思い込んだタイは喜ぶ。しかし『エマ』の場合と同様、エルトンが目をつけているのではタイではなくて、その写真を撮ったシェールだった。

肖像画の場合は、絵を誉め上げて、それに合った額縁を買うことを申し出た場合、それが絵のモデルではなく、描き手に対するお世辞だということはありうるだろう。しかし写真の場合、他の女性が写っている写真を、それを撮った女性が好きだから大事に取っておくという展開にはいささか無理がある。この時点で、バーンほど勘が良くない観客でも、これが『エマ』のアダプテーションであることに気づくだろうし、『エマ』を知らない観客でも、何か仕掛けがあることに気づかされることになる。この意味では『クルーレス』は観客に、これがアダプテーションであることに気づかせるだけでなく、オリジナルのテクストと切り離して鑑賞すべきではないという、いわば反アンチ・フィディリティな作品となっている。

『クルーレス』ではここから『エマ』とのさまざまなパラレルが明らかになっていく。これについては何度か他のところで書いているので詳細は省くが、中でも最もオースティンの研究者や愛読者に評価されているのは、シェールが義理の兄のジョシュアに対する自分の気持ちに気づくシーンである。原作ではエマが、自分にとって兄のような存在だったナイトリー氏が、ひょっとしたらハリエットに好意を抱いているのではないかと思ったとたんに、自分の気持ちに気づく場面である。

ハリエットの恋の相手がフランク・チャーチルであった場合よりも、ナイトリー氏であることのほうがずっと嫌なことに思えるのはなぜなのだろう？　そして向こうもハリエットの気持ちに答える希望があると聞いて、さらに恐ろしく嫌な気持ちになるのはなぜなのだろう？　エマの中を、矢のような速さで、ナイトリー氏は自分以外の人間とは結婚してはならないという確信が走ったのである！(5)

このエマの突然の自己認識の場面は作品のクライマックスの一つだが、『クルーレス』ではこのシーンでは、シェールがストレス発散のために買い物に行き、日が暮れてから、ブランド品のショッピングバッグをいくつも抱えて歩いている。この映画は最初からシェールのボイスオーバーによるナレーションが続くのだが、ここでもシェールは急に「私はジョッシュに恋しているんだ！」と気づく。そしてその瞬間、近くの噴水が急に華やかな色彩を帯び、夜空に向かって高く吹き上げる。まさに「矢のような速さ」(6)でシェールが自分の気持ちに気づく様子が視覚的に再現されていると、好評を得ているシーンである。

三　間違い探しのゲーム

このように、『クルーレス』は、オースティンの研究者からもファンからもおおむね好意的に受け止められている映画である。一方で、同じようなアダプテーションを行なう際に、時代背景、セット、衣装などにおいて、ある程度の原作に対するフィデリティを守ってしまうと、まるで、映画全体が「原作に忠実であるべき」かのようにみなされ、原作から逸脱したところが厳しく批判されることになる。例として、パトリシア・ロジーマの悪名高い『マンスフィールド・パーク』（*Mansfield Park*；1999）が挙げられる。

ミラマックスが一九九九年に『マンスフィールド・パーク』をリリースしたときには、この映画は批評家、そしてオースティン・ファンを憤慨させた。彼らはこの作品において奴隷制が強調されていることを不快に感じ、映画のもとになっている、ジェイン・オースティンの小説に対して忠実ではないと批判した。(7)

たしかに、この作品で最も酷評されたのは、引用にあるとおりの「奴隷制の強調」だった。奴隷への言及そのものは実際に原作にも見られるものである。主人公のファニーは「仕事で西インド諸島」に行っていて、帰宅したおじの准男爵サー・トマスに、奴隷制についての質問をしている。

「私は以前よりもおじ様に話しかけるようにしているでしょう。それは確かよ。昨晩だって奴隷貿易についてお尋ねしたのを聞いたでしょう？」

「たしかに聞いたよ。それから次々と質問してくれるかと期待していたんだけどね。君がもっと質問したら君のおじは喜んだと思うよ。」

「私ももっと質問したいととても思ったわ。でもあまりにもみんな静かだったんですもの！　従姉妹たちが一言も話さず、そのことに全く興味を示す様子もない時に、私が――自分だけがおじ様の話を面白く思っているとか、楽しんでいるとか、従姉妹に当てつけるようなことをしたくなかったのよ。おじ様だってご自分の娘たちにもっと関心を持ってほしいと思っていらっしゃるでしょうし。(8)」

『マンスフィールド・パーク』のヒロインのファニー・プライスは、オースティンの他のヒロインと違ってきわめて内気で小心で引っ込み思案である。母が良い条件の結婚をしなかったので家が経済的に苦しく、准男爵サー・トマスと結婚したおばのもとに引き取られて暮らしているが、年上で知性と美貌に恵まれた社交的ないとこたちに囲まれて、常におどおどしている。そんな中で、サー・エドマンドの次男のエドマンドだけがファニーの気持ちをおもんぱかってくれて、彼女のメンターかつ相談相手となる。右の引用は、エドマンドとファニーの間で交わされているものである。

そもそも、ロジーマはファニーのこの性格を評価していなかった。彼女はインタビューに答えて次のように言っている。

この小説の主人公は十分に描ききれていなくて、なんか震えていて、シャイだっていう印象しか伝わってこないんです。それにあまり話をしないし。このまま台本にしても映画にならないと思いました。でもそれは別にして、この小説には面白いところがたくさんあります。奴隷の件で、他の作品にはない暗い要素があるし、セクシュアリティの問題さえあります。[9]

ロジーマはこの映画を作るに当たって、かなり「予習」をしていることはたしかだ。ポストコロニアズム、ジェンダー、セクシュアリティなど、一九九〇年代のさまざまな読み方について知識を得ていて、それを挑発的に映画の中で使っている。[10] 例えば右に引用した箇所について、ファニーが奴隷制度について質問した時の、まわりの人々の沈黙は、サー・トマスが西インド諸島の領地で実際に奴隷を使っていたので、ファニーがそのことを質問したために気まずい沈黙が流れたととられることが多い。しかしここではエドマンドが、サー・トマスも奴隷貿易について聞かれて喜んだだろうと言っていることから、サー・トマスは実は奴隷貿易にはすでに関わっていないとみる研究者もいる。[11] しかしロジーマの映画では、後半で、サー・トマスに同行した、長男のトムが持って帰ってきたスケッチブックに、奴隷が拷問や性的暴行を受けている様子が描かれ、それをファニーが見てしまうという、原作にはない場面が見られ、この「解釈」が、前に挙げた引用にも見られるとおり、批評家、研究家とファンたちを怒らせたのである。

ロジーマはまた、オースティンの伝記や他の作品、そしてオースティンの手紙や少女時代の習作をも研究している。例えばジェイン・オースティンの少女時代に書いたものを編んだ『習作集』(*Juvenilia*)からの引用が、主人公のファニー・プライスが書いている小説として、何度かファニーの声によるボイスオーバーで語られたり、オースティン自身の手紙からの引用が、やはりファニーが書いている手紙としてボイスオーバーで流れる。そして一番大きな変化は、ファニー自身の性格が、原作の臆病で控えめでシャイな人物から、オースティン自身がそうであったと思われるような、活発で鋭い観察力を持った、意志の強い人物に変わっているのである。このことについてロジーマは、次のように語っている。

私は作者がなんであんなに見ていていらいらするような人物を描いたのかわかりませんでした。だって、彼女はとても魅力的で明瞭な話ができて、興味深い主人公を書くことができるんですから。［中略］なぜか、作者の実体と、それから彼女が書いた他のフィクションを、このフィクション（『マンスフィールド・パーク』）にとりこむのが現代的な戦略に思えたんです。コラージュというかプリズム的というかね。今はなんでも現実とフィクションを混ぜているでしょう？現実のニュースキャスターが、フィクション映画で、フィクションのニュースを読み上げるニュースキャスターを演じていたりして。［中略］だから私はこの人物をオースティンに近くしたんです。(12)

しかしロジーマが、オースティンの主人公を「描ききれていない」として、その性格をも変えてしまうのは、冒頭で紹介した、一九四〇年の『高慢と偏見』のレベルのフィデリティの欠如であり、さらにこの映画が娯楽目的ではなく、ある意味では真剣なオースティの「再評価」の試みであることから、ファンも研究者をも怒らせるものとなっている。

ロジーマの『マンスフィールド・パーク』は、DVD版に特典映像として収められているロジーマのコメンタリーからも見られるように、この時代の背景の奴隷貿易について、観客を「教育」しようという意図がはっきりと見える。(13)しかしそれと同時に、現代の欧米の観客に、より受け入れられるような性格にヒロインを変えてしまって、さらにヒロインを作者と重ねるという、ロジーマの言うところの「現代的な戦略」を用いることによって、「大衆受け」と「啓蒙」を同時に試みているようだ。その結果、研究者にも、ファンにも、原作を知らない観客にもアピールしないものとなってしまっている。

結局、ジェイン・オースティンのような、文学研究者だけでなく、「ジェイナイト」と呼ばれるかなり熱心なファンが多い作家においては、アダプテーションは観客といわば「共謀関係」となり、テクストとの共通性を観客が見出す「フィデリティ」探しの「ゲーム」の要素が盛り込まれている作品が人気を得ていることが分かる。右に挙げた、最初の「ジェイナイト」たちのように、どこかオースティンの作品には読者に「自分は特別な感性をもってオースティンを読んでいる」と自認させ、作者と特別な関係にいるように思わせる要素があるようだ。オースティンのアダプテーションにもこのように、観客が「自分には理解できる」と確認できるような作品が最も人気を博すのである。

（1）Paula Byrne, *The Genius of Jane Austen : Her Love of Theatre and Why She Works in Hollywood* (New York : Harper Perennial, 2017), p. 249.

（2）Jane Austen, *Pride and Prejudice* (Cambridge : Cambridge University Press, 2006), p. 3.

（3）John Wiltshire, 'Afterword : On Fidelity', in David Monaghan, Ariane Hudelet, and John Wiltshire, eds., *The Cinematic Jane Austen : Essays on the Filmic Sensibility of the Novels* (London : McFarland, 2009), pp. 160–61.

（4）Paula Byrne, *The Genius of Jane Austen*, p. xiii.

（5）Jane Austen, *Emma* (Cambridge : Cambridge University Press, 2013), p. 444.

（6）『エマ』と『クルーレス』についてはポーラ・バーンの他に、Sue Parrill, *Jane Austen on Film and Television* (North Carolina : McFarland and Company, 2002)、John Wiltshire, *Recreating Jane Austen* (Cambridge : Cambridge University Press, 2001) などが詳しい。

（7）Tim Watson, 'Improvements and Reparations at Mansfield Park', in Robert Stam, and Alessandra Raengo, eds., *Literature and Film : Guide to the Theory and Practice of Film Adaptation* (Oxford : Blackwell, 2008), p. 53.

（8）Jane Austen, *Mansfield Park* (Cambridge : Cambridge University Press, 2005), pp. 231–32.

（9）Patty-Lynne Herlevi, '*Mansfield Park* : A Conversation with Patricia Rozema', 11 February 2000, http://www.nitrateonline.com/2000/fmansfield.html, 28 July 2018.

（10）例えばポストコロニアズム的読みについては、Edward Said, *Culture and Imperialism* (New York：Knopf, 1994)、ジェンダーについては、Claudia L. Johnson, *Jane Austen：Women, Politics and the Novel* (Chicago：University of Chicago Press, 1988)、また、オースティンと近親相姦およびレズビニアズムに関しては、物議を醸したTerry Castleによる、オースティンの書簡集（Deirdre Le Faye 編纂、一九九五年）の書評 'Sister-Sister', *London Review of Books*, 3 August 1995, pp. 3-6 などがある。

（11）例えば Cambridge University Press 版の、ジョン・ウィルトシャーによる注を参照。Jane Austen, *Mansfield Park* (Cambridge：Cambridge University Press, 2005), p. 693, n3.

（12）Patty-Lynne Herlevi, '*Mansfield Park*：A Conversation with Patricia Rozema'.

（13）*Mansfield Park*, dir. Patricia Rozema (Miramax, 1999). ロジーマはここでイギリスと奴隷貿易との関わりについても述べているが、例えば奴隷貿易廃止運動に大きな影響を与えたサマーセット・ケースについての発言など、不正確な、いささか表面的なものが見られる。

〈追記〉

本稿は、科学研究費基盤研究（B）「イギリス・ヘリテージ映画とナショナル・アイデンティティに関する文化史的研究」（研究代表者新井潤美、二〇一三〜一七年度）の成果である。

作家の伝記
——文学作品から映像作品への語りの継承——

宮丸裕二

一　本アダプテーション研究における方法

文学作品と映像表現の表現媒体としての違いや境界線は割とはっきりしたものに映るので、この境界を乗り越えるようなことを指して、通常、アダプテーションという用語を使って呼んでいる。あるいは、舞台芸術が映像作品に置き換えられるとき、小説が漫画に置き換えられるときにもアダプテーションと呼ばれるだろう。しかし、表現というもの全体におけるアダプテーションというものを突き詰めて考えるとき、それはあらゆる表現形態に必然的に内在であるという結論に辿り着かざるを得ない。つまり、シェイクスピアの演劇も台本として書かれたものを最初に舞台にかけた段階で、それはアダプテーションでしかあり得ない。最初から文字テクストとして書かれているものであっても、当初想定した物語を特定のジャンルの中に属する特定の文体を持つ特定のテクストのかたちを与えるというアダプトがあって初めて文学作品として成立しているのである以上、それはアイデアをとある表現の中に置くというアダプテーションであるからだ。そう考えると、どのような芸術作品もそれが生まれる段階で、すでに最初に現れる形式にアダプトされることをまず宿命として負っているのである。

文学作品と映像作品の比較考察としてまず思いつく方法は、「オリジナルの文学テクストでこうなっているものがアダプテーション映像作品ではこう改変されている」という誤差についてのノーツを積み重ねる方法で、実際この方法は広く用いられ繰り返されてきたと言っていいだろう。しかし、こうしたノーツの集積という方法が残念ながらあまり生産性を持ち得なかったのは、それを正しく鑑賞したという以上のなにかを生み出さないからだろう。先に言うように、いかなる表現もそもそもアダプテーションであるならば、作品は作られるごとに違って当然であり、むしろそれが新たにアダプテーションが作られる理由でさえあり、これを記述して積み重ねてみたところでそのときに手がけた書き手、作り手、監督が意図して行ったことの確認作業の範囲を出るものではないからである。文字表現でも舞台表現でも映像表現でもその他の表現であっても、生じた誤差の理由はそれぞれの作品の作り手の意図に帰せられるので、比較が比較として成立しないだけの必然的な理由が最初から存在しているのである。これは、しかし、文字テクストの作品だけを問題にするいわゆる伝統的な文学作品研究の中でもすでに何度も見られた失敗をアダプテーション作品研究という場に移して反復しているだけのことであると考えるなら、そう複雑な話でもないかも知れない。

では、どのようにしたら、なんらかの意味で意義を持ち得る文学作品と映像作品の比較が可能であるのか。その一つの手段として、本論では、紙に文字で書かれる際の方法論と、世界をスクリーンに再現する際の方法論とを互いに引き比べるという方法を試みたい。こうした、「方法」と「方法」とを比較する試論を展開することで、文学作品と映像作品、あるいは文学テクストとアダプテーション作品、アダプテーションとしてのテクスト同士を比較する一手段の提示を試みたい。

文学作品と映像作品のそれぞれに使われる方法を比較すると言っても、それぞれの表現媒体の中で方法と呼ばれるものは無数に存在する。また、媒体の物理的性質の違いゆえに文学と映像ではいずれか片方でしか成立しない方法も多くある。例えば、文学一般でも小説においてもごく一般的に用いられるものとして、登場人物が今どんな気持ちでいるのかという内面の心理を語り手が描写して読者に伝えるという方法がある。これは文学においては実にありふれている表現方法であるが、しかし、これを映像に持ち込むことは可能に見えて普通は実現不可能である。つまり、今映像に映し出されている人物が怒っているのか、喜んでいるのか、悲しんでいるのか、顔をいくら執拗に撮影してみても、それによって決して正確に誤解なく、複数の解釈の余地なく伝えることはほとんど無理だからである。そこで映像では通常は、それ以外の行動や動作や、台詞を言わせることや、文脈づけで、怒っているのか、喜んでいるのか、悲しんでいるのか、あるいはそれ以外の感情や考えを抱いているのかを、見る側に伝えることになる。

また別の例を挙げると、文学テクストではこれも極めて一般的に用いられる自分語りという方法がある。いわゆる「一人称による語り」というものである。これは、かつて一部の映像作品で実験的に用いられたように、一人称の視点からのカメラワークで再現することはできるかも知れないが、それで文学テクストにおける一人称の語りと同じ効果をもたらすことができたとは言いがたいだろう。ただし、一人称による語りは、映像作品に持ち込むことがそう難しい方法というわけではない。主人公にナレーションをさせることで、割と難なく映像作品に同じ方法を持ち込むことはできるのである。

このように、文学と映像それぞれに、あるいは両方に、可能であったり不可能であったりする方法が様々ある中で、本論で、特に題材として取り上げたいのは、伝記である。それも、芸術家ないし創作家の伝記の描写である。偉人やそれ以外の人物について、伝記はあまた著されてきているが、中でも芸術やその他の創作活動に挑む人生が、文学の中で映像の中でどういう表現をとるのかということを問題にしたい。人の人生を伝える伝記というものは、その人生での成果との関係で、文学テクストだとどういうかたちをとり、映像作品になるとどういうかたちをとるのか、その際にとられる方法は、それぞれの媒体においてどのように共通していて、また共通していないのかということの一部を明らかにしたい。

二　文学表現による伝記の方法

時代の順序として、映像が現れるのに先駆けて存在していた、文字テクストの方の伝記がその編集においてどういう方法を用いているのかをまず考察したい。伝記文学の発祥を特定することは容易ではないが、少なくとも英国ヴィクトリア朝において伝記文学というものがそれまでにない一つの大きな隆盛を見たことは確かである。読者層が膨大に増加するという背景も助け、伝記がそれまでにないほどに多くの読者と、多くの関心を集め、また多くの点数が世に現れ、それを通じて一つのジャンルとしての執筆様式の定着を見るのである。中でも、広く読者を獲得した、時代の代表作と言ってよいものとして作家シャーロット・ブロンテ（Charlotte Brontë, 1816–55）の人生を綴った『シャーロット・ブロンテの生涯』（*The Life of Charlotte Brontë*；1857）という作品がある。これは、自身が同時代の小説家でもあったエリザベス・ギャスケル（Elizabeth Gaskell；1810–65）が執筆しており、書いた者と書かれた者同士が後半生は知り合いにもなっていたので、主題となる人物を直接に知っている者による伝記と分類することができる。本書の中でギャスケルは書いている。

『ジェイン・エア』のその場面に出てくる一言一句、どれをとっても、この時のシャーロット・ブロンテが経験したそ

の学校の生徒たちと先生たちのやりとりを文字通り再現したものばかりなのである。(1)

『シャーリー』の中でいかにも上手く練り上げられたと見なされていた、ああした話はすべて、シャーロットが涙を流しながら執筆していたのだ。あれは、エミリーがしたことの文字通り事実の説明を書いているのだ。(2)

『ジェイン・エア』(*Jane Eyre*; 1847)も『シャーリー』(*Shirley*; 1849)もシャーロット・ブロンテの遺した小説であり、いずれも著者の人生が各所に反映しており、こと前者は自伝的小説としての評価をされることが一般的である。そして、エミリーとはシャーロットの実の妹エミリー・ブロンテ(Emily Brontë; 1818-48)のことである。これに先立つ記述はシャーロットが実人生でどれほど辛い体験をしたのかということが綴られており、ここに引いた部分は、シャーロットの人生のできごとそのものについて語っている部分というよりは、それに補助的につけている説明の部分になる。ここに見るように、ギャスケルはこうして追加的説明として自分の言説を補って、「シャーロットの人生で起こった諸々のできごとがあの我々が知るシャーロット・ブロンテの書いた有名な小説の元となっているのだ」という説明の仕方をとっているのである。

伝記というものが実在の人物の人生のあり様を描くものであることを標榜しているとはいえ、そこに実際に本当のことばかりが書かれているわけではないことは言うまでもない。実在の人物だからこそ隠さねばならないことや、実際以上に立派に書かねばならない事情もある。また、逆に主題となる人物をおとしめる目的で過剰に不名誉な内容を意図的に並べてなる伝記も存在する。伝記には情報の欠如による虚偽が含まれるだけではなく、意図的な嘘も多く登場するし、知っているのに書き手が知らんぷりをする手の嘘も大いに用いられてくることになる。さらに、伝記は事実の記録でありながら、さも小説のように人生の試練やクライマックスが設定されて、ドラマチックに脚色されるのである。さらに、ここに取り上げるテクストがヴィクトリア朝期という他に例を見ない見栄や体面を重視した時代に書かれたものであるため、さらに輪をかけて嘘が含まれる要因が増えることとなる。加えて、ここでの書き手であるギャスケルは小説家であり、いわばありもしない嘘を書くのを職業としている人物が執筆しているのである。従って、上手に書かれ、感動的に書かれているかも知れないが、その分、書かれていることを額面通り受け取っていい理由は減ると考えるべきだろう。

今見た通り、ギャスケルは「この伝記には本当のことが記述してある」と釘を刺し、書き手自らがテクストの信憑性を訴え、真実性を保証しようとするのである。しかし、そのこと自体はノンフィクションのジャンルに属するゆえに、伝記にはよく見られることであり、ここで重要なのはそのことではない。むしろ注目するべきは、そのように自身のテクストの内容の正しさを主張する際に、その伝記の主題となっているシャーロット・ブロンテという人物が書いた小説作品という別のテクストを参照させ、これと結びつけようとしていることである。ブロンテの小説はそれそのものがフィクションであるのは自明だが、しかしその小説作品に登場することがらがブロンテの実人生の中から出てきたものであるならば、それと結びつくことは、伝記の方の信憑性を高めてくれるというわけだ。こうして、ギャスケルは、その伝記の中で用いているテクニックの一つとして、史実を史実として固めるために、その伝記の主題となっている主人公であるブロンテの遺したテクストを引用して結びつけることを行っている。

そして、実は同時に、こうした書き方を用いることで『ジェイン・エア』や『シャーリー』といった架空の内容を描いたはずの小説テクストが本当は史実としての実体験に基づいたものなのだという提示の仕方をして、小説という芸術形態が自らうたうフィクション性を剥ぎ取ろうとしているのである。我々はフィクションとして書かれた小説というテクストを読むときに、果たしてその内容をどのように捉えているだろうか。背景に作者の実体験がまずあって、それを作者が虚構化して小説に置き直したものと捉えているだろうか。それとも、作者の実人生や実体験などとは無関係に作者が頭で思いついた最初から架空の内容を小説として書いていると考えているだろうか。実際のところ我々は、いろいろな情報を補助的に用いることで、背景に実体験があるものと読む場合も、そうでない場合もある。しかし、ここでのギャスケルの筆致では、背景に実体験があったのだという読み方を読者に求めるのである。ギャスケルは、単にブロンテの人生を描いているだけではなくて、ブロンテの小説の読み方を提示していて、ブロンテの小説はブロンテの実体験に基づいた小説なのだという読み方へと導こうとしているのである。伝記をもってブロンテの人物に関する情報を与えることを超えて、ブロンテの小説の捉え方を指南しているというわけである。

しかし、そうは言っても、ギャスケルも先述のヴィクトリア朝期ならではの事情から、何から何まですべてのことがらについてブロンテの生涯とブロンテの作品とを関連づけて語るわけにはいかない。そうなると、例えばブロンテがブリュッセルでエジェ（Constantine Eger；1809–96）との不倫関係にあったことについて、二人の情事は、ジェイン・エアがロチェスターに恋をしたときのような恋愛だったのだと書けば書けたであろうし、ドラマティックになり得るだろうけれど、ヴィクトリア朝期の社会の倫理がとても許さない。従って、ギャスケルは、ブロンテとエジェの関係そのものにまったく目をつぶり、これについて一切触れないことを選んでいる。このように、ときに黙秘することも含めてであるが、ギャスケルはブロンテの遺した小説の解説となるサブテクストとしてのブロンテの生涯を伝記として編むのである。

同様に、作家の伝記がその作家の作品になぞらえて書かれる例として、チャールズ・ディケンズ（Charles Dickens；1812–70）について書かれた伝記を見てゆきたい。ディケンズについて書かれた数ある伝記の中でも決定版となっているのが、ディケンズと生前友人であったジョン・フォースター（John Forster；1812-76）による伝記『チャールズ・ディケンズの生涯』（*The Life of Charles Dickens*；1871-73）である。ギャスケルの例のように後半生だけではなく、二十歳ほどの頃以降すべての期間を直接に知っている人物であり、ディケンズが自らの作品の手書き原稿をすべてフォースターに託していることからも、その信頼度をうかがい知ることができる。この伝記は、ディケンズの死の翌年に第一巻が発売され、世界を驚かせることとなる。ディケンズを最も身近によく知る者による伝記というだけではなく、ディケンズの知られざる過去を世に公開したからである。それは、幼少時に親が借金のため投獄され（当時債務者は投獄された）、自身は学校を辞めて一人で働きに出されたという事実があったことで、その後ディケンズの一生が語られる時に必ず言及されるエピソードとなる。このできごとはディケンズに極めて大きな傷を残し、死ぬまで家族にも言わなかったとされる秘密であったが、フォースターに対してだけは打ち明けたので、これが死の一年後にフォースターによる伝記によって世界に知らされることになったのである。

伝記のこのエピソードを語る部分で、ディケンズの自伝的な作品とされる小説の一つである『デイヴィッド・コパフィールド』と関連づけながら、フォースターはディケンズの幼少期を説明してゆく。

債務者勾留所と監獄の間を、体いっぱいに悲しみがあふれている小間使いの男の子が通り過ぎて行き、囚人への伝言を持ってきて、腫れ上がった目に涙をためてこれを渡した。これからマーシャルシー監獄に護送される父親がその男の子に言った最後の言葉は、私にとって太陽はもう永遠に沈んだままになってしまったよという趣旨のものだった。ディケンズは私［フォースター］に言った、「当時は、こう言われて、私の心は完全に打ちのめされてしまったと本当に考えたんだよ」。後年になって、『デイヴィッド・コパフィールド』の中で彼らを世界中の笑いの種にすることで、ディケンズはこの

人騒がせな発言にたっぷりと仕返しをしたのだった。(3)

ここはフォースターが、ディケンズの幼少期に父親が借金で首が回らなくなって投獄される場面を描いている部分になるが、そのときに、「自分の心は打ちのめされた」とディケンズ自身から聞いた言葉を回想しながら説明している。そして、その最後の行に、そんな父親をウィルキンズ・ミコーバー氏を登場させることで後にこれを笑いに変えたのであると結んでいる。ミコーバー氏というのはディケンズの小説『デイヴィッド・コパフィールド』に登場する人物で、主人公デイヴィッド・コパフィールドの父親代わりという立場上、またその脳天気な性格や経済観念の欠落などの共通性からディケンズが父親をモデルにしたものだということが分かっている。

ここで、フォースターは、ギャスケル同様に、ディケンズの生涯をディケンズの小説と結びつけることで同じ効果を出している。論理的に考えるならば、デイヴィッド・コパフィールドが置かれた状況は、ディケンズが実人生で幼少期に体験したことがモデルになっていることまでは確かであるとしても、本当のところ、デイヴィッド・コパフィールドが感じたことがディケンズが幼少期に感じたことと同じであるかどうかは確言できないし、できるとしてもそれはフォースターがなし得る領分を出るはずである。また、ディケンズの父親をモデルにしてミコーバー氏が生まれているとしても、「ミコーバー氏のような人である」という説明でディケンズの実際の父親を過不足なく説明できるものではないはずだ。ところが、フォースターはディケンズが遺した小説とその登場人物という創作を持ち込むことでディケンズの実人生の説明に用いている。また同時に、ディケンズの小説作品の本当の読み方はこうなのであると、その背景となっているディケンズの実体験と併せて、読者に教えるのである。

ディケンズが幼少期の自分の辛い体験を含む自伝を書こうと思いついたが、その思いつきを変更して、むしろ小説『デイヴィッド・コパフィールド』を書くことを思いついたのだということをフォースターは説明し、さらに『デイヴィッド・コパフィールド』に照らしながらのディケンズの人生描写を続ける。

> その後、間もなくして、ディケンズにとってかくも辛かったこのできごとについて、その細かな点まで含めて私「フォースター」は知ることになり、当時私に話して聞かせてくれたり、手紙に書いてよこした内容は、ディケンズの少年期に関するものだった。『デイヴィッド・コパフィールド』という作品は、ディケンズが自分の秘密を世界に向けて打ち明けようとするものであったわけだが、この小説の構想はまだ本人の中に浮かんでいなかった。しかし、私を驚かせたこの話を、ディケンズの読者は後々聞かされることになるのだ。当時なら主人公の扮装をして作者自らの話であるということを隠すことができる程度の、ちょっとした変更や追加という細工だけを加えるのみで。この、才能あふれ極めて感性が鋭かったのに不運に見舞われた少年「デイヴィッド・コパフィールド」は、齢十歳にして「マードストン&グリンビー」商会に雇われる「下っ端の働き手」となり、そんな年齢でいとも簡単に放り出されるというようなことが起こるなんて大きく間違っているという意識を既に持っている。デイヴィッドは「ミック・ウォーカーやミーリー・ポテイトウズの連れ」になることに、声に出されぬ魂の怒りを抱いたのだった。そしてその涙は我々の使う靴墨の瓶をすすいで洗う水とない混ぜになるのだった。[4]

ここにあるミック・ウォーカーやミーリー・ポテイトウズは、デイヴィッド・コパフィールドが送られる職場で知り合う友達として小説の中に登場する労働少年たちの名前である。そして、フォースターは、ディケンズの少年期の描写にここでもディケンズの小説の場面や登場人物を借りてきて、ディケンズの少年期の苦悩は我々が『デイヴィッド・コパフィールド』で読んで知っているあの苦悩だったのだと結ぶ。ここでも、ディケンズの実際の体験とディケンズが生み出し描いた登場人物を併置する。実にこの配列こそが重要であり、ディケンズの生涯を、その小説を使って説明するというレトリックを可能にしているのはこの叙述の手順なのである。

これは、この伝記を読む者が、総じてディケンズの作り出した登場人物によく通じているからという想定が前提になるが、実は歴史の一角としての事実を説明するものとしては、一つの誤謬を意図的に誘う可能性を秘めている。つまり、ディケンズが少年期に辛い経験をしたのはいいだろう。そして、『デイヴィッド・コパフィールド』という小説の中でデイヴィッドが落ちぶれてミック・ウォーカーやミーリー・ポテイトウズといった少年と知り合うことも、小説に実際に記述されている。しかし、どういう根拠で、この小説のこの場面についての着想をこの時に得たと言えるのかという段になると、両者には本質的なつながりがあるのかも知れないが、同時になんのつながりもない可能性も同じくらいあるのである。フォースターが知り得たディケンズの史実と、小説『デイヴィッド・コパフィールド』の内容の間に、つながりがある可能性もあり、ない可能性もありながら、重要なのはそのことの確証を持たずにフォースターが両者をつなげて書いているという点である。つまり、「このときの体験がそうした登場人物を登場させるに至ったのだ」という説明の仕方を用いれば、物語としての説明の筋が、伝記の中で通るというわけなのである。ディケンズの実人生を考えるときに併せて我々がデイヴィッドを思い浮かべるならば、フォースターのレトリックがその限りにおいて成功しているということなのだ。

こうした、伝記に書かれる主題となる芸術家本人が遺した作品の中に出てくる描写や人物を接続して、またそれらを根拠として、芸術家本人の生涯を説明していくという伝記記述の方法は、どうやらギャスケルやフォースターの時代に始まったわけではなく、むしろギャスケルやフォースターの時代には一般化していたものと見る方が正しいだろう。例えば、次の例がある。これもまた伝記における記述である。引用としては長くなって恐縮であるが、その分量と配列からなる文章の構造こそが重要であるので敢えて引用する。

チャールズ・ディケンズは、その幼少の頃から、ケントのこの地域についてよくよく知っていたのである。古来より国教会に分類されるシティであるロチェスターのことも、そこを流れるメドウェイ河のことも、その河が囲むチャタムの海軍造船所や港湾のことも。『ニコラス・ニクルビー』の序文には、こんな一節がある。「私がまだ子どもで、そんなにたくましい質であるわけでもなく、ロチェスター城址に腰掛けてはパートリッジや、ストラップ、トム・パイプスやサンチョ・パンサに思いを馳せていた頃に、どうしてまたヨークシャーのその学校について耳にしたのか、まったく思い出すことができない。」

この近隣の地域は、明けても暮れてもディケンズに影響を与え続けた。一八三六年、『ピクウィック・ペイパーズ』が連載開始したとき（ただしこの物語の時代設定は一八二七年の鉄道が普及する前の時代になる）、ディケンズはこの主人公に、ゴールデン・クロスから旅をはじめさせ、チャリング・クロス、それから大馬車停留所と行って、ロチェスターを最初の逗留場所と決めることになる。一団がジングルを伴ってロチェスター・ブリッジ（ジョン王の時代に架けられているので、六百五十年前の橋である）に辿り着くと、ガンダルフ司教によって建設された壮大なるロチェスター城の廃墟と、今なお保存され、元はウィリアム征服王の兄にあたるオウドウが建立した目を見張るばかりの大聖堂を大いに賛美する。さらに一団は、大通りのブル・インに滞在するように言われるが、この宿泊所のすぐ隣にはライツという宿泊所もあるがそのライツの方はジングルが言うには「高い——それにしても支払いが高い——この店ではウェイターの顔を見ただけで半クラウンが請求され——この宿屋のコーヒールームで食事するよりも友達の家で食事をして、もっと高くついてしまい——妙な連中——まったくもって」。よその人はそうでもないが、ここの地元に極めて詳しい人ならストルード、ロチェスター、チャタム、ブロンプトンの四つをひとまとまりで捉えているものだ。

（ピクウィック氏が言うには）これら四つの町の主たる産業として産出しているのは、兵士に水兵、ユダヤ人、石灰とエビ、官吏それに造船工員である。主に街路で売りに出されているのは、海洋関連の商品と、堅い焼き菓子、りんご、ヒラメにカレイ、牡蠣である。街はいきいきと活気を呈しており、主に軍人の懇親の集まりを目にすることができる。こうした勇壮な殿方が、元気と酒気があふれ出て千鳥足になっているのは、慈愛に満ちた心を持つ者からすると見ていて気持ちのよいものである。こうした軍人について行って、一緒になってはしゃいでみると、男の子にとっては罪のない安上がりの娯楽が得られることを想起するならばことさらである。（また、ピクウィック氏は付け加えて言う）この人間的な楽しさを凌駕するものは見つけがたい。とあるパブで一人が大いに愚弄されたのは私がここに到着するほんの一日前に過ぎないのだ。給仕の女性はただの一杯の酒ももうこの男には出してやるわけにはいかないと断固拒否したところ、その仕返しに（飽くまで茶目っ気から、ただの冗談とばかり）男が銃剣を引き抜いてその給仕の肩を斬ったのだ。さて翌朝のこと、このすがすがしい男はこのパブに一番にやってきて、昨日のいざこざのことならまあ大目に見てやっても構わないといい、起きた事態をすっかり忘れてしまっていたのだった。（ピクウィック氏は続けて言う）これらの町での煙草の消費量はなかなかに高い。通りに浸透し尽くしているその匂いは喫煙を好む者には大変かぐわしいことと思しい。上っ面しか眺めない浅薄な訪問者はこの土地を特徴づける汚物に異を唱えたくなるだろうが、しかし、これが人の出入りと商業の繁栄を示していると分かるものにとっては、汚物とて実に結構なものと考えることはできるのである。

大豪邸に生まれた者でもなければ、この土地についてこうまでもったいぶった書き方をする人はまずいないだろう。かの立派な軍隊のパレードが現れるのはロチェスター防御線なのであり、ピクウィック、ウィンクル、スノッドグラースが災難に遭うのもここであるが、幸い後でケントの森に住むという現実にはいそうもなさそうな農耕紳士ウォードル氏と知り合うことになる。ディケンズは風景を頻繁に描くということはしていないが、ここ『ピクウィック』第五章ではお気に入りの地元をこんな風に魅力的に描出している。

空は明るく気持ちよく、空気はかぐわしく、あらゆるものは美しく映えた。そんな中でピクウィック氏はロチェスター・ブリッジの手すりにもたれかかり、自然に対して思いを馳せつつ、朝食を待っていた。この風景はまさに、思索に富む者よりも、そうでない者に対して訴えかけるものであった。(5)

この伝記は、前掲のフォースターよりも前に出版されたロバート・マケンジー(Robert Shelton Mackenzie)による伝記である。ここでは、ディケンズの少年期に一家が債務を負って監獄に送られる前の時代に相当する、ロチェスターでの平和な幼少時代を描写している。ここでは、ディケンズが幼少期よりよく知るこの地方を紹介し、その後で、ディケンズが自分の作品である『ニコラス・ニクルビー』において挿入した一節を紹介する。さらに、これもディケンズの作品である『ピクウィック・ペイパーズ』の一節からの引用である文章を配置し、このケント地方をディケンズの生み出した人物であるピクウィック氏の言葉で説明をさせている。また地の文でこの土地について解説をした後で、再び引用によってディケンズが小説の中でこの土地をどう描いているかを示している。つまり、ディケンズの人生のこの局面、そのとき過ごした場所、様子を説明する際に、折々にこうしたディケンズの作品をはめ込んで、ディケンズの作品をもってこの頃やこの土地や様子を読者が追体験するという構成をとっているのである。

この伝記が出版されたのは、フォースターの伝記が出版される前のことなので、一家が監獄に入る事実を世界の誰も知らないし、この著者も知らない。また、ディケンズの個人的な生活に関する他の詳細な情報についてもフォースターが手にしていたものに比べれば、ほとんど何も知らずに書いていると言っていいほどである。しかし、それでもディケンズが書き遺した作品はディケンズの実人生を切り抜いたものからなっているという認識が前提となっている。伝記作者が、ディケンズの生涯の一部に直接立ち会ったり、ディケンズ本人や周囲の者から聞き取りをして情報を得たり説明を受けたり、あるいは書籍や資料でディケンズに関する情報を得たというようなことで、ディケンズの人生についての事実に関して確証を得ることがなくとも、書くことができるのである。伝記著作の章や節といった全体のフォーマットさえあるならば、既存の知識を付け足しつつも、あとはディケンズの作品そのものをコラージュすれば、その引用がなによりもディケンズの人生を説明してくれるのだという信条が背景にある。つまり、ディケンズの生涯は、伝記に書かれる以前に既にディケンズの作品に書いてあるのだ。

以上の考察から、英国における小説家をはじめとする創作家の伝記を綴る際の方法として用いられ、ヴィクトリア朝期までに定着していたと考えられるレトリックをまとめると、まず、伝記の中に、その伝記の対象となっている創作家の作品への言及、作品からの引用を行うこと。つまり、創作物を遺した人物、ここでは一定量の小説を遺した人物の伝記を著す際に、その伝記の主題となっている人物の遺した作品そのものや作品の登場人物やエピソードを、伝記の中に言及や引用として取り込むという作業が行われているということである。そして、第二に、伝記の中では、その創作家が遺した作品に描かれている内容は、その創作家が作品を創作した時期と結びつけられるのではなく、創作家がそれに原体験として触れた時期と結びつけられる。ここで重要なのは、「この作家はこれが書かれた時期にこういうものに触れておりそれを創作に転用したのである」という説明ではなく、「この作家は人生のこの段階でこういう体験をして、それを後々しかるべき時期にこれを作品に描き込んだのである」という時間軸で使われることである。つまり、ディケンズの作品に描き込まれているロチェスターは、ディケンズがその小説を書いている時期のロチェスターではなく、幼少期に遊んだロチェスターなのである。

そして、以上のような方法が生み出す効果については、次のように言える。まず、伝記という外側の枠組みに信憑性を与えるというかたちで伝記そのものに寄与してくれる効果を期待することができる。つまり、個人の史実をノンフィクションとして描いている伝記というジャンルにおいては、歴史書と同じく事実の記載がなされているとみなされることはその書籍の存在理由に関わる重要なことである。そして第二に、この方法により伝記と作家の作品をつなぐことで、伝記の主題となる創作家を主人公とする物語としてストーリーを形成する際に、その創作家自身が自ら書いた内容を提供し、その創作家が手伝ってくれるという効果がある。小説の場合で言えば、読み物としての伝記が、既に広く知られ、多くの場合既に成功を収めている小説世界の追体験を含んでいるため、伝記の描く世界が訴えてくるところが元の小説によって深まるのである。第三の効果として、こうして書かれる伝記は、その主題となっている作家の人生の記録となっているだけではなく、遺した作品の位置づけを与えることも行っているため、伝記がその作家の評価、芸術上の批評をも含む評伝としての意味を帯びるのである。

こうした、二つの方法とその三つの効果を考えるとき、この結果導くことができるのは、伝記という書き物についての時代が持つ共通認識である。つまり、こうした伝記を書く側と読む側に共有されているジャンルについての認識であり、これに特に不自然さを感じない限りにおいてここにいう時代は我々をも含んでいるし、さしあたってはこの認識を疑わずに伝記を受容していることになる。一つには、ある創作家が遺した作品というものはその作家の人生の切り抜きからできあがっているのだという認識である。つまり、作家は自分の経験してきた中で重要なことをすべて描き込んでいて、だからこそ伝記を書く際に、本人の作品を参照し、再編集すれば、その作家の人生を再現することが可能であるという考え方が成立するのである。また、さらに掘り下げて考えると、第二に、しかも作品には順序や配置こそ違え、その作家の経験してきた人生とその中での重要なことがらは、すべて過不足なく作品の中に描き込まれて保存されているのだという前提に伝記というものが立っているとも言うことができる。そうでなければ、重要度合いに応じてではありながら、人生の最初から最期までを覆うかたちでの枠組みを設けて叙述される伝記というスタイルに、作品中に散りばめられた経験は材料として不向きであり、排除されているはずだからである。ところが実際に作品の記述を並べ直すことをもって一人の人物の人生を描き得たとする以上、作品に人生のすべてが詰まっているという前提が明らかなのである。そしてまた、さらに重要な第三点目として指摘できるのは、伝記が執筆され読まれる場において、小説家をはじめとする創作活動を行う主人公はその芸術作品を生み出すために存在しているのだという、ある種の目的論としての人生行程が見えてくることである。本来、特に何の目的があるわけでもなく偶然にその人生で出会っていた場面や人やことがらが結果的に芸術に援用されることがある。しかし、獲得したすべてが芸術に援用されて意味を持つとき、すべては芸術を生み出すために出会う場面、人、ことがらという位置づけを得て、結果、その人物の人生の一連の流れを芸術作品が生みだされるための準備として捉えているのである。人生のあらゆるエピソードの表現型をその人物の芸術に求める伝記のあり方には、背景として、一連の芸術を生み出したからこそ意義のある人生であると把握する、ロマン主義的な考え方が存在しているのである。そしてまたそのことはその人物についての伝記が書かれることのそもそもの意義をも与えてくれるのである。

実際の伝記を参照すると、実は物理的に確証の得られないつなげ方をしていることは、実に頻繁にある。伝記作家としては、その作家に創作のインスピレーションを与える原体験のそれぞれの現場に立ち会っていない以上、「この年のこの日にこの場にいたから、この作品のこの部分の着想を得たのだ」と断言することは難しいのは当然である。部分的にその確証が得られることがあったとしても、それを人の一生を最初から最期までカバーする一冊の本の中で一貫して続けるのは至難の業であろう。また現実には、作家本人が重要だと感じたことでも作品の中に描き込まれずに終わるものごとは少なくないだろう。なにも作家が芸術に活かすためだけに世界を経験し、人生を生きているわけではない以上、当然である。また、描かれている芸術家本人からの情報がある場合も、それを伝記的事実と作品とをつなぐ根拠として必ずしも信用できるとは限らない。本人の記憶違いだってあるだろう。記憶違いがないにしても、本当にその日、そのときに会った人物を小説に登場させたのか、本当に本人が経験したことなのか、本当にその場面の着想を得た日も作品の中で描かれているのと同じような雨の日だったのか。記録を取りながら生きてでもいない限り、疑わしいことだらけである。そもそも、本人の証言ならば信用できると考えるのが浅はかであるのは、自伝では伝記に輪をかけて虚偽が書き込まれることだけを考えれば充分だろう。そしてなにより、書かれる本人もまた同じ時代に生きる者として先に触れた伝記についての共通認識を持つ以上、同じつなげ方を自然なものと感じる一人なのである。ところが、そういったあらゆる事情にもかかわらず、理屈としていくら通らないところがあろうとも、作家の執筆した芸術作品を作家の人生とつなげて編集する伝記の著し方が極めて一般的なものとして定着し、読者としてはそうした綴り方が自然に受容し得るスタイルとして定着したということなのである。

冒頭で書いた通り、本論で特に焦点をあてて問題にしているのは、芸術家、あるいは広く創作に関わる人物についての伝記の記述方法である。この研究対象について今更ながら付言すると、これはかなり狭い範囲のものを対象としている印象を拭えないかも知れないが、それは数ある伝記の中でもこうした条件に当てはまる場合の伝記しか内容上扱うことができないからである。伝記の参照対象として創作家の作品が用いられるということまでの論の内容から、そのことは既に自明であろうと思う。ただ、本論では作家の伝記しか対象とはしていないものの、伝記の延長である自伝にこの視点を拡大して考察する余地は充分あると言えるだろう。

ここまでの論を眺めて、考察してきた伝記の方法をもって、伝記とはそもそも多かれ少なかれそういう方法をとるものであって当然に思われる場合もあるかも知れない。あるいは伝記といっても伝記文学というくらいなのでフィクショナルな要素と無縁ではあり得ないのではないかと考える向きもあろう。その点、これが飽くまでここに扱う英国ヴィクトリア朝期の伝記に広く定着したものではあっても、こうした編集操作を含んだ執筆方法が、伝記というジャンルの中でも必ずしも普遍的なものではないということをこの段階で確かめておきたい。

古くはウィリアム・シェイクスピア（William Shakespeare；1564–1616）のように、同時代において既に一廉の人物として有名であった場合でも、時代の芸術家の位置づけの違いもあって、人生の一つひとつの細かな情報が記録されたり、伝えられたりする必要を感じない時代も明らかにあったのである。

そして時代が下ってもう少し近い時代である英国十八世紀を参照するに、伝記といえば代表的なものとして一番に挙がる、ジェイムズ・ボズウェル（James Boswell；1740–95）がサミュエル・ジョンソン（Samuel Johnson；1709–84）について著した伝記『サミュエル・ジョンソンの生涯』（*The Life of Samuel Johnson*；1791）がある。これも創作家についての伝記という意味ではここまでの話と同様に分類して構わないはずだが、ここまでに見てきたような方法をボズウェルはとっていない。ボズウェルの伝記では、「ジョンソンがこの日このときこういう経験をしたから、この作品のこの部分にそれが反映した」という書き方をしていない。伝記が含む情報の量としてはその後の時代に負けないほど膨大な内容を含む伝記であるが、日々のジョンソンの一挙手一投足を観察でき得る限りすべてを書き留めて記録しようとするボズウェルも、ジョンソンという人物やその行動に興味があるのであって、作家であったりその生み出した作品には一切つなげて語ろうとしないのである。ジョンソン自身の作品にはもちろん言及しているものの、それは目下取りかかっている仕事についての報告記録についてであって、その作品に記述される内容とジョンソンの生活や生い立ちを結びつけようという意図は一切見られない。そもそもこの伝記はブロンテやディケンズの生涯のように知り得る限り人生の最初から最期までをカバーする人生全体のドラマとしての形式をとっておらず、むしろ断片としてのエピソードの集積からなっている。どのページを開いてもそこから拾い読みで読み始められるスタイルを持つ反面、この書籍全体で一つの大きなストーリーを形成するというようなかたちはとっていないのである。

これはボズウェルに極めて顕著な点であるけれど、ひとりボズウェルに限らずむしろ時代の一般的な伝記記述の方法がこれである。先に見たヴィクトリア朝期の人生編集の方法は時代を通じて一般的であるような、普遍的な伝記の記述方法なのであるとは、これだけを見ても言うのは難しくなるだろう。むしろ、ヴィクトリア朝期に、その時代に多くの読者を得て成熟を見る小説との関連で、伝記が持つに至った新たなかたちが先にみた方法なのである。

では、前の時代は伝記の違うかたちをとっていたとして、それでは、逆にギャスケルやフォースターが伝記を綴った時代よりも後の時代はどうなるであろうか。ヴィクトリア朝期の伝記が、その後モダニストと言われる人々に痛烈な批判の対象となったのはよく知られる通りである。ヴィクトリア朝期の伝記は退屈な事実ばかりを羅列する三巻本で体裁だけは整えているけれど人間の本質を描き出すことには失敗しているというリットン・ストレイチー（Lytton Strachey：1880–1932）は、実際に、人物の本質だけを抽出し、膨大にして些末な事実記録の一切を排した、薄い伝記の執筆を自分で実践して見せた。ヴィクトリア朝時代には伝記に限らず小説やその他の本も、美的観点や完本の概念や貸本の事情などあらゆる事情から三巻本で出版されるものが大半であったが、ストレイチーがここで呼んでいる三巻本というのは恐らくは具体的な一冊を指しており、それはギャスケルの『シャーロット・ブロンテの生涯』のことだろう。では、実際にその主張に沿うかたちでストレイチー以降はギャスケル的な伝記が姿を消したのかというと、そうとも言えない。伝記好きという英国の国民性は今日なお健在であることは書評欄や書店の配架を見ても明らかであるが、そうした本を具体的に手に取るともっと明らかなのはヴィクトリア朝期よりもいよいよ文字は小さくなったのに、分厚くなる一方であることなのである。

書籍の分厚さはさておき、伝記の書かれ方はどうなっているかという点である。ここでもその後の時代の伝記の書かれ方の例として、継続して小説家ディケンズの伝記を取り上げてみる。二十世紀に入ってすぐに書かれたディケンズを主題とした伝記として、G・K・チェスタトン（Gilbert Keith Chesterton；1874–1936）の伝記がある。この伝記は、伝記でありながらもほとんどはチェスタトンによる批評であり、それもかなりアクロバティックなかたちでそれまで誰も用いなかった独特の筆致でディケンズを手放しで礼賛するものである。しかし、それまでとは違う批評の方法を用いるとは言っても、冒頭の説き起こしはディケンズの少年期のなりゆきに特定のページ数を割いて伝記的な説明を加えている点は伝統的な手法をとっている。大半はフォースターによる伝記を主な情報源としているが、やはり、フォースターと同様に、少年期の記述に『デイヴッド・コパフィールド』とミコーバー氏を持ち出して、これと関連させずにはいない。チェスタトンの主な議論としては、現実世界やノンフィクションの実話というのは大したものではあり得ず、現実に並ぶか、もしくは現実を凌駕する世界を描き出したのがディケンズであるという論旨になるが、そういう議論の展開でありながら、やはり史実とディケンズの小説作品を連結して語るという伝統的な慣習を踏んでいることは注目に値する。

また、チェスタトンと同時代に書かれたあまり有名とは言えないディケンズについての伝記としてノーマン・デイヴィッドスン（Norman Davidson）のものがある。こちらは先に見たマケンジーのものとほぼ同じように、ディケンズの小説作品からの引用を伝記全体に散りばめて、その選り抜いた文と文の間を自分の文章でつなぐことで伝記を形成させている。

この方法をもっと極端に推し進めたものとして注目するべき伝記はクリストファー・ヒバート（Christopher Hibbert；1924–2008）による『チャールズ・ディケンズができるまで』（*The Making of Charles Dickens*；1967）であろう。タイトルが伝える通り、いかにしてディケンズという人物が形成されたのか、形成され得るのかという原因探求を視座において編まれているものであるが、この本はディケンズが渡り歩いた場所や場面場面に極めて多くのディケンズの文章やその挿絵を、まさに切り貼りのかたちで大量にあてがい、ディケンズ自身の言葉あるいはディケンズの想像した人物の言葉で説明させる部分を多くもうけている。もはや引用される作品のその場面が、人生のその段階が元になっているかどうかは問題にできないほどに切り貼りがなされているところをみると、恐らくその点を実際に問題にはしていないのだろう。

さらにこの方針をとる伝記群のその先に位置しているのが、ピーター・ロウランド（Peter Rowland；1938–）による『チャールズ・ディケンズ――私の前半生』（*Charles Dickens*：*My Early Times*；1988）である。これはディケンズに一人称で生い立ちを語らせる形式をとっている。書籍のタイトルも「私の」となっており、ロウランドは編纂と編集と表書きにも表示されている通り、この書籍のほとんどはディケンズの書いた言葉からなっている。ディケンズが遺した自伝やスケッチだけではなく、小説からの引用もすべて一人称に直した上で、これを配列し、ディケンズ自身が自ら振り返る思い出や独白という体裁になっている。ディケンズの文章を再構成することのみで成立する伝記となっており、作家自身の言葉でつなぐ伝記の最たるものと言えるだろう。そこには作家の生の言葉が出てくるものの、つなぎ方は本来の実人生のあり方にのっとったものであるのか、人生の適切なタイミングにディケンズの元の文を配置しているのかという正確性の観点に疑いが残ることは言うまでもない。ジグソーパズルのように最初から一枚の絵であったものを解体して各ピースができているのではないから当然だろう。むしろディケンズの前半生を本人が書いた文の引用のみで埋めているからこそ、史実に照らしたときの信頼性においてはむしろ他よりも落ちるものと考えるべきだろう。しかし、そうした記述内容の正確性よりも、物語としてつながっていることへの評価、伝記が一連の物語として成立していることへの期待が、実は大きく上回っている場合が確実にあることの証左と言えるだろう。

以上に見てきた通り、作家自身の言葉で補い、作家自身の言葉と言葉の間をつなぐ伝記の編み方は一つの代表的な方法になっていったことが分かる。もちろんディケンズについて書かれた伝記だけをとってみても無数に存在し、ここに見た方法以外の側面を備えるものも大いにあるが、そうしたものの内の一つとして、ここに挙げた方法が創作活動を行う芸術家の伝記記述において広く定着し、現在に至るまで引き続き行われ、典型的なものとしての位置づけを得ていると考えることができる。それゆえ、今日の我々の周囲を見渡してもこれに方法を借りた伝記の例には思い当たる例が少なくないだろう。ディケンズやヴィクトリア朝期の作家以外、小説家以外、英文学以外の領域にもその後、大きく広がっていることを示すものとして、次のようなものも挙げることができる。

清志郎はその当時、金もないのに車を持ってた。角ばった車だった。今思えば、それはあの時代でもきっと古い古い代物だったんだろう。何年もそれをころがしてたのか、あるいはとんでもない中古車をバカ安の値段で買ったのか……いまだに不思議だ。ガソリン代はどうしてたんだろう？

確か雨もりするって聞いたことがある。ライトが片目いかれてる、鍵もかからない—そんな車だった。陽にやけて車体はザラザラしてた。

この車をよく清志郎は原っぱなんかに無断駐車させていた。もちろん駐車場なんて借りてないわけだから。

「ある朝、車を取りに言ったら、車の中で子供が遊んでたんだよ。ワーッワーッ言ってさ。なんか捨ててある車とまちがえたらしくて」

哀れなことに、清志郎のサニーが廃車になったのはそれからしばらくしてだった。

この雨にやられてエンジンいかれちまった
オイラのポンコツとうとうつぶれちまった
どうしたんだ Hey Hey Baby
バッテリーはビンビンだぜ
いつものようにキメて　ブッ飛ばそうぜ
（「雨あがりの夜空に」より）

僕は清志郎と親しくなった時、あまりの嬉しさでいろんなやつにそのことを自慢した。みんなの反応は「ふーん、そう」ってくらいなものだったけど、僕は毎日浮かれてた。だって忌野清志郎と知り合いになったんだからね。[6]

これは、日本のロックミュージシャンである忌野清志郎（1951-2009）について書かれた伝記である。当人の生前、爆発的な人気を得た後にその人気が次第に落ち着いてくる頃に書かれたものであり、伝記の類いでは比較的初期に書かれたものと言っていい。この伝記の作者は、グループが長い暗黒時代を経た後に世に注目されてゆく頃に

RCサクセションを発見し、やがて直接の知り合いになってゆく中で、忌野清志郎にインタビューを重ねてゆく。本書は、そのインタビュー内容の引用と自分で綴る地の文を組み合わせた構成をとっている。ここに引用したのは、インタビューの後に作者が地の文をつけている部分からであるが、そこに紹介されるエピソードを受けてRCサクセションの曲の歌詞が挿入されている。伝記の主題に設定されている創作家／芸術家が自ら作り出した作品を伝記の中に組み入れるというあり方は、先に見たスタイルをそのまま踏襲するものになっていることが容易に認められるだろう。

そして、歌曲「雨あがりの夜空に」を本書ではこうした文脈の中に配置しているが、この曲の作詞の由来には、忌野清志郎本人が語るところだけでも諸説存在している。例えば、曲の歌詞に一貫して現れるような性的に含みを持つ比喩表現を重ねることで歌詞を綴ったら、結局こういうかたちに落ち着いたというようなものまである。この曲の歌詞がこの伝記に言われる自動車のことを歌ったもので、この伝記に言及されている日の体験を歌ったのだと考えることも可能ではあるが、その絶対的な確証を最終的に得がたいという点でも先の議論とやはり共通している。伝記に叙述されるエピソードの内容と雨との組み合わせという観点で考えると、むしろ、微妙にずれが見られることからすると、本来この曲を作るインスピレーションとして働いたものとは違うエピソードをここで用いていると考える方が自然であるかも知れないほどである。しかし、つなげれば話としてつながり、中に本人の遺した言葉を交えるなら伝記として受容すべき物語ができあがるという意味でも、これまでに論じてきた内容と方法は一致しているのである。このように、この伝記の方式は現代に至るまで、言語や国を制約することなく偏在しており、その例はいくつも挙げることはできるのである。

三　映像表現による伝記の方法

文字で書かれた伝記の流通の多さと比例するかのように、映像作品においても伝記的な内容を持つものは目立って多く流通している。そもそも舞台、テレビ、映画といったヴィジュアルな伝達法に依拠した中での物語は、前時代から存在する小説と同じく、フィクションを題材とすることが多く、また人気も高いのではあるけれど、一方で、ノンフィクションにとりかかるとき、その代表的な形式としていわゆる「バイオピック」、伝記映画が中心的な位置を占めて久しい。これは伝記好きの英国文化に限らない話かも知れないが、ともかくも映像作品の中にはかなりの伝記的内容の作品が含まれているのは、文字による伝記文学の場合と同じく、芸術の媒体の物理的側面を超えて、読者／視聴者の中に同根の興味があるからであろう。人の人生を文字によって垣間見たい人たちは、映像によってもそれを体験したいと思う傾向にある。そして、相互の媒体の間でのアダプテーションの垣根も他に比べて低く、実際多くのバイオピックが文字で書かれて出版された伝記や自伝を元に制作されている。

ここまで文字テキスト媒体の中に見てきた伝記の記述方法、編集方法というものは、映像に移植しようすることが技術的に見れば不可能な種類のものではなく、むしろ容易な部類に入るのではないだろうか。ただし、その伝記の中で主題として選ばれている芸術家が遺している芸術の種類によってその可否が決まるという要素がある。ここまで伝記文学において主に小説家や作家を見てきたが、小説家にとっての小説は他の分野の芸術においてはその分野の芸術作品に相当すると考えていいだろう。伝記の中に小説を引用することが可能なように、伝記映画の中に引用できる芸術形式もあれば、引用することが可能でない芸術形式も存在することは最初に確認しておきたい。

また今ひとつ興味深い点として追加的に指摘しておきたのは、文字表現である文学において明確に区別されている伝記とそのサブジャンルとしての自伝の区別が、映像表現においては区別できなくなるということである。より正確に自伝というものを映像に移植すると自分の姿を自分でカメラで撮影する作業をいうのかも知れない。脚本の段階から自分の話を綴ったものを自伝と呼んで伝記と区別することはできるかも知れないが、少なくとも文字表現である伝記も自伝も映画にアダプトした段階で元々伝記であったのか自伝であったのかの区別を失うというところまでは言えそうである。同じく自伝的小説の類いも、内容が事実に基づいているかどうかという信憑性の点で幅が出てくるものの、やはり映像作品の内的世界における差としては現れがたいという意味ではやはり伝記や自伝と同じ映り方をする。それが本来はフィクションであったかノンフィクションであったかというのは、作品の外側にある付随情報でしかない。したがって、いわゆるバイオピックに類する映像というのものは、文字通りの伝記映画が主でありつつも、そこには文字表現において自伝だったものや自伝的だったものをも包含しているということになる。

そうした映像における伝記についての議論で、これまでの議論のきれいな相似形をもっとも見出しやすいのは、映像作家の伝記を描いた場合である。つまり、先の議論における小説という芸術を実践する者についての伝記文学を扱ったように、映像作品という芸術を実践する者についての伝記映像を取り上げてみたい。注目するのは英国で製作されたチャールズ・チャップリン（Charles Chaplin；1889–1977）の伝記映画『チャーリー』（*Chaplin*；1992）である。クレジット上はチャップリンの自身の『自伝』（*My Autobiography*；1964）と映像批評家デイヴィッド・ロビンスン（David Robinson；1930–）の記述を原作と位置づけている。ここでも、文字で記述された伝記と自伝とが、映像において伝記映画というかたちに移植されている例を見ることができる。それまでにも、ドキュメンタリー形式ではなく、物語として構成した映像としても、ＢＢＣのテレビドラマシリーズなど、何度かチャップリンの伝記は制作されてきているが、他の映像作品では試みられていなかった特徴が本作にはある。それは、チャップリンの伝記を物語として語る中で、チャップリンが制作した映像を挿入することである。さらなる映画制作のためアメリカ行きを決意したチャップリンがアメリカへ渡航して入国するシーンではチャップリンが初期に制作した短篇映画「移民」（The Immigrant；1917）の一シーンが挿入される（*Chaplin*；0:45:00–0:49:00）。

続いて、渡米したチャップリンが渾身の長編『キッド』（*The Kid*；1921）を制作する。当時妻のミルドレッド・ハリスと離婚協議が始まるところで、『キッド』の上映方法や報酬までが絡んでいるその離婚裁判の被告召喚令状を手渡されることを回避するため、すでに撮影を終えていたチャップリンは、ユタのソルトレイクまで密かに移動し、ホテルで身を隠しながら編集を進めたのは実際に『自伝』に記述される事実である。これを再現するのに、映画のこのシーンでは変装や逃亡のアクションを交えたコミカルな追跡劇として描いている。そしてその編集作業の場面に、『キッド』の場面を映り込ませて、チャップリン自身の創作でこの『チャーリー』という作品を補っている（1:05:00–1:09:00）。さらに、この時期のチャップリンの実際の映像を挿入して使うことで、その時代と連動させるかたちでその人物と想起させるという方法をとっている。つまり、この映画は伝記であり、脚色も含めてではあるが人物の記録であるので、その題材となる人の人物像を聴衆のそれぞれに抱かせるところに大きな目的があると言っていいのだが、その目的を達成する上で、一部には、本人映像を用いて補うということをしているのである。このことは伝記映画にとっては実は危険なことであるかも知れない。他の作品も含め伝記映画の常として、人種、性別、体型などが同じで、できるだけ本人に似た容貌を備える俳優を連れてきた上で、極力似たメイクアップを施して、実物の往年の姿に似せて登場させることで、伝記の持つノンフィクションとしての側面を疑わせないよう、実話としてのリアリズムに疑念を残させないように、可能な限り似た容貌の主人公を用意する。ここでもロバート・ダウニー・Jr（Robert Downey Jr.；1965-）が、元々そう似てもいない素顔をできるだけチャップリンに見えるように加工するという努力のあとがうかがえる。それでも容貌の近似には限界があるところを動きの芸を磨くことでかなり補って見せてもいる。しかし、どの程度似ていても似ていなくても、本人を連れてくれば、遜色があるのは当然である。ここで本人の人物を描いてもらうために行う本人映像の挿入は実は、ここまでの挿入部分以外のダウニーが演ずるチャップリンが似せようとしたけどあまり似ていないかも知れない作り物であることを、本物と併置することで、自ら暴露するようなことにもなりかねない意味で、危険をはらんでいるのである。さらに、『チャーリー』の内的な時間は一九二〇年代末葉に至り世界恐慌の時代を迎えるが、その際に――『黄金狂時代』（*The Gold Rush*；1923）ではなく――『モダン・タイムス』（*Modern Times*；1936）からの映像を挿入している（1:35:00-1:35:00）。こちらは、人物そのものというよりも、時代性の方を観る者に想起させるべく使用されていると言っていいだろう。聴衆がその生きている場合は昔――公開当初は当時から六十年前の昔――を回想させ、生きていない聴衆にもまたその生きていない時代を懐かしく回想をさせるのである。以上の『キッド』と『モダン・タイムス』の二つについては、チャップリンが自身の映画創作のインスピレーションを得たきっかけとして挿入場面が利用されているわけではない。つまり、「『チャーリー』に描かれるこの場面がチャップリンの人生に起きて、その時に想起したインスピレーションから、『キッド』や『モダン・タイムス』のシーンが生まれたのである」というつなげ方をしていないのである。あるいは『キッド』や『モダン・タイムス』を引用再生することでチャップリン自身の意識を浮かび上がらせるために使われるわけでもない。ただ、ここで描かれている人物や時代を体感し、回想させるために、挿入しているのに留まっている。チャップリンの人生のある時期にこういうシーンがあったのだということを再生して見せるということに限られている。

こうした本人映像の使い方は実は伝記映画の中では一つの典型でもあり、実際に多用されている。例えば『マン・オン・ザ・ムーン』（*Man on the Moon*；1999）において随所に挿入されるアンディ・カウフマン（Andy Kaufman；1949–1984）の本人映像は、まさに当時の時代と人物を見せて、そのテレビ映像の低画質の色味も含めて、郷愁を誘うものである。そして、終始カウフマンを演ずるジム・キャリー（Jim Carrey）の見た目や動きを本人に似せる努力をあっけなく無効にして、カウフマンの物語ではなく、キャリーが演ずる何かを観ているのだと、頭を切り替えさせかねないリスクを負ってもいる。

あるいは、『英国王のスピーチ』（*The King's Speech*；2010）でコリン・ファース（Colin Firth；1960–）演ずる王のスピーチと併せて、実際のジョージ六世（George VI；1895–52；reign 1936–52）のスピーチの音声を使っていることも同じ方法であるし、『ファウンダー――ハンバーガー帝国のヒミツ』（*The Founder*；2017）でマクドナルド社を乗っ取る悪漢として描かれる主人公レイ・クロックがインタビューに答える本人映像が使われているのも同じ意図であろう。ジョージ六世の演説やマクドナルド社の生み出した味覚やデザインを現代においては芸術作品と同列に並ぶ創造物と位置づけることは可能であるかも知れないが、そうは見ない人も多いかも知れない以上、これらを芸術家の物語として捉えるのには無理があるので、捉えなくてもよいのだが、伝記に使われている典型的手法は確認できるし、それが芸術家の伝記に使われる場合も同じ使われ方をするので、例として扱うのには問題はないだろう。日本のテレビドラマや映画作品で戦時を扱う物語の中で玉音放送が挿入される例は枚挙にいとまがないが、これも同じ手法である。そしてそれはまたフィクション作品でも行われることは重要である。時代を想起させる必要性はフィクションでもノンフィクションでも、その要請は同じだからである。先に言う通り、その時代やその人物を本物の映像や声をもって想起させることが主眼であるが、同時に、伝記映画が脚色を重ねるほどに印象においてフィクション作品が与える印象と変わらなくなるかも知れないときに、こうして本人映像を突きつけることで本当の話であることを改めて思い出させようとする意図があるのかも知れない。そして、本人が登場しない場合も、本人の作り出した芸術作品を登場させながらも、時代性を思い起こさせる以上の効果を狙わない例として挙げるのに相応しいのは『トランボ――ハリウッドに最も嫌われた男』(*Trumbo*; 2015) かも知れない。トランボが脚本を書いた映画作品がまさにコラージュとして随所に挿入されることで映画が成立しているが、その頃にこの映画の脚本を作成していたという時代を伝える以上の役割を特に付与されていないからである。ここに引用される映画がひたすら広く知られているので時代背景を語ってくれるという使い方である。また、これも芸術家を主人公としているとはとても言えない伝記映画として『バリー・シール――アメリカをはめた男』(*American Made*; 2017) があるが、この映画の冒頭部分は、観る者に一九七〇年代の映像技術を思い起こさせる画質で作られている。現代に撮影されていながら、その中にトム・クルーズ (Tom Cruise; 1962-) が映っていても、一九七〇年代に撮影してきたと錯覚させるような効果を生んでいる。

さらに言えば、伝記映画のもう一つの典型的な手法として、映画の末尾に、エンドロールに先立って、主人公と他の登場人物のその後について文字で情報を与えるというものがある。その後この人はこうなったということを語る手法である。(7) ここで扱う『チャーリー』でもそうであるし、前掲『ファウンダー――ハンバーガー帝国のヒミツ』でも同じ手法をとっているし、伝記映画の半分ほどはこの手法をとっているかも知れない。これもまた、別の手法ながら、ここに見た本人映像の使い方と同じく、ともするとフィクションのように物語を観てしまう中で最後に実話であるという認識へ引きずり戻すという効果においては同じ目的を持つものかも知れない。(8)

一方、『チャーリー』には、実在の人物や時代を想起させるためにこうして伝記の対象となる人物の作物を利用するのではないシーンも見られる。それは本作の最終部分、チャップリンが自分の功績に対してアカデミー名誉賞が与えられる際に、その受賞会場でチャップリンの古い映像作品が再生される。自分の人生を懐かしさや、なにがしかの評価をもって振り返ろうとするときに、その振り返る心理を代表するものとして、若き日の回想シーンを見せるというものである。それ自体は物語を持つ映画にはありがちなことであるけれど、しかし、この映画が伝記映画であり、しかもそこで題材となっている主人公がチャップリンという映像の創作を行う人物であるとき、この映画そのものの前半からの映像を回想として再生するのではなく、チャップリンが制作した映像を回想として再生することが可能になる、一般的ではないケースなのである。本論では一貫して、「自らが創作物を遺した創作家の伝記について」という一般的でないケースを扱っているわけだが、すると、ここでは文字媒体による伝記で行われていたのと同じ方法と効果を持つ例をここに確認することができるのである。ここではまさに、晩年のチャップリンが受賞会場で歓声に囲まれつつ、自らの作品を観る（1:57:00–2:25:00）。そこに映し出されるのは『チャーリー』でロバート・ダウニー・Jrが演じているチャップリンではなく、本物のチャップリンが遺した映画から切り取った映像なのである。つまり、ただ単に、時代や人物を想起するために入れる古い映像ではなく、自らの人生を振り返って評価する際に――そこで振り返っている役はロバート・ダウニー・Jrが演じているけれど――そこで回想されるインスピレーションとなる映像はチャップリンのものなのである。ここまでせっかくあらゆる努力を重ねてチャップリンの人生をチャップリン以外の作り物でできるだけ史実に忠実に描いてきたというのに、ここ大一番のところでチャップリンの映像を挿入して、それで人生を総括してみようとするのである。ギャスケルやフォースターといったヴィクトリア朝の伝記において、伝記作家ではなく、伝記で書かれている作家の筆を借りることで説明するという方法が、ここでは、映像による伝記においても用いられているのである。奇しくも、本作ではチャップリンに「私を理解したいなら私の映画を観なさい」と言わせているが、本作全体としてはまさにそれを実践したかたちでの映像の挿入になっているのである。（1:23:00）。

似た方法論を用いている作品として、二〇一三年に公開された日本映画『はじまりのみち』がある。本作も伝記映画であり、その題材とする人物はやはり映画監督の木下惠介である。映像作品を遺した人物という意味では『チャーリー』と同じ分類に属するし、広くはここで問題としている創作物を遺した人の伝記という範疇にも入っている。しかし、本作は映画監督の人生を題材にしつつも、その人物の戦争中の体験として母をリアカーに乗せて運ぶ過程を主に描いているもので、戦前戦後の映画制作の様子など映画監督としての姿はほとんど扱われていない。映画の冒頭では、その母をリアカーに乗せて運ぶ場面から始まっているが、既にその中に木下惠介が監督して制作した映像が使われている。こういう映画作品を作った人の人生についての映画がこれから始まるのだということを告げる、イントロダクション的な意味のものである（0:00:00–0:10:00）。次に木下惠介自身が遺した映像が使われるのが、戦争の最中に木下作品について話題に上る際に、登場人物が、あるいは聴衆が木下作品を回想するときである（0:54:00–1:04:00）。この映画の中で木下惠介の映画への熱い想いを表すのに、木下惠介の映像作品を見せているのである。そうすることでのリスクは、もしかしたら聴衆を置き去りにして、木下惠介、あるいは映画内の木下惠介、あるいは制作陣の自己感傷、あるいは自己憐憫を見せつけているように映りかねない危険があるかも知れないが、その危険性もまた、元々、言及される映像作品がここでの主人公の産物であるという、内向的な作りの宿命であるとも言えよう。恐らく今日の木下惠介の知名度を考えてみると、制作する側には木下惠介という人物について広く知らせたいという教育目的が制作の背景にあろうと推測されるが、すでに忘れられていて、再び人々に知ってもらう必要性が高ければ高いほど、この映画の中での木下作品への言及が聴衆を遠ざけてしまう可能性はあるのである。さらに本作では、最後の部分でも木下惠介の映画作品を挿入している（1:19:00–1:31:00）。これは戦争を経て生き延びた監督がこれだけの成果を後に上げるというつながりで再生されると見るのが自然であるだろう。戦時中のみを描いていて人生の晩年までを語らない本作ではあるが、ここで主題として取り上げている人物の人生の総括を、最後に再生される人生の偉業としての映画作品のダイジェスト中に見出すという構成になっている。この部分を観ると、ダイジェストにしても少し長いだろうという印象を抱く場合が少なくないのではないかと思われるが、しかし、先に挙げるとおり、木下恵介という人物やその作品について啓蒙する目的でサブテクスト的に補ったのが本作であるとしたら、そして、本当であれば木下恵介の映画を観れば伝わることをその背景と併せて見せようとする意図が制作にあるのだとすれば、あるいは木下恵介作品がかつてのように広く知られて観られるようになれば本作はむしろ制作される必要を失うような性質のものだとしたら、末尾の木下恵介が制作した映像が長くなるのはむしろ当然であり、そこにこそ本来の本作制作の意味があるのかも知れない。いずれにしても、構成としては、ここでもまさに文字による伝記に見られたのと同じく、創作し遺した映像作品の動機づけを伝記の中で見せるというつなげ方をしているのが確認できるのである。

同じく、創作家を主題に取り上げて伝記的に扱った映像であっても、ここまでに見てきた方法が当てはめがたい、あるいは当てはめる方もそれを解釈する方も当てはめているのかどうかを特定しづらい場合というものがある。例えば芸術家の中でも音楽家を扱ったものに『マーラー』（*Mahler*；1974）がある。映画の大半のシーンにおいてマーラー作曲の音楽が使用されている。音楽家について扱う伝記映画というのは、他の芸術家や創作家に比べて、当人の芸術を引用するのが最も容易であることを実感させる。ただし、その一方で、その音楽と映画のストーリーとを必然的なかたちで結びつけるのは他よりも難しいものとなる。(9) 本人作曲の音楽を始終流しておくことはできるけれど、ひたすらその人物にちなんだ音楽をBGMとして使っているという以上の意味を持たせることは困難である。これは、例えば『アマデウス』（*Amadeus*；1984）のようなケースでも多かれ少なかれ同じ結果に至る。とある曲の作曲のきっかけとなるアイデアが浮かぶシーンを描いた上で続いてその曲を流すことはできるし、その意味でストーリーとその人の芸術の成果とを結びつける努力は見られるが、「人生の中のそのエピソードゆえのその楽曲」という論理的な結びつきによる説得力を持ち得ないのは、それだけ音楽というものがそもそも抽象性が高く、あまりに広範囲の意味づけが可能な芸術形態であるからだろう。

また、創作家の人生を使いながらも、その芸術作品とは一切関わらない伝記、あるいは関わらせないで描く伝記というものも可能であるし、そうした作品も実際に存在する。『愛人／ラマン』(*L'Amant*；1992)はフランスの作家マルグリッド・デュラス(Marguerite Duras；1914-96)が十代の頃、仏領インドシナにおいて過ごした時期を扱う伝記的作品であり、本人が書いた自伝を元にしている。本作は、デュラスという小説作品――あるいはそれに留まらず自ら手がけた映像作品など――を多く生み出した芸術家を扱っていながら、その作品に一切触れていない。作品の最後に、後年仕事場で執筆しているらしきデュラスの後ろ姿が出てくるのみで、それ以外は過去の回想だけから映画が成立している。これは、自分が登場する自伝的要素を多く備えながらも、その過去自体が独立した物語になっていて、「今現在の自分に至る過程としての人生」を描くことを一切意図していないのである。そして、こういう構成を取っているのは、映画作品以前に、原作となっている元の自伝作品がそうなっているからであり、このように現在の人生やその人生が生み出してきた芸術作品と、一切関係づけずに語る方法もまた可能なのである。同じく、その人物の創作物と関係づけられていない例に『アイリス』(*Iris*；1992)があり、小説家アイリス・マードック(Iris Murdoch；1919-99)の生涯の前半生を辿る中で、マードックの作品からマードックの人生を説明しようとしていない。また、『ハンナ・アーレント』(*Hannah Arendt*；2013)においては、アーレント(Hannah Arendt；1906-75)の自作――芸術作品ではなく学術書の執筆になるが――の執筆とそれに対する学界や世界の反応についてのエピソードはメインプロットになっているものの、自分が執筆作品を送り出したことの結果やそれによるジレンマを問題にしているのであり、執筆の契機となったインスピレーションや動機を問題にするあり方とは異なっている。その芸術作品を脇において人生の紆余曲折を辿る意味ではレイ・チャールズ（Ray Charles；1930-2004）を描いた『Ｒａｙ／レイ』（*Ray*；2004）もこれと同種のものと言えるだろう。

さらに、伝記の題材となる人物が生み出した芸術やその映像を、伝記映画に絡めようとしないケースもある。中には時代によって、芸術形態によっては、映画に引用することが物理的に無理なこともあるだろうが、そこが可能であっても使用しないことで敢えて一線を引く場合が見られる。『シド・アンド・ナンシー』（*Sid and Nancy*；1986）がそうで、本人の当時の映像を挿入しようと思うなら映像を用意することは可能であるし、楽曲を使おうとすれば使えるのだが、それをしていない。本人映像を持ち込み、それと映画内のストーリーを連結して見せようとする試みが多くある中で、敢えてそれを排除し、伝記映画の中で撮影する映像の中だけで完結させようとする試みもあるのである。同じく、『ラリー・フリント』（*The People vs. Larry Flynt*；1996）も、いくらでも使える本人の映像を使っていないし、映画で問題にするトラブルの元凶ともなるポルノ雑誌という芸術上の成果も物語の中では登場させていない。裁判長の配役でラリー・フリント（Larry Flynt；1942-）本人が出演をしていることを考えると、映画と現実に一線を引くのは、意図的な判断だろうと思われる。

このように、その遺した作品と無関係なところでその人物の人生を扱う例を見てくると、伝記映画において作家や他の芸術家を敢えて題材として取り上げることの意味が、改めて問い直されることになる。というのは、偉業と目される、その人物が生み出した芸術作品との関連で語るのでないならば、他の多くの名もなき人々の人生と同質で等価値のものに過ぎない人生にわざわざ注目し、映画化をしている可能性を否定できないからである。無名にして凡庸な人生であるとしたら、少なくともノンフィクションのレベルで伝記文学に綴られ伝記映画が制作されることは考えにくい。そう考えると、逆説的に、こうした芸術作品と関連づけない伝記というものは、関連づけていないがゆえに、それだけ芸術家であることは特別なことであると伝記が考えていることを示唆している。たとえ芸術作品やその評価への言及がなくとも、『愛人／ラマン』のように芸術作品を生み出す以前の時期を扱っていても、芸術家の人生は、特別な、敢えて語るに値する人生なのである。それだけ、芸術作品を遺すことは特別なことであり、芸術家として生きることは特別なことなのである。

ここに見た、生み出した芸術作品との関わりで語られない伝記がある一方で、創作家／芸術家が仕事をしているところを再現記録として作って見せる伝記映画があり、これは似ていながらまた別の方法をとっていると考えていいだろう。オスカー・ワイルド（Oscar Wilde；1854–1900）を描く伝記映画『オスカー・ワイルド』（*Wilde*；1997）で、ワイルドが戯曲を執筆し、自作の劇の上演を舞台の袖で見ているシーンは、まさに芸術家が芸術家の仕事をするところを再現して記録したものである。アルフレッド・ダグラス卿（Lord Alfred Douglas）との情事やその他のエピソードは存分に描かれるも、それが芸術創作の活動と特に関連づけられることはなく、芸術家は芸術家の人生を生きつつ、それとは別のレベルで仕事としての芸術活動を黙々とこなしていくのである。先の『チャーリー』に描かれるチャップリンが仕事をするシーンもこれである。あるいは、『バック・ビート』（*Backbeat*；1994）中に再現されるビートルズの演奏風景もこれに相当するし、映画『ヒッチコック』（*Hitchcock*；2012）がアルフレッド・ヒッチコック監督（Alfred Hitchcock；1899–1980）が映画『サイコ』（*Psycho*；1960）を制作していく様子を追っていくのもこれと同じで、映画ができあがるまでのプロセスのみを問題にしている。芸術家の職業人としての仕事をする日常を見せているけれど、それを芸術そのものの意味や芸術が生まれる背景となる経験などとはつなげないのである。

芸術家も、時代を遡るほど、その人物についての情報は当然ながら少なくなる。一つには時代を経て情報が失われていくことが原因としてあるが、もう一つに考えられるのは、今日の伝記文学や伝記映画に見られるような我々の関心がまだ芸術家個人に対して強く向けられていなかったことである。芸術への関心がそれを生み出した個人への関心、あるいはその個人の歴史や記録への関心へと波及していくのは、歴史的に見て比較的新しい現象であると言っていいだろう。すると、時代を遡る芸術家を題材として取り上げるほどに、材料が少なくなり、またその内の信頼すべき情報が少なくなり、その伝記的記述の執筆や、伝記映画の制作は、難しくなるのは自然なことである。ただ、だからといって、今日の我々が持つ芸術家個人への関心が、そのことをもって薄れるわけではないので、それでも伝記的物語は文章でも映像でも制作されることとなる。なかでも『恋におちたシェイクスピア』（*Shakespeare in Love*；1998）や、『ジェイン・オースティン――秘められた恋』（*Becoming Jane*）といった作品は、伝記としてはなかなかに酷いできあがりだと言わざるを得ない。ただし、それは史実に照らしての忠実さという意味で多く問題を抱えるということであって、これらの作品は、制作の当初からノンフィクションであろうとすることなどは諦めているか、あるいは諦める以前に無関心なので、そもそも実在の時代背景と実在の人物に設定だけを借りた時代小説として受容すべきものであり、そう考えると酷いなどという評言もこの観点に関してはまったく当たらないものとなる。ただし、それでも実在の時代背景と実在の人物に設定だけを借用することで、作品の中に伝記であろうとする力学が働くことも無視できず、だから、観る側も意識の半分は伝記のはずなのだと思って観てしまうのである。

シェイクスピアについての情報も、わずかながら新しい発見が追加されながらも、やはり史実に基づいた伝記を書こうとしたら、数ページを超える伝記を書くのは無理である。シェイクスピアについての個人情報はそれだけ限られているからである。しかし、ここまでに見てきた「シェイクスピアの作品はシェイクスピアの人生経験を集約したものだったのだ」という見方をすると、書けないはずのシェイクスピアの伝記が書けてしまうのである。『恋におちたシェイクスピア』では、シェイクスピアが目下のところ恋をしていて、それが『ロミオとジューリエット』（*Romeo and Juliet*；c. 1595）という戯曲を創作する動機づけとなるインスピレーションを与えたという表現が用いられている（0:50:00）。これは、こうして本人の作品と本人の人生のエピソードをつないでいるため――たとえそのエピソードがここでは架空のものではあっても――創作のきっかけを描くタイプの伝記映画ということになるだろう。ただし、ロミオとジューリエットさながらのバルコニーでの掛け合いがこの映画に見られるが（0:31:00）、この時にグウィネス・パルトロウ（Gwyneth Paltrow）が演じるヴァイオラ（Viola）が「ロミオ、ロミオ」と口ずさんでいるため、この掛け合いが『ロミオとジューリエット』の創作の動機づけとなったものとして描いていると言うのには物理的な順序からして無理があるだろう。

ジェイン・オースティン（Jane Austen；1775–1817）においても、時代はずっと下ってくるが、やはり我々が史実として知る事実は極めて限定的なものであるのは変わらない。そして、『ジェイン・オースティン――秘められた恋』においても、「小説家とは、すなわちその人が著した小説に描かれる経験を実体験としてした人である」という理解に立っており、したがって「小説家とは、その人が著した小説の主人公のモデルとなっている人である」のだ。例えば本作中で強く勧められている結婚をオースティンが断固として拒絶する場面は（0:59:00–1:042:00）、オースティンの小説『マンスフィールド・パーク』（*Mansfield Park*；1814）で主人公ファニー・プライスがヘンリー・クローフォドからの求婚を断って、親代わりのサー・トマスから恩知らずと叱責される部分を、オースティン自身の人生のエピソードとして当てはめたものである。つまり、オースティン自身が経験したから『マンスフィールド・パーク』のエピソードとして用いたのであり、小説は自分の経験から描かれているという見解に立っているのだ。本作はこうした小説中のエピソードをパーツとしてオースティン自身に貼り付けることででできあがっており、オースティンの小説に詳しいファンがそのソースとなるエピソードの出所を探って楽しめる作りにもなっている。このように「あらゆる小説は自伝的なのである」という読み方をほぼ強制的に前提としなければ、この映画に見られるように、オースティンの小説に現れるエピソードをオースティン自身の経験に帰して描くことはできないだろうと考えられる。しかし、作者の人生の結果が物語に結実したものこそ小説作品であり、その実人生をフィクション化して記録したのが小説であり、すべての小説は自伝なのであるという、この解釈法をひとたび受け入れて考えるならば、オースティンの人生をオースティンの小説から辿ることになる。その意味で、伝記映画とは史実に忠実なものであるという観点に立つと至って馬鹿げて映るし、伝記映画が作られるたびに多かれ少なかれその観点からの評論を待つことにはなるものの、しかし、いかに馬鹿げているとしても、本論でここまで分析してきた小説家の伝記の執筆手法や映画の伝記の表現手法を、こうしたシェイクスピアやオースティンの伝記映画においても実は同じものを踏襲しているに過ぎないのである。そしてまさに本映画作品の原作となっているジョン・スペンス（Jon Spence；1945–2011）による伝記（*Becoming Jane Austen*；2003）の中で既にこの手法を踏襲し、部分的には人生経験と小説を併置して考えているからなのである。ことにオースティンの場合は、すべての主人公が自分の自画像ではないことで知られている作家であるため[10]、こうした自伝的な読みを行って、その逆成で小説からそれを書いた作家の人格や人生を再構成しようとするのは、オースティンの場合は特に無謀な試みである。そのことを知った上で、なお、オースティンの芸術をオースティン自身の情報と結びつける伝記による物語を求める声が強いということなのである。また、伝記映画作品ではないものの、これと同じ前提に立つ映画作品に『マンスフィールド・パーク』（Mansfield Park；1999）がある。これは小説『マンスフィールド・パーク』を映像化したものであるが、主人公ファニー・プライスがストーリー中で書く手紙の内容がボイス・オーバーで読み上げられているが、その文面はオースティンが実際に遺した手紙の内容から一部転用されている。ここにも作者と登場人物が同じものを共有するものという理解が見られる。さらに本作では、作品の終幕でファニーが小説を出版して作家になるという終わり方をしている。ファニーがその人生経験を本にまとめるのであり、その小説のタイトルはおそらく『マンスフィールド・パーク』であって、ここまでに展開された物語はその主人公が書いていたのであるという小説『失われた時を求めて』（*À la recherche du temps perdu*；1913–27）に典型的に代表される芸術家が自身を小説家する教養小説（*Bildungsroman*）の構造が当てはめられている。つまり、ここでもオースティンの別名がファニーなのだという理解があり、オースティンの小説はオースティンの人生の書き直しなのだという見方をとった上で、物語を制作しているのである。本作は飽くまで伝記映画として制作されているのではないものの、ここまでに見てきた数々の伝記映画に持ち込まれているのと同じ、芸術家の人生とその芸術作品を同一視するという原則を分かりやすく見せてくれるのである。

映画はその黎明以来、幾多の方法を文学から借用していると思われるが、その一つとしてここに、芸術家の伝記においてその人生の経過とその創作物を因果関係で結びつけ、芸術から人生に意味を持たせるかたちで語る手法が、文学から映像に継承されているのを見た。伝記の本来の使命であるはずの史実を伝えることを、時に裏切り、虚偽を含むことになったとしても、人生経験と芸術成果が結びつけられて語られる方が観る者がリアリティを感じるという文化的慣習が定着しており、その慣習の上に約束事を引き継ぎながら映像文化が発展してきたのを見ることができるのである。こういう経験が元になってこうした偉業を成し遂げたという因果関係は、それが欠けると伝記が伝記に映らないほど、伝記の重要な要素を形成するに至っているのである。

（1） Elizabeth Gaskell, *The Life of Charlotte Brontë*, ed. and introd. by Angus Easson, Oxford Classics (1857；3rd edn 1857；Oxford University Press, 1996；2001), p. 57 (Volume I, Chapter 4).

（2） Gaskell, p. 214 (Volume I, Chapter 12).

(3) John Forster, *The Life of Charles Dickens* (London : Chapman & Hall, 1872–74 [1871–73]), p. 23 (Book I, Chapter 1).

(4) Forster, p. 28 (Book I, Chapter 1).

(5) Robert Shelton Mackenzie, *Life of Charles Dickens : With Personal Recollections and Anecdotes ; —Letters by 'Boz', Never before Published ; —and Uncollected Papers in Prose and Verse. With Portrait and Autograph* (Philadelphia : T. B. Peterson, 1870), pp. 38–39. 引用中に登場する「パートリッジ」(Partridge) はヘンリー・フィールディング (Henry Fielding ; 1707–54) の小説『トム・ジョウンズ』(*Tom Jones* ; 1749) に登場する人物ベンジャミン・パートリッジ (Benjamin)、ストラップ (Strap) はトバイアス・スモレット (Tobias Smollett ; 1721–71) の小説『ロデリック・ランダム』(*Roderick Random* ; 1748) に登場する人物ヒュー・ストラップ (Hugh)、トム・パイプス (Tom Pipes) はスモレットの『ペリグリン・ピックル』(*Peregrine Pickle* ; 1751) に登場する人物、サンチョ・パンサ (Sancho Panza) はミゲル・デ・セルバンテス (Miguel de Cervantes ; 1547–1616) の小説『ドン・キホーテ』(*Don Quixote* ; 1605) に登場する人物で、いずれもディケンズが少年期の読書を通じてよく知っていた登場人物である。また、地名としてストルード、ロチェスター、チャタム、ブロンプトンが挙げられているが、「ストルード」は原文で 'Stroud' となっているが、現在では 'Strood' と綴られることが一般的。また、「ブロンプトン」の地名は各地に見られるが、これはチャタム近郊に位置するものを指す。

(6) 連野城太郎、『Ｇｏｔｔａ！ 忌野清志郎』、角川文庫 れ1-1 (東京、角川書店、一九八九年)。

(7) 実は、物語の最後にそれぞれの登場人物のその後について語る慣習は、十八世紀や十九世紀の英国の小説に広く見られるコンベンションであり、そもそも伝記の中にあったものではなく、フィクションの媒体の中で形成された可能性がある。

(8) 時代の映像や後日談や年代のクレジットを入れるなどの技術で実話の印象を強める手法については、実は伝記やノンフィクションに限られたものではない。そのことは、例えば『グッバイ、レーニン!』(*Good Bye Lenin!* ; 2003) や『20センチュリー・ウーマン』(*20th Century Women* ; 2016) においても、フィクションながら同様の手法が応用されており、事実に基づいた物語であるかのような印象、あるいは原作者や脚本家の実話をフィクション化したかのような印象を強める効果を確認することができる。

（9） ただし、本作は、大きな枠として電車の中での語りの回想というかたちを用いていることや、悪魔の話に続いてマーラーの曲と共に悪魔の絵が登場する（0:55:00）演出に見る内面の狂気といったことに注目するなら、映画の内容は芸術を生み出した原因や契機を描いているという捉え方や、芸術を生み出す原因としての人生を語る類いのものとみなすこともできるかも知れない。ただ、その余地がありつつも、最終的にその判断を観るものに控えさせずにいない、不決定性こそがこの映画のより大きな特徴でもある。

（10） 例えば、『高慢と偏見』（*Pride and Prejudice*；1813）と『マンスフィールド・パーク』（*Mansfield Park*；1814）を見るだけでも、オースティンが自分自身のような人格を主人公としても主人公でない人物としても描くこと、また主人公を自分自身のような人格でない人物にすることもしていることは明らかである。また、それにもかかわらずオースティンの小説からオースティンの生涯を再構成することには、したがって無理が伴う。その方法を推し進めると『ジェイン・オースティン—秘められた恋』にあるようにオースティンが駆け落ちを考えるという展開も出てくるからだ。オースティンという人間が、駆け落ちすることなど考えるわけがないのだ。

参考文献

Boswell, James, *The Life of Samuel Johnson*, ed. by Christopher Hibbert, Penguin Classics (1791；Harmondsworth：Penguin Books, 1986)

Brontë, Charlotte, *Jane Eyre*, ed. and introd. by Margaret Smith, Oxford World's Classics (1847；Oxford：Oxford University Press, 1980；1998)

Chaplin, Charles, *My Autobiography* (New York：Simon & Schuster, 1964；Harmondsworth：Penguin, 2003)

Chesterton, Gilbert Keith, *Charles Dickens*, introd. by Toru Sasaki, Wordsworth Literary Lives (1906；Ware：Wordsworth Editions, 2007)

Forster, John, *The Life of Charles Dickens* (London：Chapman & Hall, 1872–74 [1871–73])

Gaskell, Elizabeth, *The Life of Charlotte Brontë*, ed. and introd. by Angus Easson, Oxford Classics (1857 ; 3rd edn 1857 ; Oxford University Press, 1996 ; 2001)
Hibbert, Christopher, *The Making of Charles Dickens*, Classic Biography (1967 ; Harmondsworth : Penguin, 1983)
Mackenzie, Robert Shelton, *Life of Charles Dickens : With Personal Recollections and Anecdotes ; —Letters by 'Boz', Never before Published ; —and Uncollected Papers in Prose and Verse. With Portrait and Autograph* (Philadelphia : T. B. Peterson, 1870)
Robinson, David, *Chaplin : His Life and Art* (New York : McGraw-Hill, 1985)
Rowland, Peter, comp. and ed., *Charles Dickens : My Early Times* (1988 ; London : Aurum, 1997)
Shaffer, Elinor S., 'Shaping Victorian Biography : From Anecdote to *Bildungsroman*', in *Mapping Lives : The Usages of Biography*, ed. by Peter France and William St Clair (Oxford : Oxford University Press, 2002), pp. 115–33.
Spence, Jon, *Becoming Jane Austen* (London Continuum, 2003)
Strachey, Lytton, *Eminent Victorians : Cardinal Manning, Florence Nightingale, Dr Arnold, General Gordon*, ed. and introd. by John Sutherland, Oxford World Classics (1918 ; Oxford : Oxford University Press, 2003)
連野城太郎、『Ｇｏｔｔａ！　忌野清志郎』、角川文庫 れ1-1（東京・角川書店、一九八九年）

参考映像

『マーラー』（*Mahler*）、ケン・ラッセル監督、ロバート・パウエル主演（英・ビジュアル・プログラム・システムズ、一九七四年）
『アマデウス』（*Amadeus*）、ミロス・フォアマン監督（米・オライオン・ピクチャーズ、一九八四年）
『シド・アンド・ナンシー』（*Sid and Nancy*）、アレックス・コックス監督、ゲイリー・オールドマン主演（英・ヘラルド、一九八六年）
『愛人／ラマン』（*L'Amant*）、マルグリット・デュラス原作、ジャン＝ジャック・アノー監督、ジェイン・マーチ主演（仏／英・ヘラルド、一九九二年）

『チャーリー』(*Chaplin*)、チャールズ・チャップリン/デイヴィッド・ロビンスン原作、リチャード・アッテンボロー監督、ロバート・ダウニー・Jr主演(英/米・トライスター、一九九二年)
『ドラゴン─ブルース・リー物語』(*Dragon: The Bruce Lee Story*)、ロブ・コーエン監督、ジェイソン・スコット・リー主演(米・UIP、一九九三年)
『バック・ビート』(*Backbeat*)、イアン・ソフトリー監督、スティーヴン・ドーフ主演(英・チャンネル4、一九九四年)
『ラリー・フリント』(*The People vs. Larry Flynt*)、ミロス・フォアマン監督、ウディ・ハレルソン主演(米・コロンビア、一九九六年)
『オスカー・ワイルド』(*Wilde*)、ブライアン・ギルバート監督、スティーヴン・フライ/ジュード・ロウ主演(英/独/日・エース・ピクチャーズ、一九九七年)
『恋におちたシェイクスピア』(*Shakespeare in Love*)、ジョン・マッデン監督、トム・ストッパード/マーク・ノーマン脚本、ジョウゼフ・ファインズ/グウィネス・パルトロウ主演(米・ミラマックス、一九九八年)
『マンスフィールド・パーク』(*Mansfield Park*)、ジェイン・オースティン原作、パトリシア・ロゼマ監督、フランシス・オコーナー主演(英・ミラマックス、一九九九年)
『マン・オン・ザ・ムーン』(*Man on the Moon*)、ミロス・フォアマン監督、ジム・キャリー主演(米/英/独/日・ユニバーサル、一九九九年)
『アイリス』(*Iris*)、ジョン・ベイリー原作、リチャード・エアー監督、ジュディ・デンチ/ジム・ブロードベント主演(英/米・ミラマックス、二〇〇一年)
『グッバイ、レーニン!』(*Good Bye Lenin!*)、ヴォルフガング・ベッカー監督、ダニエル・ブリュール主演(独・ギャガ、二〇〇三年)
『Ray/レイ』(*Ray*)、テイラー・ハックフォード監督、ジェイミー・フォックス主演(米・ユニバーサル、二〇〇四年)
『ジェイン・オースティン─秘められた恋』(*Becoming Jane*)、ジョン・スペンス原作、ジュリアン・ジェロルド監督、アン・ハザウェイ/ジェイムズ・マカヴォイ主演(英・ミラマックス、二〇〇七年)

『英国王のスピーチ』（*The King's Speech*）、トム・フーパー監督、コリン・ファース主演（英／豪・モメンタム／ギャガ、二〇一〇年）

『もうひとりのシェイクスピア』（*Anonymous*）、ローランド・エメリッヒ監督、リス・エヴァンズ主演（英／独・コロンビア、二〇一一年）

『ヒッチコック』（*Hitchcock*）、サーシャ・ガヴァシ監督、アイヴァン・ライトマン主演（米・フォックス、二〇一二年）

『ハンナ・アーレント』（*Hannah Arendt*）、マルガレーテ・フォン・トロッタ監督、バルバラ・スコヴァ主演（独／ルクセンブルク／仏・セテラ、二〇一三年）

『はじまりのみち』、原恵一監督、加瀬亮主演（日・松竹、二〇一三年）

『トランボ—ハリウッドに最も嫌われた男』（*Trumbo*）、ジェイ・ローチ監督、ジョン・ブライアン・クランストン主演（米・ブリーカーストリート、二〇一五年）

『20センチュリー・ウーマン』（*20th Century Women*）、マイク・ミルズ監督、アネット・ベニング主演（米・A24／ロングライド、二〇一六年）

『バリー・シール—アメリカをはめた男』（*American Made*）、ダグ・リーマン監督、トム・クルーズ主演（米・ユニバーサル、二〇一七年）

『ファウンダー—ハンバーガー帝国のヒミツ』（*The Founder*）、ジョン・リー・ハンコック監督、マイケル・キートン主演（米・ワインスタイン、二〇一七年）

ジャンル性と作家性のあいだで
——『戦場からのラブレター』のメロドラマ的想像力——

松本　朗

一　はじめに

ヴァルター・ベンヤミンは、一九三六年に発表されたその「物語作者——ニコライ・レスコフの作品についての考察」において、第一次世界大戦以降、「経験を交換するという能力」、言い換えれば、経験を物語として語る能力が失われたと述べている（284–85）。ベンヤミンに言わせれば、第一次世界大戦において、「徹底的に、経験というものの虚偽が暴かれた」。つまり、「戦略に関する経験は陣地戦によって、経済上の経験はインフレーションによって、身体的な経験は物量戦によって、倫理的経験は権力者たちによって、ことごとく化けの皮を剝がされた」という（285–86）。その文脈でベンヤミンはこう述べる。

私たちは気づかなかっただろうか、戦場から帰還してくる兵士らが押し黙ったままであることを？　伝達可能な経験が豊かになって、ではなく、それがいっそう乏しくなって、彼らは帰ってきたのだ。それから十年後に戦記物の洪水のなか

でぶちまけられたものは、口から口へ伝わっていく経験とはおよそ違ったものだった。(285)

このベンヤミンの見解を受けるなら、イギリスの女性作家ヴェラ・ブリテン(Vera Brittain, 1893-1970)が第一次世界大戦終結後から一五年がたった後にようやく刊行した自伝的ノンフィクション『若者たちの遺言書』(*Testament of Youth*; 1933)は、まさにそのようなポスト第一次世界大戦的なテクストであると言えるかもしれない。ブリテンは、その「序」において、「戦争が始まってから終わるまでと戦後の時代——一九一四年あたりから一九二五年あたりまで——が、私たちの世代、つまり戦争が勃発する直前に少年少女であった世代にとって、何を意味したのか」(Brittain xxv)を書き残したいとずっと考えていたと述べる。その目的のために、まずは長編小説の形式で執筆することを試み、その後、一九一三年から一九一八年までの自身の日記を、人物の実名を変えるかたちで再現することを試みたものの、いずれも、書く対象とする人物や出来事が「近すぎて、またリアルすぎた」ために、距離を置いて冷静にフィクションとして再構築することができず、「失敗」に終わった(Brittain xxvi)。残された選択肢は、大きな歴史的背景のなかにブリテン自身の個人的な経験を記述することによって、「ふつうの個人の人生を、現代史上の適切な場所にはめ込む」試みであり、ブリテンは、そうすることで、自伝と歴史の両方をあらわすことができるのでは、と考えたという。それが自伝的ノンフィクションとでも呼ぶべき原著の形式である。

ここに見られる戦争経験を言葉にすることの困難は、経験の虚偽性の問題も含めて、「物語作者」におけるベンヤミンの記述と呼応するように思われる。戦争で経験した現実があまりにも凄惨かつ醜悪であり、それによってそれまでの時代の〈約束ごと〉や真実と見なされてきたことがことごとく裏切られたと感じたため、戦地帰りの若者は、しばらくはその経験をあらわす言葉と形式をみつけることができなかった。もちろん、ブリテンが吐露する第一次世界大戦を語ることの困難は、実際に戦闘に参加した兵士たちのそれとは異なるかもしれない。フランスの前線近くで篤志救護部隊（VAD：Voluntary Aid Detachment）の一員として看護に従事し、婚約者、弟、数々の友人を戦争で失ったとは言え、ブリテンは、戦闘の現場にはいなかったのだから。とはいえ、ここでひとまず押さえておきたいのは、経験に基づいて第一次世界大戦とその後のイギリス社会について記述することについて、相当の困難と試行錯誤を経て完成されたのが『若者たちの遺言書』であるということ、そして、このやや遅れて世に出された労作が、当時の若者たちの生をひとつの歴史として記録した書として発売直後からベストセラーになり、二〇世紀後半に入ってからは、イギリスのAレヴェル（GCE：大学入学資格試験）の歴史科目で長く推薦図書に指定されるなど、歴史書としても長きにわたって命脈を保ち、版を重ねたことである。

ジェイムズ・ケント（James Kent）監督によるイギリス映画『戦場からのラブレター』（*Testament of Youth*；2014）は、このような第一次世界大戦を書きあらわすことの困難を経て刊行されたブリテン著『若者たちの遺言書』に基づく伝記映画にして歴史映画である。(1) この映画の評価は一定ではなく、女性の視点から戦争を描いた歴史映画として高く評価される一方で、伝記映画としては、原作に忠実ではないという理由で批判されることもある。だが、この映画テクストに関する映画評を見ていて気づくのは、ケント監督の映像作りに言及する評者がきわめて少ないという事実である。映像面で特筆すべき点がないからではないか、と考える向きもあるかもしれないが、そうではない。ある評者がヴィクター・フレミング（Victor Fleming；1889–1949）監督の『風とともに去りぬ』（*Gone with the Wind*；1939）の一ショットへの引用に言及しているが、『戦場からのラブレター』は、それ以外にも、いくつかのショットやプロット構成の面において、デイヴィッド・リーン（David Lean；1908–91）監督の『逢びき』（*Brief Encounter*；1945）を意識していることが明らかである。つまり、女性を主人公に据えるメロドラマの系譜に属する戦争映画や恋愛映画を意識して製作されているこの映画は、メロドラマのモードを採用しつつ、戦争映画史、恋愛映画史、そしてイギリス女性史の系譜に敬意を示しつつ介入を試みるテクストとして再解釈される必要があるのではないだろうか。

本論では、右記の問題意識をもとに、『戦場からのラブレター』を二〇一四年前後のヴェラ・ブリテン研究史、イギリス女性史、およびイギリス映画史に位置づけた上で、この映画テクストをメロドラマ的女性映画の観点から分析する。というのも、ブリテンが、イギリス社会への怒りを抑制しつつ自身の経験を自伝的ノンフィクションという形式に落とし込むことによって〈距離〉や〈冷静さ〉を苦労の末に獲得して『若者たちの遺言』を執筆したことを意識してか、この映画テクストは、ミドルクラスのヒロインの内面にある情動をそのままあらわすことをせず、むしろ人物の抑制された情動をミゼンセヌや一工夫されたプロット構成で暗に表象するメロドラマのモードを用いてあらわしていると思われるからである。本論では、最終的に、この映画テクストが、メロドラマのモードで戦争の〈善〉と〈悪〉、〈過去〉の〈無垢〉の世界と〈現在〉の〈経験〉である戦争、〈家庭性〉の規範とそこからの逸脱等の二項対立の葛藤をケント監督独自のメロドラマのモードで表象しつつ、現在のブリテン研究やイギリス女性史研究で問題となっている、女性と戦争協力の問題、フェミニズムとネイションの問題の複雑さに応答しつつ、最終的には、長きにわたってイギリス戦争映画史では不可視化されてきた第一次世界大戦時の男性の同性愛の表象史にもイギリス戦争映画史の無意識および盲目性を突くマニエリスム的な映像の技法によって介入するものであるとの解釈を示す。言うなれば、『戦場からのラブレター』は、メロドラマ恋愛映画の枠組みを意識しつつも、同時にそこから少し距離をとり監督ケントの作家性と歴史性を示すことを模索する、メタ・ジャンル的、かつ表面的な映像を裏切る映画テクストなのである。

二　『戦場からのラブレター』製作前夜のイギリス映画研究、イギリス女性、ブリテン研究

すでに述べたとおり、『戦場からのラブレター』は、歴史映画としてはその質の高さが称賛される一方で、伝記映画としては、原作に忠実でない側面があると批判されることがしばしばである。たとえば、ブリティッシュ・フィルム・インスティテュート（BFI）の『サイト・アンド・サウンド』誌や、定評ある映画評論ウェブサイト、ロジャー・イーバート・ドット・コムは、この映画が、一千万ドルという比較的低予算(Rosman)で製作されたものでありながら、「第一次世界大戦がイギリスの若者にもたらした悲惨な経験を女性の視点から描いた」

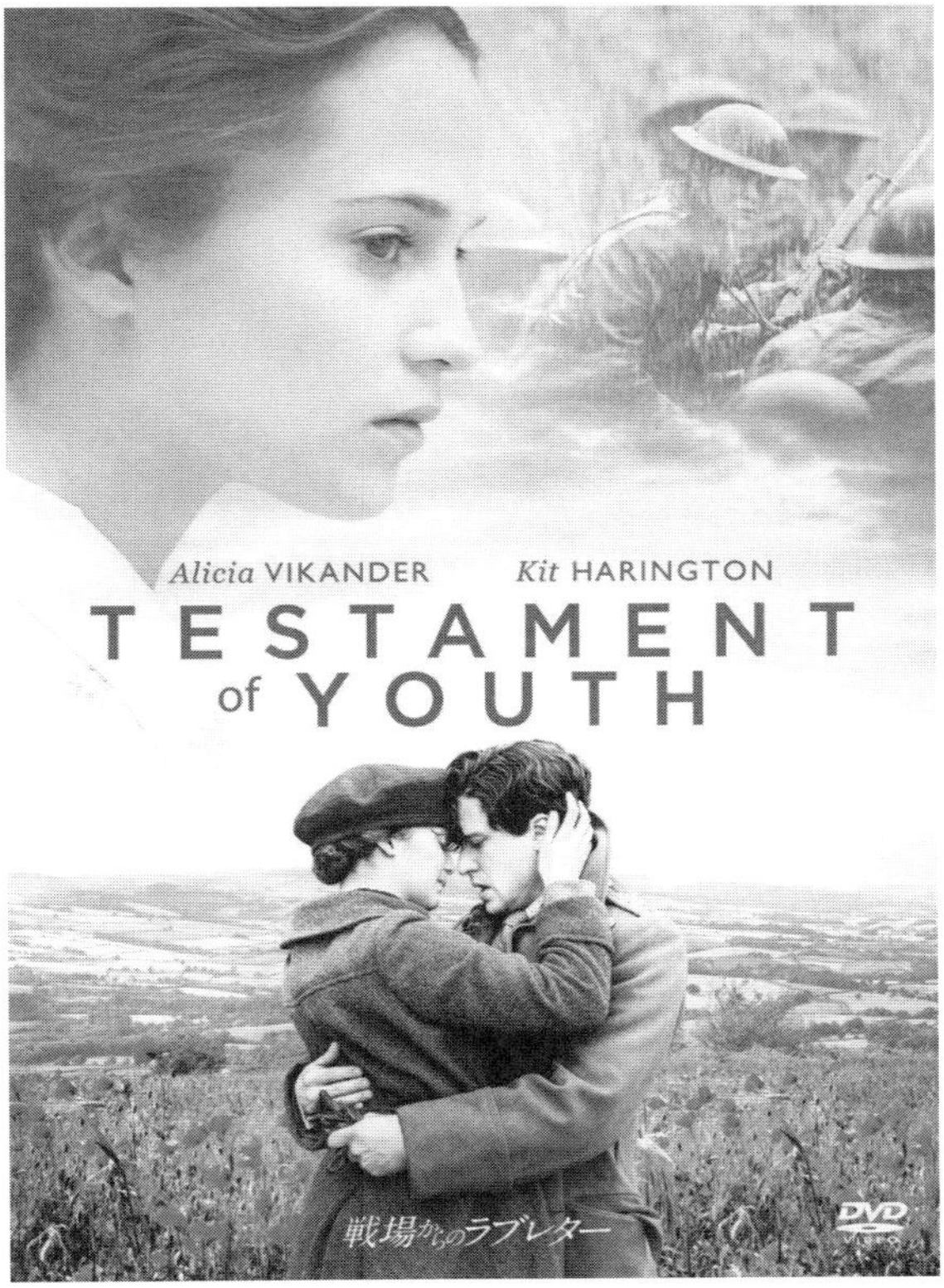

『戦場からのラブレター』発売中
DVD 1,280円（税別）
発売元・販売元：ソニー・ピクチャーズ エンタテインメント

等、女性を主人公に据えた戦争映画といった面で高く評価する（Kemp 87–88 ; Cheshire）。他方、一般紙では、映画テクストをブリテンの原作と比較し、原作との違いを指摘して、辛口の評価をつける傾向が見られる（Rosman ; Tunzelmann）。なかでも、リサ・ロズマンは、この映画テクストをフェミニズムの観点から分析し、映画テクスト内のブリテンが他のどの女性人物とも心を通わせたり連帯したりしない人物として描かれている点は、ブリテンのフェミニズムの表象として不適切であると、監督ケントとあわせて脚本家ジュリエット・トウィディを厳しく批判する（Rosman）。ロズマンによれば、トウィディは、ナイジェル・コール監督『カレンダー・ガールズ』（*Calendar Girls* ; 2003）の脚本を執筆した際には、連帯する女性をきちんと描いたにもかかわらず、この映画においては、ブリテンのみが称賛に値する女性として描かれており、その他の女性人物の造型については、冷たさや欠点が目立つのみならず、女性同士の関係の表象にしても、あまりに希薄であるという。

しかしながら、これらの映画評を読んでいて気づくのは、この映画を伝記映画や歴史映画として原作や歴史的事実と比較しながら検討するものは多くあっても、この映画テクストの映像面に具体的に言及する批評家がきわめて少ないという奇妙な事実である。例外は、『サイト・アンド・サウンド』誌のフィリップ・ケンプだが、そのケンプにしても、この映画は、「テレビのドキュメンタリー映像出身のケントの映画監督としてのデビュー作であり、ここでケントは、ストーリーにしたがう地味な映像作り」に徹していると述べており（Kemp 88）、唯一、映像面で指摘できることがあるとすれば、前線近くで多くの負傷兵が地面に横たえられたシーンで、『風と共に去りぬ』への「目配せ」（Kemp 88）と思われる鳥瞰的かつスペクタクル的ショットが存在するとの指摘があるのみである。つまり、『戦場からのラブレター』は、原作に基づく伝記映画あるいは歴史映画として評価されるとしても、その映像、ましてや作家性などを検討する余地があるとは考えられていないらしい。(2)

だが、六〇〇ページを超える分量の原著と比較すれば、映画テクストが原著の一部を省略したり変更したりするのは当然のことである。むしろ、ヴェラ・ブリテン研究史や映画研究の文脈に照らすと見えてくるのは、この映画テクストが、最近の伝記映画や歴史映画やアダプテーション史の動向、および、イギリス女性史におけるブリテンの評価を踏まえた上で、映画が製作される二一世紀の歴史的文脈を意識し、二〇一四年の観客に問いかける映画製作をすることを選択した可能性である。つまり、原作や過去の事実に忠実であるか否かは、このテクストを考える際に最重要の問題ではない可能性がある。さきに挙げた女性同士の連帯の表象の欠落の問題にしても、ブリテンが原著において、アッパー・ミドルクラス出身の大学生のＶＡＤである自身と下の階級の専門の看護師たちとの間に確執が存在したと書いたことで、イギリス女性史研究で批判的に言及されている問題を意識した上での人物造型と考えることもできる。さらに、この映画テクストが「目配せ」をするのは、ヴィクター・フレミング監督の『風と共に去りぬ』だけではない。いくつかの重要なシーンで引用されているのは、デイヴィッド・リーン監督の『逢びき』である。つまり、この映画テクストでは、伝記映画や歴史映画の枠組みに沿うよりは、メロドラマのモードを採用した女性映画や、メロドラマのモードを採用した女性版戦争映画の系譜を意識して、美学の問題を意識したアダプテーションがなされていると考えることができる。

無論、一般に推察されるとおり、歴史映画の歴史的事実への忠実度《フィデリティ》を重視する議論の歴史は古い。とはいえ、最近の歴史映画研究では、そうした立場からの批判については見直すべきではないかとの見解がイギリス史研究者の間から出されている（Rosenstone xi–xxiii）。つまり、歴史映画を分析する際に、当該映画が製作、公開される年代の文脈を考慮して、映画テクストを単なる歴史的事実の反映として見るのではなく、その映画テクスト自体が歴史を生成する諸テクストの一部であると考えるやり方が最近になってあらわれはじめている（Rosenstone xi）。

伝記映画にしても、やはり、当該人物の実人生（とされるもの）や原作の書物への忠実性《フィデリティ》だけで評価したり、一定の集客が見込めるからという理由で手軽に製作企画が出されるジャンルとして批評家等から軽視される現状を憂い、むしろ、伝記映画と他のジャンルとの混淆性を検討したり、製作される年代の政治的・社会的・文化的文脈に位置づけたりしてジャンルを格上げしようとの動きが見られる（Cheshire 1–19）。さらに、伝記映画というジャンルにおいては、従来からステレオタイプ的なパターンが存在するため、最近の研究では、分析対象とする映画がそれにどう介入するかを見きわめなければならないとの見解も示されているようだ。たとえば、従来の映画史を振り返ると、男性の伝記映画は対象とする人物をその負の面も含めて描き出すものが多いのに比べて、女性の伝記映画は、その人物の負の側面を描くことに消極的であるのみならず、そのような負の側面の少ない主人公が、女性というジェンダーに与えられる規範を逸脱して自由に生きようと試みるも、社会によって抑圧され、苦しむさまを描くという一種のジャンルの〈文法〉が存在するという。そうしたジャンルの縛りに捕らわれない伝記映画の可能性を探る必要があるとの議論が出てきているのである（Cheshire 1–3）。

そのような研究史的文脈を踏まえるとき、『戦場からのラブレター』が、既存のジャンルの文法、とりわけ（異性愛）男性に焦点が当てられることが多かった戦争映画や、既存の伝記映画の〈文法〉を修正するテクストであるという可能性があることに思い当たる。たしかに、この映画が二〇一四年という第一次世界大戦の勃発から一〇〇年目にあたる年に公開されたことを考えれば、製作者側がその文脈で受容されることを期待していると考えることは可能だろう。だが、そうした側面に着目することが可能だとしても、『戦場からのラブレター』は、単に「これまで男性によって表象されることがほとんどであった第一次世界大戦の前線を女性の視点から描く」だけの映画でも、伝記映画の〈文法〉を修正するだけの映画でもないのではないだろうか。二〇一四年は、第一次世界大戦の開戦によりイギリスの女性参政権運動のリーダーが一九〇七年から過激化していた運動をいったん停止し、女性たちに戦争協力を呼びかけた、問題含みの年から一〇〇年にあたる年でもあるのであり、(3) 二〇一五年にはおそらくその文脈で、戦闘的女性参政権運動家の歴史を描くサラ・ガヴロン（Sarah Gavron；1970–）監督のイギリス映画『未来を花束にして』（*Suffragette*；2015）が公開されている。

そのような見地から考えるとき、むしろ『戦場からのラブレター』は、現在のヴェラ・ブリテン研究史において、女性と階級、女性と戦争といった、女性が女性に課されていた規範から外に出たときに直面する問題について、ブリテンやその著作が考える契機を与えているとの観点から、戦争と女性をめぐる複雑な問題がクリティカルに再検討される事態に応答する映画テクストであると考えることができる。具体的に言えば、ブリテンに関しては、著書『若者たちの遺言書』において、下層階級の専門職の看護師を非人間的なほど厳しい人々として描写したことがイギリス史の専門家によって批判的に検討されたことはよく知られるが（Hallett 8–9；Das 175）、最近では、第二次世界大戦前夜にナチスへの宥和政策を支持した保守派と近い位置にあった等の指摘がなされ[4]、フェミニズム運動の功罪が再検討される潮流のなかで取り上げられることもある（Gottlieb, "Broken Friendship" 197, 205.；Gottlieb, "Varieties of Feminist Responses to Fascism in Interwar Britain" 104–05, 113）。つまり、ブリテンは、イギリス女性史研究における女性の戦争協力の問題に関する問いを投げかけ、またそのテクストが再検討を要する存在として、新たなかたちで注目を集めている。言い換えれば、女性のエンパワーメントが女性を主人公とするテクストにとって重要なテーマであることに疑いはないが、第二波フェミニズム以降、ポストフェミニズム、第三波フェミニズム、第四波フェミニズムと進展がみられた以降の現代の女性史やブリテン研究史の文脈では、フェミニズムの複雑さに焦点が当てられたり、女性と階級をめぐる問題や、マーガレット・サッチャー（Margaret Thatcher；1925–2013）研究にも接続できる、女性が政治的権力に近づいて戦争の危機にどう対応するかといった、一筋縄ではいかない問題が新たなかたちで俎上に載せられたりすることが多くなっており[5]、そうした文脈においてブリテンは、その複雑さをあらわす人物にして書き手であると見なされている[6]。以下では、映画『戦場からのラブレター』が、そうした議論を受容した上で、ヴェラ・ブリテンの著作の意義を新たなかたちで問い直しつつ、ジェンダーと戦争をめぐる議論を深化させることを意図するメタ・フェミニズム的かつ歴史的文脈を意識したテクストであることを明らかにしていく。

三　ジェイムズ・ケント監督『戦場からのラブレター』のメロドラマ的想像力

まずは、原作と映画テクストのプロットを確認しておこう。ブリテンによる原作『若者たちの遺言書』は、イギリスの伝記文学の常套にのっとり、家系を主要人物から三代ほど前に遡り、一九世紀中葉にニューカッスル出身の曾祖父が製紙会社を興したことから語りはじめられる。優秀なビジネスマンであった曾祖父は事業を成功させ、ブリテンの父も事業を順調なかたちで引継ぎ、景気によって事業が左右される側面はあるものの、ヴェラが生まれ育つ頃には、ブリテン家はイングランドのウェスト・ミッドランド、スタッフォードシャーのバクストンに居を構える中流階級の名士としての地位を確立していた。言うなれば、ヴェラ・ブリテンは、スタッフォードシャーのアッパー・ミドルクラスとしての意識が強い、ヴィクトリア時代的な雰囲気が色濃く残る家庭環境のなかで育てられたことになる。こうした保守的な環境の下で、父親は娘に高等教育を与えることなど夢にも考えていなかったが、自立心の強いヴェラは、幼少期から、大学で勉強をして作家になりたいとの夢を育んでいた。そして、両親の反対に遭いながらも、父親を説得する際に弟の協力を得て、一九一四年にオックスフォード大学サマヴィル・カレッジの入学試験を受け、見事に合格する。一八七九年に創立された同カレッジ（創立当初はサマヴィル・ホールという名称）が女子学生に学位を授与し始めるのは一九二五年であり、ヴェラが入学した頃は学位制度も整っていなかったが、それでもサマヴィル・カレッジは、学問にたいする高い志を有する優れた女性たちが集まる場所であった。だが、大学生活は順風満帆には始まらなかった。折しもその頃第一次世界大戦が勃発し、弟の友人で、やはりオックスフォード大学に進学するはずだった恋人のローランドが、大学生活を始めぬままに志願するという予期せぬ事態が起きるのである。ヴェラにとって、大戦は、当初、「世界的規模のカタストロフィというより、個人の人生を邪魔する、きわめて腹立たしいもの」(74) として訪れた。心配のあまり勉学に身が入らなくなった彼女は、戦況を伝える新聞を日々怯えながら手に取るようになる。そして、ローランドをはじめ多くのイギリスの若者がルパート・ブルック (Rupert Brooke ; 1887–1915) の詩を読み (133–34)、また彼の死に心を痛めながら (124) 前線で戦っているなか、自分も汚くつらい仕事をして自身を痛めつけたいとの「マゾヒスト的な」(132, 144) 衝動を感じ、また、ジョージ・エリオット (George Eliot) が小説『ダニエル・デロンダ』が示唆したように、個人の人生と公の国際的な事件が不可分に結びついていることを実感し (79)、ＶＡＤに志願する。その後、ローランドの戦死の報が届き、ヴェラは打ちのめされる。その心の傷は、マルタ島に看護の仕事で赴き、南ヨーロッパの美しい風景のなかで弟エドワードと手紙のやりとりをするうちに次第に癒えてくるが、その後、弟の近くで勤務することを望み、自身もフランスの前線近くへ異動する。だが、フランス前線は地獄の様相を呈していた。エドワードはフランス前線では生き延びるものの、皮肉にもその後の異動先イタリアで戦死。凄惨を極めた第一次世界大戦は、その数ヶ月後に休戦となる。休戦後、オックスフォードに戻ったヴェラは、若い大学生たちが戦争帰りの兵士やＶＡＤを馬鹿にするような調子で軽薄に生きていることを目の当たりにして、苛立ちを募らせる。死者の記憶と軽佻浮薄な若者たちの間で心理的に追いつめられるヴェラであったが、ウィニフレッド・ホルトビーという友人を得て、苦労と苦悩を重ねながらも文筆や講演で収入を得るようになっていく。最終的には、イタリアで弟エドワードの死を悼み、フランスでローランドの死を悼むことで、ヴェラは死者たちを過去化していく。そして、一九二五年、時間をかけた末に、自身のフェミニスト思想を受け入れるであろうジョージ・カトリンと結婚することを決め、結婚後も女性と職業の問題について戦いつづけることになるだろうと述べて、この自伝的ノンフィクションを閉じる。

ブリテンの原作はこのような順序で語られるが、すでに述べたとおり、この自伝的フィクションの非凡さは、時系列に語られるヴェラの人生の出来事や戦争といった内容だけでなく、語り手が苦労した末に辿り着いた歴史の記述の仕方にある。具体的に言えば、自身の詩や日記、ローランドやエドワードが書いた詩や書簡、新聞の見出しの書き抜き（Brittain 248）等、さまざまな書き手による散文、韻文を織りまぜて、すでに亡き若者たちの〈声〉を、後世への〈遺言書〉として浮かび上がらせる、その手腕にある。その際に、語り手役を務める自身は、それらの諸テクストをつなぐ書き手として、内なる怒りや悲しみ等の情動を抑制した力強く明晰な文体を用いることによって、自伝的ノンフィクションを成立させる。視点を変えれば、同時代の前衛的モダニズム文学の一部が試みたようなコラージュ的技法を、ミドルブラウの読者にアピールするような物語内容で読ませるリアリズム小説を書くことを選択した作家と通常見なされるブリテンが採用したことになるわけだが、これはもちろん、モダニスト作家を真似てハイブラウの読者だけが理解できる洗練された文学テクスト作りを目指したものではない。(7) ブリテンの手法はむしろ、一九二〇年代後半から一九三〇年代に興隆したイギリス映画産業のドキュメンタリー映画運動（Leach 32–37）の手法を意識して、客観性を担保しつつ、当時、前線へと次々に志願していった若者たちを、集団的な形象として、しかしそれぞれの個人性を奪い去ることなく浮き彫りにするべく、ローランドやエドワード、そして「VADの詩」とタイトルを付した自身の詩を含めた、名も無き兵士の詩の数々を掲載したものと考えられる。それにより、そうした若者たちの像が立体的に立ち上がる仕掛けになっている。

そのような原作について、映画『戦場からのラブレター』は、最近のヴェラ・ブリテン研究で議論されている女性と戦争協力の問題に焦点を当て、ベンヤミンが示唆する経験の虚偽性と戦争について語ることの困難の問題も含めて、メロドラマのモードを採用して、つまりメロドラマ的想像力と美学を駆使して、映像化しているように思われる。言い換えれば、このテクストでは、メロドラマ的テクストの常套であるプロット構成にあわせて、原作の物語が落とし込まれる。具体的に言えば、まずは〈無垢〉な過去と〈経験〉後の世界としての現在が対極的な世界として構築され、その移行の際に〈家庭性《ドメスティシティ》〉の規範をめぐる主人公の葛藤と抵抗がドラマティックに提示され、最終的に、悲劇的な結末が〈遅すぎる〉、取り返しがつかない事態として訪れることによって、〈善〉と〈悪〉に関する認識や、誰が生き残る資格があるのかに関する認識が得られる（Linda Williams, "Mega-Melodrama!" 523–30）。この過程でとりわけ重要なのは、ヒロインが単に状況の被害者の位置におさまるのではなく、彼女が間違いをおかすエピソードを反復的に挿入することによって、ヒロインが物事の判断において誤りをおかし、後になってそれを認識する人物であることが、〈遅すぎた認識〉というメロドラマ的時間的ナラティヴであらわされることである。

事実、この映画テクストは、メロドラマ映画の系譜に自意識的に言及している。先に述べたとおり、ヴィクター・フレミング監督の『風と共に去りぬ』とデイヴィッド・リーン監督の『逢びき』を引用していると思われるシーンを織り込むことによって、女性のメロドラマ映画のモードに意識的であることが示されるのである。興味深いのは、伝統的なメロドラマのモードが、プロット構成の面だけでなく、抑制的なヒロインの内面の情動を、過去のメロドラマ映画へのオマージュとして解釈できるミザンセヌによって浮かび上がらせるという美学・方法面でも、採用されていることである。テクストの随所に施されたメロドラマ的仕掛けが、地味で抑制のきいた映像作りをしているような印象を表面的には与えながら、じつはヒロインの内面に〈家庭性《ドメスティシティ》〉の規範との葛藤を含めた過剰な情動が充満していることを示唆していると言える。

具体的に映画テクストの議論に入る前に、メロドラマに関して定義しておこう。周知のとおり、メロドラマに関しては、ピーター・ブルックスの『メロドラマ的想像力』を嚆矢に、特に一九七〇年代以降に映画研究の分野で、演劇に関する議論の理論的展開としてメロドラマ映画研究が進展した。それまでメロドラマは悲劇という崇高なヴィジョンが示されるメディアの堕落的形式としてのみ考えられてきたが、ブルックスはそうした通説を覆し、メロドラマは、〈近代〉という時代の到来とともに、ブルジョワジーたちが〈悲劇〉に代わる新たな表象形式を市民社会の善悪二元論的な道徳感に求めたものであると論じたのである。一九七〇年以降の映画研究において、このようなメロドラマに関する議論は、マルクス主義批評、精神分析批評、フェミニズム批評、新歴史主義批評といった批評理論の動向と関連づけられながら進展し、とりわけフェミニズム批評との関連において、〈家族メロドラマ〉、〈女性メロドラマ〉といったジャンル形式に関する議論が精緻化された。しかしながら、一九九〇年代に新歴史主義批評が興隆すると、メロドラマ映画というジャンル形式および規定の自明性と有効性に疑問が付されることとなる。つまり、〈メロドラマ〉というジャンル名に見える用語は、各時代において、スリラー映画、犯罪映画、パニック映画にたいして修飾詞として用いられていただけであり、メロドラマについてはむしろモードとして捉えるほうが有効なのではないかとの議論が数多く提示されたのである（Mercer and Shingler；御園生 21–24）。そうした動向のなかで精力的にモードとしてのメロドラマについて論じているのがリンダ・ウィリアムズであり、ウィリアムズは、ハリウッドのアフリカ系の表象やパニック映画のフレーム作りにくわえて、ヨーロッパ映画の母娘もののジャンルについても、メロドラマの観点から、歴史化しつつ論じることに成功している。(8)

本稿も、そのようにメロドラマをモードとして捉える立場をとる。具体的に言えば、さきに挙げたメロドラマ特有のプロット構成にくわえて、本稿では、御園生涼子がメロドラマ映画の形式を「文化間の境界線上において近代の欲望が交錯する流動的・可変的な場」（24）として捉えていることを受け、メロドラマのモードを、

『戦場からのラブレター』(00:46:34-00:47:26)
ローランドがフランス前線に向かう別れのシーンで、鉄道の駅の喫茶室で見つめあうヴェラとローランド。無言の二人の脇では、〈邪魔者〉的な役割をコミカルに果たすシャペロンの伯母が喋り続けているほか、束の間の二人の時間が駅員の鋭い笛の音で中断される仕掛けが施されるなど、明らかに『逢びき』が意識されている。

〈家庭性《ドメスティシティ》〉と公的世界、国内の領域と国外の領域、自己と他者といったさまざな〈領域〉が交錯し、またその越境がみられる様が表象されて、〈善〉と〈悪〉、生存者の資格に関する認識がエンディングで得られるものとして論じていく。

まずは、『戦場からのラブレター』の基本的なプロットの構造が、メロドラマが「無垢の空間」(Brooks 29)を設定すると論じたピーター・ブルックスの議論をなぞるかたちで構成されていることを押さえておこう。それは、映画テクストが一九一八年一一月の休戦記念日に怒りを抑圧した表情でカメラを見据えるヒロインのクロースアップという観客の感情移入を誘うショットで始まりながらも、その直後に、四年前に時間が巻き戻され、映画テクストの〈現在〉にして、〈経験〉の世界であり、おそらく〈悪〉の世界でもある戦争とは対照的なかたちで存在した〈無垢〉な〈過去〉の存在が示されることからも明らかである。冒頭において、やり場のない怒りを抱えている人物として示されるヒロインは、休戦の喜びに浮かれる大衆に溶け込むことのない、〈異質〉な人物として印象づけられる。喧噪を避けて教会に迷い込むヒロインは、壁の絵画に描かれる荒れ狂う海と溺れる人びとの姿に、自身の運命を投影するかのように、引き込まれる。そして映像は、絵画を見つめるヒロインというリアリズムのモードから離れ、そこからヒロインが水にもぐって衣服を脱ぐ、死を象徴的《シンボリック》にあらわす映像を数秒間挿入する。その水と死のイメージに媒介されて登場するのは、四年前のスタッフォードシャーのバクストンの林のなかの池の水である。ヒロインが池の水面から顔を出して生き生きとした表情と穏やかな笑顔を見せ、四年前の光景に時間が巻き戻されたことが明らかになる。つまり、ここでは、大戦という〈経験〉の世界の以前には、一〇代後半の若者たちが笑顔で将来への夢や不安を語り、恋の予感に胸をときめかせる、スタッフォードシャーのバクストンの淡いグリーンの林や静謐な池といった自然と生命が豊かなイメージに彩られた、みずみずしい〈無垢〉の時代が存在したことが示されている。このように、冒頭近くで時間が巻き戻され、〈現在〉と〈過去〉が死のイメージによって分断されるプロット構造は、『逢びき』のプロット構造の引用であるとも言えるが、ここではそれを指摘するにとどめ、まずはその〈無垢〉の時代もまた、メロドラマのモードで映像化されて〈家庭性《ドメスティシティ》〉の問題を投げかけていることを確認しよう。

バクストン時代のヴェラ・ブリテンは、淡いグリーンの木々と色とりどりの淡い色彩の花々に囲まれた美しい環境のなかに建つ一軒家で、ある意味では『風と共に去りぬ』のスカーレット・オハラを彷彿とさせるような、弟の友人たちが揃って恋に落ちる美貌の持ち主として登場する。だが、ヒロインは、その状況に満足してはおらず、内に複雑な感情を秘めている。とりわけ両親との確執は明らかで、大学で勉強して作家として身を立てたいから「結婚はしない」と意志を表明し、「田舎に埋没する人生を送る」ことに苛立ちを露わにする娘ヴェラにたいして、父親は、〈女性らしい〉たしなみと結婚を勧め、作家や「ブルーストッキングなどになったら、結婚相手がみつからない」と諌める。その一方で、ヴェラは、ロマン派詩人の作品を好んで読み、恋に憧れる側面をあわせもっている。そのようなヴェラの隠された内面は、彼女自身の部屋に彩られたむせかえるほどの花柄模様のインテリアと、その強い意志とは矛盾するようにも見える優雅で〈女性的〉なヴェラの衣服のスタイルといったミザンセヌによってあらわされている。もちろん、ウィリアム・モリスのアーツ・アンド・クラフツ運動を彷彿とさせるそのインテリアは、ヴェラという人物が、美的な〈芸術〉と政治的〈思想〉の両方に深い関心を寄せる知的な人物であることを雄弁に物語っているとも考えられる。言うなれば、バクストンの淡いグリーンと花柄模様の世界は、田舎の若者の〈無垢〉の世界をあらわしつつ、その世界の表面下には若者の矛盾する情動や夢が秘められていることを示唆するメロドラマ映画のモードを採用したミザンセヌと考えられる。

　そのような〈無垢〉の時代の雰囲気が一変するのが、戦争の足音が近づいてからである。顕著な違いはヒロインの衣装とオックスフォードの街並みの描写にあらわれる。ヴェラがサマヴィル・カレッジに入学する前後に戦争が近づいていることが街で売られる新聞の見出し等で示されるのだが、その頃からヒロインは淡い彩りの薄手の衣服を着ることはなくなり、濃い紺色や濃いえんじ色の厚手のコートにベレー帽といった出で立ちばかりとなる。つまり、バクストンという〈田舎〉かつ〈家庭《ドメスティシティ》〉の規範の世界から解放されたヒロインは、お嬢さん然とした淡い色の薄手の衣服を脱ぎ捨て、大学町という〈外〉の世界を芸術家《ボヘミアン》然とした出で立ちで闊歩する存在へと変化する。だが、その衣装の色の変化と場所の移動に示唆されるヒロインの行動領域の拡大とは裏腹に、ヒロインは自身の感情を抑制する寡黙な存在となっていく。それは明らかに戦争の影響なのだが、それに伴い、オックスフォードの映像も変化する。入学試験のシーンのオックスフォードは、〈学問の都〉に憧れを抱くヒロインの心をあらわすかのように、蜂蜜色の建物によってロマンティックな雰囲気を醸し出すが、入学以降のオックスフォードはむしろ、曇り空や雨空の下、書物がひしめく建物の内側の〈暗さ〉と〈隠遁〉の雰囲気によってあらわされるようになる。オックスフォードのイメージのこのような変化は、戦時の雰囲気だけでなく、戦争が始まってから学問に打ち込むことがなにか間違っていることのように感じ始めるヴェラの誤った感受性を反映するものと考えることができる。すでに述べたとおり、この映画テクストは、〈無垢〉の時代から〈経験〉の時代へと移行するメロドラマ的な変化を通じて、一貫してヴェラを〈間違う人物〉として繰り返し印象づけるのである。

ヴェラが、判断をしばしば誤る人物として描写される点を確認しよう。映画テクストのプロット上でヴェラがおかす間違いは、先のオックスフォードの心象風景に加えて、(一)ローランドと出会い、彼が親身になってヴェラの大学進学や作家になる夢について助言しようとするときに、「すでにオックスフォード大学に進学を決めた男性が、能力的に劣っている女性に対して偉そうに指導をしようとしている」と決めつけること、(二)オックスフォード大学サマヴィル・カレッジの入学試験にラテン語の科目があることを入試要項を読んだにもかかわらず認識しておらず、入学試験当日のラテン語の試験で自身の間違いに気づき、仕方なくドイツ語で解答すること、(三)ローランドが戦死した後、戦争で視力を失った友人ヴィクターに再会し、一時的な同情からヴィクターにプロポーズをすること、(四)戦争後にサマヴィル・カレッジに戻った後、自身の戦争経験を理解する者など誰もいないと決めつけていたが、ホルトビーもまたフランスの前線近くで救急車の運転手をしていたことがわかり、自身が思い込みで人を寄せつけないでいたことを認識すること、(五)戦争後、ドイツ人を糾弾する市民の集会で飛び入りで演説をして、弟を戦争に積極的に送り出したこと、ひいては女性たちが男性たちを戦争に送り出したことが間違いであったと述べること、など、きわめて多い。もちろん、最も重大な過ちは、映画テクストの末尾で力強く提示される(五)の女性の戦争責任の問題であり、(一)から(四)は、そのようにヒロインが間違いをおかす人物であることを反復によって印象づける伏線の機能を果たしていると考えられる。

そのように繰り返される間違いのなかでも最たるものが（五）の弟エドワードが志願できるよう父親の説得の手助けをしてしまったため、エドワードの戦死の責任の一端をヴェラが負っているという、女性の戦争責任の問題である。もちろん、戦争は、それを起こした人びとにもっとも重い責任がある。しかし、女性もまた、戦争を機に家庭内の領域から出て看護師等の仕事を通じて公的世界に参入することで、自身の承認欲求を満足させたのではなかったか。戦地に夫や婚約者や兄弟を送り、自身はいてもたってもいられず銃後の戦いに参画することで、愛国的に国に貢献していると自負心を高めたのではなかったか。ヴェラを含めた多くの女性がおかしたこの過ちは、弟エドワードの戦死の報が届いたすぐ後に休戦協定が結ばれることによって、〈遅すぎた〉出来事、及び、取り返しのつかない事態というメロドラマのモードであらわされる。その戦死のすぐ前に、ヴェラがフランスの前線近くでエドワードの命を救ったエピソードが丁寧に描写されているだけに、エドワードが〈休戦がもう少し早ければ戦死せずに済んだかもしれない〉と、ヴェラだけでなく観客も感じる仕掛けになっている。いや、その意味で言えば、ローランドの戦死も、「休暇の前夜の非番の夜に、鉄条網の一部が破れているとの情報になぜかローランドが修理を買って出て、ドイツ軍のスナイパーに射殺された」と、その死の裏には実は〈戦死する必要がなかったかもしれない〉エピソードが隠されていた。ベンヤミンが述べるとおり、第一次世界大戦は、戦死の意味を見出すことができない、つまり生き残った者が、死者についての物語をなかなか語ることができない戦争であったことが強調されていると言えるだろう。それに加えて、第一次世界大戦は、女性が女性自身の行動領域を拡大するのと並行して戦争に積極的に協力したことを反省《リフレクト》し、それを語る際に女性が果たした役割の間違いを認めなければならないという意味で、語りにくい戦争でもあったのである。

だからこそ、ヒロインであるヴェラは、戦時中からオックスフォードに戻るまでの期間はほとんど寡黙のまま、内面の不安や怒りを押し殺した表情で過ごすのだが、その制御してきた情動と言葉が、「ドイツは賠償を支払うべきか」と題された戦後の市民集会のシーンで解き放たれる。そこでヴェラは、〈悪〉を象徴すると考えられていたドイツ人への憎悪と賠償の必要を叫ぶイギリスの聴衆に対して、前線でのドイツ人兵士の看護経験を語ることによって、ドイツ人兵士とイギリス兵士が同じ人間であると、両者の手の温かさと痛みと悲しみの同質性を訴える。〈自己〉と国境外の〈他者〉の境界が揺るがされ、〈悪〉の定義が再考される、メロドラマ的想像力によって展開されたプロットの大団円的瞬間である。さらにヒロインは、戦争責任をドイツ人という他者のみに負わせることはできないはずだと、自身の過ちについて語り、聴衆にも同様の内省を促す。

母親、姉妹、女性たち……。私たちは、男性たちを戦争に送ったのです。私は、弟を志願させるために父と口論をしました。なぜそんなことをしたのか。それが正しいことだと私たちは思ったからです。それが高潔なことだと。でも、いまここで、みなさんに問いかけたい。それは正しいことでしょうか？　私は正しかったのでしょうか？　別の方法があったかもしれないと認める勇気が私のなかにあるでしょうか？　私たちがいまここで一つになって、「いや、私たちは間違っていた」と言わなければ、彼らの死はおそらく無意味になってしまうでしょう。（01:57:40–02:00:14）

この渾身の演説において、ヒロインは、「私」と「私たち」という一人称の代名詞を織りまぜて、戦争への協力について反省的に考えるイギリス人および女性の集団意識をパフォーマティヴに立ち上げる。そして、〈善〉と〈悪〉の対決という第一次世界大戦の固定的なイメージを、より広い視野から〈人間の同質性〉および〈女性の戦争責任〉といった別の座標軸を導入することによって、揺るがしてみせるのである。このシーンの言葉には、オックスフォード大学サマヴィル・カレッジ在学中に、ヴェラがVADに志願すると宣言したとき、カレッジのロリマー教授が「このような危機にこそ、全体を俯瞰するべく後方に下がり、事態を熟考《リフレクト》する人間が必要とされているのです。」（This crisis needs people who can stand back and reflect.）（00:53:40–00:54:05）と諭した言葉が、台詞中の「別の方法」として、あたかもヒロインのなかで遅すぎたこだまを響かせているかのようにも聞こえる。このように、〈無垢〉の世界から〈経験〉の世界へと移行するとともに、〈家庭〉と〈田舎〉から出て、自身の女性としての活動領域を拡大し、越境してきたヒロインの物語は、最終的に、ヒロインが信じてきた〈善〉と〈悪〉の概念と〈女性の社会的活動〉への信念が大きく揺さぶられ、再定義されるかたちで幕を閉じる。メロドラマ的想像力に大きく依拠したプロット構成がまさに効果的に用いられていると言えるだろう。

四　リフレクトする鏡像と水面——第一次世界大戦における男性の同性愛の表象

右で論じた、〈間違いの悲劇〉とでも呼ぶべき物語は、映像の面では、鏡や水面に反射《リフレクト》されるさまざまな像——虚像——をたびたび効果的に用いることによってもあらわされる。ただし、そうした反射《リフレクト》される像の反復は、つねに同一の機能を果たすのではない。そうした像は、ヒロインが自身や他者の内に虚像を見る人物であること、つまり認識を誤る人物であることを伝えることもあれば、観客の盲目性《ブラインドネス》を突くかのように、表面にはあらわされえない、つまり通常では不可視化される、ある人物の別の側面や別の現実をあらわすこともある。

自身や他者に対する判断をヴェラが誤ることについては、しばしば鏡像に反射《リフレクト》される像によっても示される。たとえば、婚約者ローランドの死後、視力を失った友人ヴィクターに接したヒロインが、彼にプロポーズして優しく断られるシーンがあるが、その直後にヒロインは、自身の部屋で一人、鏡に映る自身の像を見つめる（01:25:05–01:25:15）。これは、自身の心に嘘をついてヴィクターにプロポーズして断られたことをヒロインが再認識するものと考えられる。戦後になって、ヒロインが友人ウィニフレッド・ホルトビーと出会うあたりの描写においても、戦争帰りの自分を誰も理解してくれないとの思い込みに囚われて人とつきあうことを避けるヒロインの姿が、やはり鏡像を使ってあらわされる。ヴェラに友好的に話しかけて拒否されるホルトビーの姿がミディアム・ショットで映し出されるとき、同時にそのホルトビーの後ろ姿が、彼女の背後の丸い鏡に反射《リフレクト》されているさまがフレームに収められる（01:54:38–01:54:46）。ここでは、ヒロインにはホルトビーの虚像しか見えていないことが示唆されていると考えられる。

しかしながら、この映画テクストにおいて水面に人物やモノの像が反射《リフレクト》されるとき、それは別の役割を果たす。エンディングでは、ヒロインは木々や池に囲まれたバクストンの風景のなか、ロングショットで捉えられ、風景の一部と化す（02:04:59–02:05:11）。この静謐なシーンでヒロインが再度、池の中に入ることは、冒頭近くの同じ場所でのシーンに回帰する循環構造や、死の象徴としての水の役割も相俟って、ヒロインやフェミニズムの再生や再出発を示すもののようにも思われる。しかしながら、水面に反射《リフレクト》される像が別のシーンでまったく別の機能を果たしていたことを想起するとき、このエンディングは、別の意味をもって新たに立ちあらわれてくる。その鍵となるショットは、フランスの前線で毒ガスによって死にかけたエドワードがヴェラの看護で一命を取り留め、彼が肌身離さず所持していたと思われる友人ジェフリーからの大切な手紙を読むシーンであらわれる。ジェフリーのヴォイスオーヴァーで、彼の手紙が読まれる。

周囲の風景は荒廃していた。そのとき、奇妙な感覚におそわれた。沈みゆく太陽が照らした水たまりが黄金色に見えたんだ。そこになにかの存在を感じた。他の何よりも偉大な存在を。平穏だった。そして、エドワード、君を思った。親愛なる友よ。必ずまた会える。この世か、あの世で。（01:41:30–01:42:21）

手紙が読まれる間、水たまりに太陽と兵士の姿が反射《リフレクト》されるショット（01:41:59–01:42:06）が映し出される。ここで想起しなければならないのは、手紙が読まれる前に、ジェフリーからの手紙がエドワードにとってとりわけ大切であることをヴェラが察していることが表情や仕草によって示され、またエドワード自身も、ジェフリーの手紙を手に取り、傷つきやすい表情を見せていたことである。ガストン・バシュラールによると、水のイマージュは「はかなく消えやすい」（32）特徴を有するがゆえに、その幻影はいっそうの「濃密さ」と「官能的な夢想」（33）を喚起するというが、そのことを持ち出さずとも、この手紙の内容と太陽が水たまりに反射《リフレクト》されるショットが、死者が亡霊的に身近に存在することを象徴的にあらわすだけでなく、男性同士の特別に親密な関係をコード化してあらわすものであることは明らかであろう。[9] 水面のリフレクションは、当時のミドルクラスの日常生活では不可視化されていた、第一次世界大戦における男性の同性愛者と死者の存在のマニエリスム的陰画《ネガ》なのだ。

このシーンを踏まえると、バクストンの池とヴェラの像が水面に反射《リフレクト》して縦方向に二重の像を映し出しているエンディングのショット（02:04:59–02:05:11）もまた、不可視化された深層の現実を水面の反射《リフレクション》であらわすマニエリスム的ショットとして新たに立ち現れる。言い換えれば、エドワード宛てのジェフリーの書簡が読み上げられる際の戦場の水たまりのショットを伏線と考えるならば、このエンディングのショットによって示唆されるのは、現実の世界の表面下には、リアリズム的な描写ではあらわされえない、男性同士の親密な関係や、第一次世界大戦で命を落とした兵士たちの亡霊たちが存在することである。事実、水のシンボリズムを考えても、バシュラールは泉でのナルシスを論じる際に、ナルシスはひたすら自分自身を見つめているわけではなく、「かれ自身のイマージュがひとつの世界の中心」となり、「ナルシスとともに、ナルシスのために、［中略］今度は森全体が姿を映す」（41）と述べていた。泉の水面に映る森の像は、ナルシス、つまり自体愛や同性愛のシンボルでもあるのである。そして、これこそが、メロドラマのモードで表象される『戦場からのラブレター』が、ミドルクラス的な〈家庭性《ドメスティシティ》〉の規範の存在によって、最後まで抑圧せざるをえない、表立っては表象しえないものであると言える。ケント監督は、そのように水面のマニエリスム的反射《リフレクション》によって男性の同性愛をあらわして消す、見せ消ちを行っているのである。

そのように考えるとき、この映画テクストのエンディング近くの風景描写がリアリズムのモードからやや離れることの意味が明らかになる。エンディング近くでヒロインは、かつて弟や婚約者や友人と歩いたバクストンの風景の中を一人で歩く。しかし、この同じ風景はもはや、映画テクストの前半部では存在した〈無垢〉のイメージを湛えてはいない。映画テクストは、ヴェラが歩く映像の間に、無人の風景と、前述の男性三名が何かを言いたげにヴェラがいる後ろを振り返りつつ歩く過去の姿の映像を交互に織りまぜることによって、〈無垢〉が失われ、死者たちがヴェラたち生者に何かを伝えきれなかったままこの世を去ったことをあらためて印象づける。プロットとは無関係の無人の風景、なかでも、とりわけ風に揺れる葉をクロースアップで数秒間映し出すショットは、スタッフォードシャーの無人の風景の美への注意を喚起すると同時に、リアリズム的描写から離れて、物語からこぼれ落ちる亡霊的な死者たちが残した生の残滓に気づくことを観客に要請する、象徴性を有する、リアリズムとは異なる表象のモードである。(10) そしてその表面下の重層的な現実を示唆するショットの数々は、リアリズム的なミドルクラスの〈家庭性《ドメスティシティ》〉の規範のなかで抑圧され、亡霊的に不可視化されてきた同性愛や英雄ではない死者たちや誤ってしまった女性たちの生を指し示しては消す、メランコリー・メロドラマ(Linda Williams, "Melancholy Melodrama" 273)の一形式であると解釈できるはずである。(11)

五　結　び

ジェイムズ・ケント監督による『戦場からのラブレター』は、このように、メロドラマのモードを採用した女性映画や戦争映画の系譜を意識しつつ、監督独自の作家性を織り込むことを目論んだ、フェミニズムやイギリス女性史の複雑な問題に介入する、批評史を意識した映画テクストである。ヴェラ・ブリテンの原著で語られる物語をメロドラマのプロット構成に落とし込み、女性の戦争ものを女性の〈間違いの悲劇〉としてドラマ化するこの映画テクストは、現在のブリテン研究や女性史研究で問題とされている女性の戦争参加とフェミニズムとネイションの問題という女性史にとって痛みを伴うテーマに介入する、きわめてクリティカルな意識を有するものであると言えるだろう。そうした〈過去〉への意識のもと、スタッフォードシャーの風景に亡霊的死者や同性愛者といった、歴史上で不可視化されてきた者たちの存在を示唆する独自の美学を駆使した映像作りは、イングランドの緑の風景をノスタルジックかつ特権化して映像化するとしばしば評されるヘリテージ映画の風景描写に対しても、一石を投じるものである。言うなれば、『戦場からのラブレター』は、メロドラマのモードを洗練されたかたちで用いることによって観客の情動を揺さぶりつつ、イギリス女性史の陥穽および、一般のヘリテージ映画で見られるような、イングランドの風景を愛でる心性の陥穽を突く、メタ映画史的テクストなのである。

（1）　ジェイムズ・ケント監督は、『戦場からのラブレター』の製作に際して、映画タイトルと同名の原作『若者たちの遺言書』（*Testament of Youth*）だけでなく、ヴェラ・ブリテンの『遺言書』三部作すべて、つまり、『友情の遺言書』（*Testament of Friendship*；1940）と『経験の遺言書』（*Testament of Experience*；1957）も参考にしたと、トニー・フィリップスによる『シグネチャー』誌上のインタビューで述べている（Phillips）。本稿では、その事実を踏まえながらも、便宜上、『戦場からのラブレター』が『若者たちの遺言書』のアダプテーション映画であるという記述の仕方をしている。

（2）註（1）で述べたとおり、『戦場からのラブレター』が三部作全部に基づいていると考えるなら、原著はゆうに一、〇〇〇ページを超える。

（3）このあたりの事情については、ソフィア・ヴァン・ウィンタージャーデン（van Wintergerden 154–71）を参照。

（4）ジュリー・ゴットリーブがブリテンに関してそのような指摘をしているが、ゴットリーブのブリテンに関する議論には牽強付会の側面が見られることも事実である。とりわけゴットリーブの一次史料の扱いには重大な疑義があり、この点については、筆者は別の論文を準備している。

（5）ポストフェミニズムについてはロザリンド・ギルを、第三波フェミニズムについては岡野を、第四波フェミニズムについてはプルデンス・チェンバーレンを参照。

（6）例としては、参考文献のヘレン・マカーシーとジュリー・ゴットリーブの一連の仕事を参照。

（7）ミドルブラウに対して語りかけた作家としてのブリテンについては、松本朗（64–70）を参照。

（8）リンダ・ウィリアムズについては、参考文献の一連の仕事を参照。

（9）第一次世界大戦と男性の同性愛については、サンタヌ・ダスが戦争詩を取り上げて詳細に論じている。

（10）このような物語とは一見無関係に見える描写を、フレドリック・ジェイムスンは、リアリズム物語によって喚起される感情（emotion）とは関係の薄い、情動（affect）を示すモダニスト的表象方法と論じている（185–92）。

（11）ジェイムズ・ケント監督は、BBCドラマ『ミス・アンの秘密の日記』（*The Secret Diaries of Miss Anne Lister*；2010）においても、コード化されたレズビアンの表象を扱っている。

参考文献

Brittain, Vera. *Testament of Youth：An Autobiographical Study of the Years 1900–1925*. Virago, 2014.

Brooks, Peter. *The Melodramatic Imagination : Balzac, Henry James, Melodrama, and the Mode of Excess*. Yale UP, 1995.

Chamberlain, Prudence. "Affective Temporality : Towards a Fourth Wave." *Gender and Education* 28. 3 (2016) : 458–464.

Cheshire, Ellen. *Bio-Pics : A Life in Pictures*. London : Columbia UP, 2015.

Cheshire, Godfrey. "Testament of Youth." 〈https://www.rogerebert.com/reviews/testament-of-youth-2015〉 (May 1, 2018)

Copsey, Nigel, and Andrzej Olechnowicz, ed. *Varieties of Anti-Fascism : Britain in the Inter-War Period*. Palgrave Macmillan, 2010.

Das, Santanu. *Touch and Intimacy in First World War Literature*. Cambridge UP, 2005.

Gibbs, John. *Mise-En-Scène : Film Style and Interpretation*. Columbia UP, 2002.

Gill, Rosalind. "Postfeminist Media Culture : Elements of a Sensibility." *European Journal of Cultural Studies* 10 (2007) : 147–66.

Gottlieb, Julie V. "'Broken Friendships and Vanished Loyalties' : Gender, Collective (In) Security and Anti-Fascism in Britain in the 1930s." *Politics, Religion & Ideology* 13. 2 (June 2012) : 197–219.

———. "Varieties of Feminist Responses to Fascism in Interwar Britain." Copsey and Olechnowicz. 101–18.

Gottlieb, Julie V. and Richard Toye, ed. *The Aftermath of Suffrage : Women, Gender, and Politics in Britain, 1918–1945*. Palgrave Macmillan, 2013.

Hallett, Christine E. *Containing Trauma : Nursing Work in the First World War*. Manchester UP, 2009.

Jameson, Fredric. *The Antinomies of Realism*. Verso, 2013.

Kemp, Philip. "Testament of Youth." *Sight and Sound* 25. 2 (February 2015) : 87–88.

Leach, Jim. *British Film*. Cambridge UP, 2004.

McCarthy, Helen. "'Shut Against the Woman and Workman Alike' : Democratising Foreign Policy Between the Wars." Gottlieb and Toye. 142–58.

Mercer, John, and Martin Shingler. *Melodrama : Genre, Style and Sensibility*. Columbia UP, 2013.

Parkins, Ilya. "Feminist Witnessing and Social Difference : The Trauma of Heterosexual Otherness in Vera Brittain's *Testament of Youth.*" *Women's Studies* 36 (2007) : 95–116.

Phillips, Tony. "Dear Diary : Talking 'Testament of Youth' with Director James Kent." *Signature : Making Well-Read Sense of the World.* June 16, 2015. 〈http://www.signature-reads.com/2015/06/ladies-man-testament-of-youth-director-on-all-the-girls-hes-loved-before/〉

Pickering, Jean. "On the Battlefield : Vera Brittain's *Testament of Youth.*" *Women's Studies* 13 (1986) : 75–85.

Radner, Hilary. *The New Woman's Film : Femme-Centric Movies for Smart Chicks.* New York : Routledge, 2017.

Rosenstone, Robert A. *History on Film/ Film on History.* Second Edition. London : Routledge, 2012.

Rosman, Lisa. "Wartime Women : Vera Brittain's Patchy Portrait in "Testament of Youth."" *Signature : Making Well-Read Sense of the World.* June 5, 2015. 〈http://www.signature-reads.com/2015/06/wartime-women-vera-brittains-patchy-portrait-in-testament-of-youth/〉

Stubbs, Jonathan. *Historical Film : A Critical Introduction.* New York : Bloomsbury, 2013.

Tunzelmann, Alex von. "Testament of Youth : Battles of Brittain Make for Moving Biopic." *The Guardian* (17 December 2014) : 〈https://www.theguardian.com/film/filmblog/2014/dec/17/reel-history-testament-of-youth-vera-brittain-film-adaptation〉

van Wingerden, Sophia A. *The Women's Suffrage Movement in Britain, 1866–1928.* Macmillan, 1999.

Williams, Linda. "Mega-Melodrama! Vertical and Horizontal Suspensions of the "Classical"." *Modern Drama* 55. 4 (Winter 2012) : 523–43.

———. "Melancholy Melodrama : Almodóvarian Grief and Lost Homosexual Attachments." *Journal of Spanish Cultural Studies.* 5. 3 (October 2004) : 273–86.

———. *Playing the Race Card : Melodramas of Black and White from Uncle Tom to O. J. Simpson.* Princeton UP, 2001.

Williams, Melanie. *David Lean.* Manchester UP, 2014.

岡野八代『フェミニズムの政治学』みすず書房、二〇一二年。

バシュラール、ガストン『水と夢—物質的想像力試論』法政大学出版局、二〇〇八年。

ベンヤミン、ヴァルター「物語作者―ニコライ・レスコフの作品についての考察」『ベンヤミン・コレクション　2―エッセイの思想』浅井健二郎編訳、三宅晶子・久保哲司・内村博信・西村龍一訳、筑摩書房、一九九六年。二八三―三三四頁。
松本朗「ミドルブラウ文化と女性知識人」―『グッド・ハウスキーピング』、ウルフ、ホルトビー」『終わらないフェミニズム―「働く」女たちの言葉と欲望』日本ヴァージニア・ウルフ協会、河野真太郎・麻生えりか・秦邦生・松永典子編、研究社、二〇一六年。五九―八四頁。
御園生涼子『映画と国民国家―1930年代松竹メロドラマ映画』東京大学出版会、二〇一二年。

〈追記〉

本稿は、JSPS科研費26370293の助成を受けている。

『独裁者』を観る人びと
――マス・オブザヴェイション資料から読む第二次大戦期の大衆とユーモアの関係――

福西　由実子

一　第二次大戦、ユーモア、プロパガンダ

イギリスが第二次大戦に参戦すると、英国情報省（Ministry of Information、一九一八年に創立された敵国への戦時宣伝を統括する国家機構）はプロパガンダ映画制作の計画の初期段階から、国民の関心を引きつける必須条件としてユーモアに着目した。「映画が良きエンターテイメントであるならば、良きプロパガンダともなりうるはずである」(1)。こうして情報省は一九三九年後半から一九四〇年前半にかけて矢継ぎ早に十七ものコメディ路線の「公式」短編映画を制作した。目のつけどころは悪くなかったのだが、実際公開してみると観客からの反応はどれもいまひとつで、情報省とすれば笑わせたい場面で笑いが起きない、逆に狙ってもいない場面で笑われるという結果に終わってしまった。情報省の依頼を受け、これらの観客の反応を調査したマス・オブザヴェイション（Mass-Observation、以下、略称M－Oを用いる）の報告書には、「どの映画にも共通する顕著な特徴はユーモアの欠如であり、大衆のテイストを全く理解していない」と手厳しく記されている(2)。開戦前から映画とユーモアの調査を重ね

てきたM－Oからの再三の進言を受け、ようやくことユーモアに関してはコメディ映画制作でノウハウを熟知した民間の映画会社に敵わないと痛感した情報省は、脚本家やコメディアン、その他映画の専門家を民間から「買収」して、その後のプロパガンダ映画制作に取り組んでいくこととなる（Aldgate and Richards 77）。

本論で中心的に扱うM－Oは、一九三七年に始められた大衆意識調査運動であり、人類学者のトム・ハリスン、詩人でジャーナリストのチャールズ・マッジのふたりが創立した。(3) 創立のきっかけは、一九三六年にエドワード八世が退位、そのわずか数日後に、一八五一年の大英博覧会のために建設されヴィクトリア朝時代の進歩の象徴であった水晶宮が焼失するという、相次ぐイギリスのアイデンティティのアイコン消失ともいうべき事態に際し、「国民精神」を探ろうとしたことにある。ふたりは、全国から五千人以上のボランティアの「マス・オブザーヴァー」（Mass-Observer）を募り、イギリスの大衆の生活様式に関する様々な調査を実施。彼らの日常生活を立体的に把握し、客観的なデータの蓄積――「我々自身の人類学」――を目指した（Harrisson, Jennings and Marge 155）。創立当初、オブザーヴァーは少数の上層中流階級の知識人と芸術家に限られたが、次第にその規模が拡大、全国のあらゆる社会階層から集まるようになった。

M－Oの調査方法は、①オブザーヴァーが日記ないしある一日の行動記録といった個人的な記述を残す「パーソナル・ライティング」（personal writing）と、②創始者が提示したテーマにしたがってオブザーヴァーが街へ出て、大衆の様子を観察し、さらにアンケート調査を実施する「トピック・コレクション」（topic collection）の二本柱からなる。これらを調査報告ファイルにまとめ（file report）、最終的には単行本としての出版をめざした。②の調査方法には、行動の盗み見、会話の盗み聞きが含まれたため、当時のメディアから「スパイ」、「立ち聞き犯」、「覗き魔」と揶揄されることもあり、これを気にするオブザーヴァーも少なくなかった（Richards and Sheridan 217）。戦前のM－Oの調査の代表的なものとして、一九三八年五月一二日のジョージ六世の戴冠式の日の二四時間を、当時の植民地を含むイギリス全土の人びとがどのように過ごしたかを調査した「五月一二日」[4]、一九三七～三八年にイングランド北西部のボルトン、ブラックプールで労働者階級の人びとの日常を調査した「ワークタウン・プロジェクト」がある。[5]

M‐Oは、映画を観る大衆の習慣とテイストについて、第二次大戦中だけでも五十回もの調査を行った。[6] 後年ハリスンが「最初から私たちは映画に最も関心があった。私たちは映画志向だった」と語っているように(Harrisson, Jennings and Marge 236)、映画はM‐Oにとって大きなテーマの一つであった。とりわけ開戦直後には、コメディ映画の重要性（特にそのコミック・リリーフ的な役割）を認識し、ジョージ・フォーンビー主演『ジョージにやらせろ！』（*Let George Do It!*; 1939、以下『ジョージ』）、続いてチャーリー・チャップリン制作・主演の映画『独裁者』（*The Great Dictator*; 1940）を大々的に調査している。

本論では、後者の『独裁者』の調査に注目して論じてみたいと思う。本作を取り上げる理由としては、大戦開戦時の大衆のユーモアへの反応という点では『ジョージ』についての調査と共通するものの、『独裁者』の公開時期と重なってイギリスの映画観客動員数が一気に増加していることから、本作が「黄金時代」の映画の代表作と位置づけられること、アメリカとイギリスにおける受容の違いを検討できること、イギリス国内の各種メディアがこれまで例を見ない大規模な公開前キャンペーンを行っており、当時のメディアの大衆への影響力を考察できることが挙げられる。チャップリンの伝記的研究や『独裁者』の映画学的研究には数多の蓄積があるが、[7] 本論はそこには踏み込まず、『独裁者』のイギリスでの受容を、とくに本作へのメディアと大衆の反応を、M‐Oの調査記録から読み解いていく。最終的に、M‐Oの映画調査自体の限界と意義について論じたい。扱う資料は、上述②の「トピック・コレクション」と、②をもとにした調査報告（「ファイル・レポート」）が中心となる。

二　『独裁者』の制作の経緯

まず、チャップリンがこの映画を制作したきっかけと制作過程について簡単に整理しておく。『独裁者』は、彼の初の全編トーキー映画で、明確な政治的信条を発信した作品である。トメニアの独裁者アデノイド・ヒンケル（ヒトラーのパロディ）の政治と人間性を、ユダヤ人の床屋との人違いの喜劇のプロットを通して笑いものにする。チャップリンがヒンケルと床屋の二役を演じ、ジャック・オーキーがバクテリア国独裁者ナパロニ（ムッソリーニ）を、ポーレット・ゴダードがヒロインのハナを演じる。中盤にはヒンケルが地球を模した大きな風船と戯れるように踊る有名な場面があり、最後はチャップリンがカメラに視線をまっすぐに向けて人間性と協調と平和を訴える、四分間にわたるスピーチで幕を閉じる。映画のオリジナルのアイデアは、一九三七年にアレクサンダー・コルダ（ハンガリー系ユダヤ人映画監督）が提案したもので、チャップリンは一九三八年に台本作りにとりかかり、一九三九年九月にイギリスがドイツに宣戦布告をする直前に完成させた。

台本作成中には映画制作を取りやめるようさまざまな圧力がかかったという（Chaplin 387-88）。チャップリンが反ナチズムのコメディ映画を制作中と知ったユナイテッド・アーチスト社のニューヨーク、ロンドンの両オフィスから、反ナチズム映画はアメリカでもイギリスでも上映される見込みはないので制作をやめてほしいと告げられた。またイギリス外務省（British Foreign Office）も英国映画検閲委員会（British Board of Film Censors）を通じてこの映画の制作中止を求め、この映画がいかに「チェンバレンの宥和政策の成功にとって痛手」となり、対独関係に深刻に影響するかを説いたという（Short 85）。

映画の撮影は一九三九年九月から翌一九四〇年三月まで行われ、同年九月に完成した。チャップリンは『独裁者』への反応を非常に気にしていたという。当時の孤立主義が進むアメリカでは、ギャラップ調査によると、国民の九六パーセントが母国の第二次大戦参戦に反対している状況だった。ハリウッドも反ファシズムものを敬遠する傾向にあった。チャップリンのもとにはファシスト支持者からのものとみられる大量の脅迫状が届き、プレミア上映時のデモを危惧するほどであったという（Robinson 542）。『独裁者』が一九四〇年一〇月一五日にニューヨークで公開されると、その反応は賛否両論であった。[8] いっぽう、同年一二月一六日に公開されたロンドンでは、本作は非常に好意的に受け入れられた。折しもロンドンはドイツ軍による大空襲のさなかにあり、イギリス人にとってヒトラーはリアルな実在の「敵」であった。したがってアメリカとは違い、大部分の観客はヒトラーをパロディにする笑いに戸惑いを覚えなかったようである（Robinson 543-44）。チャップリンが自己資金一五〇万ドルを投入し、二年がかりで制作した本作は、結果的にイギリス・アメリカの両方で大ヒットとなった。世界で五〇〇万ドルもの収益をあげ、『キネマトグラフ・ウィークリー』（*Kinematograph Weekly*）によれば、一九四一年にイギリスで公開されたアメリカ映画の中でもっとも興業的にヒットした映画となった。[9]

三　文化潮流の中での受け止められかた——ドキュメンタリストたちの『独裁者』観

『独裁者』へは、一九三〇年代からイギリスの文化表象を牽引しつつ互いのジャンルで協同しあっていた左派ジャーナリストや作家、ナチスの迫害を逃れたユダヤ人ジャーナリストらが熱い視線を送った。ここでは、フォトジャーナリズム、ドキュメンタリー映画、ドキュメンタリー文学からそれぞれ一例を挙げてみたい。

まずフォトジャーナリズムから。フォト雑誌『リリパット』（*Lilliput*）は映画制作以前から（一九三九年六月、一九四〇年一一月）、チャップリンとヒトラーの類似点を得意の並置写真で深遠かつコミカルに表現した。また、『ピクチャー・ポスト』（*Picture Post*）は、イギリスが大戦に参加した直後の一九三九年九月一四日に表紙に『独裁者』のスチール写真を据えたほか、公開少し前の一九四〇年一一月二日には巻頭にフォトストーリーの特集記事を組んだ。タイトルは「チャップリン対ヒトラー（CHAPLIN V. HITLER）」、映画のスチール写真とヒトラーの写真がふんだんに使用されている。文章を担当したレベッカ・ウェストは、それぞれの生い立ちに遡り、二人を「コインの表裏」（West 9）になぞらえ、なおかつ「神経症的」（West 12-13）であるという共通点を挙げながら、まもなく上映される『独裁者』への期待を述べた。両雑誌の編集長であったシュテファン・ローラントは、ハンガリー系ユダヤ人でナチスに投獄された経験があり、イギリスに亡命後は、開戦前から繰り返し反ファシズムの記事を特集していた。この映画に対する思い入れはひとかたならぬものがあった[10]。

ドキュメンタリー映画運動の中心人物であり、『セイロンの歌』（*Song of Ceylon*；1934）などを制作した映画監督、バジル・ライトも、『独裁者』評を『スペクタイター』（*Spectator*）に寄せている（一九四〇年一二月一三日）。彼はチャップリンの最後のスピーチを「スワン・ソング」にたとえながら、「純粋なコメディである点においても、ゲットーやスラムに暮らすか弱き人びとと強大なファシストとを大胆に対比させ、さらにはファンタジーの中で両者を同質化させている点においても、『独裁者』はまぎれもなく偉大な作品である」と賛辞をおくった（Wight 12）。

さらにジョージ・オーウェルは、『タイム・アンド・タイド』（*Time and Tide*、一九四〇年一二月二一日）誌に長文の映画評を寄せている。作品全体のプロットに破綻が生じているため、ラストはフェイドアウトせざるを得なかったとしながらも、最後のスピーチは、リンカーンのゲティスバーグ演説に匹敵する、これまで聞いたなかでもっとも力強いプロパガンダであったと激賞した。オーウェルは、チャップリンの特別な才能は、「普通の人びとの本質を凝縮して体現する力」にあると言い、こうした人びとの「人間らしさ（decency）」という、オーウェル自身のすべての著作にも通底する理念が、この映画の中で大きな力をもって観客に訴えかけられていると論じた(11)。公開初日にマーブル・アーチの映画館で本作を鑑賞した彼は、同席したお堅い批評家たちが終始笑い転げ、最後のスピーチに大いに感動するのを目の当たりにしたとも述べている(Orwell 313-35)。

四　マス・オブザヴェイションと映画

一九三〇年から第二次大戦後までは、イギリスの映画産業の「黄金時代」と呼ばれる。セシル・デイ＝ルイスは一九三八年に発表した詩「ニューズ・リール」('Newsreel')の中で、映画館を「夢の館」と表現し(Day-Lewis 56)、A・J・P・テイラーは戦間期に映画館に通うことは「この時代に必須の社会習慣」であったと論じた(Taylor 392)。第二次大戦開戦までに、映画館へ通うことは最も人気のある屋内レクリエーションであり、労働者階級にとってはリスペクタビリティを誇示する行為でもあった(Hanson 2-3)。映画館は戦時中も人びとに娯楽、情報、避難場所、寛ぎを提供する場として機能していた(Farmer xi)。

第二次大戦開戦までにイギリス全体でおよそ四、八〇〇館の映画館があったが、開戦後に政府は、「不要な労働」であるとして映画館の建設を禁止した。さらに政府は空襲を理由に、映画館をはじめとする公共の娯楽施設のすべてを閉鎖するように指示したが、映画業界や映画の擁護者たちからの猛反発を受け、一週間後には再開を命じた(Hanson 65)。ジョージ・バーナード・ショーがこの政策を「想像を絶する愚の骨頂」であると嚙みついたことは有名である(『タイムズ』(*The Times*)、一九三九年九月五日付投書)。

マーフィーによれば、戦時中の映画館は、国民の士気を維持する上で重要な役割を果たしていたという(Murphy 39)。またハンソンによると、一九三四年のイギリス国内の映画動員数は九億六千三百万人で、これは平均して一年間に国民一人当たり二二回映画館に通った計算となる。一九三九年までにはこの人数が九億九千万人に増え（これは当時の国内のフットボール・スタジアムに足を運んだ人数と同等で、一年に二五回通った計算）、これはすなわち、一四歳以上人口の半分が週に一回映画館に通っていたことになる。一九四〇年から一九四三年の間には、これがさらに五〇パーセント増えたという（Hanson 66）。

イギリスが参戦すると、ハリスンはM－Oが国民の士気をモニタリングする機関としてうってつけであると各方面にアピールし、ペンギン・ブックスやゴランツ書店等から資金を集めることに成功した（Richards and Sheridan 5-6）。本稿冒頭で述べたように、情報省からの依頼により情報省制作の短編映画の観客反応調査も行った。つまり政府もまた、M－Oの左派的性格には目をつぶり、M－O独自の指針、すなわちガスマスクを携帯する人数、ヒトラーの夢、うわさ話、ジョーク、落書き、映画館での人びとのふるまい等々に関する調査報告をバロメーター代わりにして、国民意識をはかろうとしたのである。

こうした政府との関わりに嫌気がさしたマッジは一九四〇年半ばにM－Oを離れ（のちに当時のM－Oの活動を振り返り、まるで「銃後のスパイ活動」のようだったと皮肉っている）、彼に代わって映画調査の中心を担うようになったのは、一九三九年にM－Oに参加していたレン・イングランドであった（Hinton 136-37）[12]。弱冠一八歳のパブリック・スクールの学生であった彼が、一九四一年に入隊するまで、ほぼすべての映画調査を手掛けた。特に、一九三九年に行った『ジョージ』の調査では、映画に登場するジョークを詳細に分析し、この経験が『独裁者』調査にもおおいに活かされた。

イングランドはすでにいた五百人のオブザーヴァーに加え、新たなオブザーヴァーも募り、映画館内の暗闇でのメモの取り方等、大衆観察の仕方を指南した。イングランドは調査結果を標準化するため、観察の方法の統一をはかった。映画上映中の館内での観客の反応は①三、四人が反応、②二十人以内が反応、③かなりの観客が反応（fairly）、④非常に多くの観客が反応（very）、⑤観客全員が直ちに反応、の五項目に分けられた（M‐Oの他の調査についても言えることだが、③と④の定義の違いが曖昧である）。また、観客が拍手をしている秒数を測ること、咳払いおよびシークエンスの最後での会話は退屈のサインとみなすことなども定められた。館内での観察調査とあわせて、映画館から出てきた観客へのアンケート調査も行われた。観客の分類は（A）裕福な人、（B）中流階級、（C）職人、熟練労働者、（D）非熟練労働者階級の四種類に分けられた。このコードは通常、あくまでオブザーヴァーによる印象に基づくが、アンケート調査の際に直接たずねて得られた情報によることもある。したがって、M‐Oの報告書の「M26B」は「男性／二六歳／中流階級」を、「F50D」は「女性／五〇歳／非熟練労働者階級」をさす。

またイングランドはこうした調査とは別に、フィルム・オブザーヴァーとして映画誌『ピクチャーゴウワー』（*Picturegoer*）に協力をあおぎ、読者からの投書を全て転送してもらい、調査資料の一つとした。また「映画館に行く頻度はどのくらいですか？　それはなぜですか？　一番好きな映画は何ですか？　一番好きなスターは？　どんなタイプのユーモアが一番好きですか？　一番好きな喜劇役者は？」との読者へのアンケート調査も依頼し、その回答は空襲で『ピクチャーゴウワー』のオフィスが爆撃されるまで送られ続けた。(13)　一九四一年にイングランドやその他のオブザーヴァーが徴兵され、ハリスン自身も一九四二年に軍務でイギリスを離れるまでの二年間、すなわち一九四〇年から一九四一年にかけてがM‐Oの映画調査が最も活発に行われた時期であった。

五　マス・オブザヴェイションによる『独裁者』の調査

(一)　目的と手段

M–Oによる『独裁者』の調査の目的は、「映画が一般大衆にもたらす影響と、どのようなジョークに人気があるかを解明すること」であった[14]。調査にあたって、あらかじめ『独裁者』全編を通してのジョーク・ポイントが百か所設定されていた（時事的ジョーク四一か所、非時事的ジョーク五一か所）。オブザーヴァーはロンドン周辺の十六か所の映画館で、それぞれのジョーク・ポイントで観客がどのように反応したかを観察し、記録した。さらに、映画を観終わった観客へのアンケートも行った。アンケート項目は以下の通りである。「①『独裁者』を観てどう思いましたか？　②ふだんからチャップリンは好きですか？　③一番良かった場面はどれですか？　④一番良くなかった場面はどれですか？　⑤最後のスピーチについてどう思いましたか？　⑥この映画をプロパガンダだと思いますか？　⑦（⑥で「はい」の場合）この映画はプロパガンダとして良かったと思いますか？　悪かったと思いますか？」これらのデータは、オブザーヴァーによるメモやハリスンへの手紙とともにトピック・コレクションの一部として保管され[15]、これをもとにイングランドが調査報告書（ファイル・レポート764『独裁者』）を作成した[16]。日付は一九四一年六月二九日となっている。

(二)　『独裁者』のプレリリース・キャンペーン

当時のイギリスで、『独裁者』ほど公開前のプレリリース・キャンペーンが大々的に行われた映画はなかった。大戦が勃発する少なくとも一年前には、チャップリンがヒトラーをパロディにした映画を制作中であることが報道された。そして、ふたりの誕生日が数日しか違わないことがメディアで繰り返し取り上げられた。ゲッベルスが本作を貶そうとして、ニューヨーク最大の映画館のひとつ、アスターで（実際には満員だったにもかかわらず）座席の半分が空席だったと述べたと報じられた。いよいよフィルムが上陸するという噂も報じられるようになった。戦争が終わるまでイギリスでは上映されないだろう、いやされるはずだ、チャップリンは先の大ヒット映画『風と共に去りぬ』（*Gone with the Wind*; 1939）並みの高額な映画料金を設定するらしい、云々（Richards and Sheridan 352）。先述の『ピクチャー・ポスト』や『リリパット』に加え、『エヴリバディズ』（*Everybody's*）と『イラストレイティッド』（*Illustrated*）は本作のスチール写真を数多く掲載した。高級誌も同様に大騒ぎであった。『サイト・アンド・サウンド』（*Sight and Sound*）は特集記事を掲載。『リーダー』（*The Leader*）は読者全員がこの映画を知っている前提で巻頭特集記事を組んだ。

『独裁者』の公開初日には、ラジオが広報の役割を果たした。首相をはじめさまざまな著名人がこの映画を観たこと、ウィンザー城では国王と王妃、二人の王女のために特別上映が行われたことが臨時ニュースとして流された。九時のニュースは、映画館から出てくる人びとへのインタビューに充てられた。新聞各紙もこぞって『独裁者』の記事を組んだ。プレミア上映から五週間たっても、二日に一度はどこかの新聞や雑誌が、アルゼンチンで『独裁者』の上映が禁止されたこと、メキシコで上映されたこと、チャップリンがニューヨーク映画批評家協会賞の主演男優賞を受賞したことなどを大きく報じた。

『独裁者』の広告やポスターも際立っていた。レストランのメニューには『独裁者』のスチール写真が使用された。ヒンケルに扮したチャップリンの大きな肖像ポスターが、「世界中で笑い声が聞こえる」というフレーズとともに、地下鉄のホームから、これまで映画の広告など載せたことがなかったお堅い雑誌の裏表紙まであちこちに登場した。四つ折り大判の映画チラシが映画館で配られたが、これは『風と共に去りぬ』以来のことだった。ファーマーも指摘するように、当時人びとが目当ての映画の上映館を知る最も重要な手段が広告やポスターであったため、これらの影響力は大きかった。M－Oの調査でも五四パーセントが路上の広告から情報を得ていると答え、三二パーセントが新聞の広告と答えた（Farmer 177）[17]。

このような、メディアによる『独裁者』旋風とも言うべき現象が、大衆に影響しないわけがなかった。M－Oもこの点に注目し、『独裁者』公開前後に、本作への期待値をはかるアンケート調査を実施している。調査報告によると、チャップリンはこれまでもイギリスで大変な人気を誇っていたが、とくに『独裁者』は、イギリスにフィルムが一本も届かないうちから大衆の間ですでに話題となっていたようで、一九四〇年一二月実施のアンケートでは、九〇パーセントの人びとが映画について耳にしたことがあり、七五パーセントが観てみたいと答えている。一月に実施したアンケートでは、五七パーセントの人びとが観たいと答えた。普段からの映画ファン以外にも、『独裁者』を観たいと思っていた人は多かったようである。実際、（映画ファン以外も含む人びとを対象とした）アンケートに対し、七五パーセントがこの映画を観たいと答えたことから、この映画が幅広い観客を惹きつけていたことがわかる。いくつか例を挙げると、

M 30 A 「二ヶ月以上も通って観続けている映画は初めてです。これまで映画を観に行く時間なんてなかったのですが、チャップリンのはもう一度観たいと思わせるんです」

M 40 C 「普段映画は観に行かないんだが、観てみたい」

M 60 D 「めったに映画を観に行かないが、チャーリー・チャップリンの新作は観に行くつもりだ」

こうした資料から、大衆が公開前から『独裁者』に対し非常に共感的であったことがうかがえる。さらに、公開

後のメディアの注目の度合いも変わらなかった。報告書によれば、批評家たちは『独裁者』を、M－Oがこれまで調査したどの映画よりも、満場一致で賞賛したという。『タイムズ』と『デイリー・ワーカー』（*Daily Worker*）でさえ本作が傑作であるという点で見解が一致した。また、プレミア上映が複数館で行われたのは『ライオンの翼』（*The Lion Has Wings*; 1939）以来のことであった。『独裁者』は灯火管制の影響を受けずヒットした最初の映画で、開戦後に公開された映画の中で公開一週目の興行成績が一位となった(18)。たちまち『独裁者』の上映館数は増え、通常六か月落ちの映画を上映する小さな町の映画館でも、プレミア上映のわずか六週間後に公開が決まった。

しかし、この後の推移について、M－O報告書は興味深い分析をしている。こうした流れにもかかわらず、人びとの『独裁者』への関心は急速に衰えたというのである。一二月には七五パーセントが観たいと答えていたが、一月には五七パーセントに減り、三月のアンケートでは実際に映画を観たと答えたのは五八パーセントであった。この時期の大衆の態度の一例として、シュルーズベリーのオブザーヴァーのメモが挙げられている。いわく、人びとは『独裁者』に拒否反応を示し、他の映画を観るために映画館に足を運んでいたのだという。イングランドによるこの評価の是非については、後ほど改めて考察する。

(三) 映画全体に対するプレス、大衆の反応

M－O報告書は、正確な比較は難しいとしながらも、これまでイギリスで『独裁者』ほど批評家から一致した賞賛を受けた映画はおそらくなかっただろうとまとめている。確かに当時の『独裁者』評には、本作への賛辞があふれている。

「チャップリンの傑作」――『ニュー・ステイツマン&ネイション』(*New Statesman and Nation*)、一九四〇年一二月二一日

「一般的な商業的作品群の上にそびえたつ孤高の峰」――『デイリー・テレグラフ』(*Daily Telegraph*)、一九四〇年一二月一六日

「チャップリンの映画の中でもっとも賢明で、ウィットに富む作品。コメディアンを芸術家として登場させた初めての作品」――『オブザーヴァー』(*Observer*)、一九四〇年一二月一一日

「最上級のコメディ映画。チャップリンによる最上級のパフォーマンス」――『サンデー・ディスパッチ』(*Sunday Dispatch*)、一九四〇年一二月一五日

「政治風刺の復活」――『ジョン・オロンドン』(*John O'London*)、一九四一年一月

「この戦争からうまれた唯一の善きもの」――『ドキュメンタリー・ニューズ・レター』(*Documentary News Letter*)、一九四一年一月

M‐O報告書によると、プレスの『独裁者』への反応はほぼすべて好意的で、イングランドが詳細に分析した一五本の映画評のなかで、好意的でない箇所があったのは三本のみであり、それらはスピーチに関するものであったという。これに対し、大衆の反応は、映画鑑賞後の感想と、鑑賞中の実際の反応との間に大きな違いがみられたという。まず、鑑賞後の反応について検討してみよう。鑑賞後の観客にむけたアンケートで、「『独裁者』を観てどう思いましたか?」という問いに対し、四百人がつぎのように回答している。

大変良かった(Really good)　男性四六%/女性三四%/全体四〇%

かなり良かった（Quite good）　男性二三％／女性二六％／全体二五％
がっかりした（Disappointed）　男性一七％／女性一八％／全体一八％
あまり良くなかった（Not much）　男性一〇％／女性一五％／全体一二％
特になし（Nothing）　男性四％／女性七％／全体五％

全体の四〇パーセントが「大変良かった」と答えているが、五人にひとりが「がっかりした」と答えている。同様に、次のような感想も数多く残っている。

M20A「漠然とがっかりした気持ち」
M20B「はっきり言ってがっかりした。この映画の評判をよく聞いていたし、新聞や雑誌で何度も読んでいたので、とても良い映画だと期待していた。自分には継ぎ接ぎだらけのコメディに思えたし、彼の昔の映画ほどよいとは思わなかった」
M35C「批評家が言っていたのとは違った」
F50D「夫と私はとてもがっかりしました。どこで笑っていいのか全く分かりませんでした」
M35D「良かったと思う。でももっと良いと聞いていた」

ここからはイングランドの分析になるのだが、こうした感想が広まったせいか、一般向け公開が拡大するころには、人びとはこの映画を観てもがっかりするだろうと予想するようになっていた。この理由を、本節第二項にも関連するが、M－Oは次のように分析する。さまざまな情報源から、大衆は『独裁者』は最も偉大で、最も面白く、最も重要な作品であると知らされており、「奇跡」を期待するようになっていた。しかし、実際に映画を観ているうちに、最初に想像していたほど面白くないと気づいた。そして――彼らは「がっかりした」のだ、と。この考察の論拠のひとつとして、三月初めに劇場公開されたウェリントンのオブザーヴァーによる、人びとは本作を失敗作とみなし、みな別の好きな映画を観に行っている、との報告を引用している。

(四) ユーモアに対する大衆の反応

M－Oの資料から読み取れることは、映画を観終わったあとに作品に対して懐疑的になったとしても、鑑賞中は楽しんでいたケースが多いことである。たとえば、ウエスト・エンドでの調査を担当していたオブザーヴァーは以下のように述べている。

> オブザーヴァーがこれまで観た映画の中で一番反応が良かった。映画が上映されている二時間のあいだ、退屈を示すサインはどこにもみられなかった。映画の途中では拍手が起こり、こうした反応がみられたのは本作のほかには『ライオンの翼』と『自由のために』(*For Freedom*；1940)のみであった。

他にも同様の記録が数多く残っている。劇中のジョークに対する反応は平均して「半分以上の観客の笑い」(反応二・二)であり、まったく反応のないジョークはほとんどなかったという。しかし、この『独裁者』のなかで一番大きな笑いが起きた場面についても、鑑賞後の感想と、鑑賞中の反応との間に明らかな違いがあったという。M－O報告書によれば、人気のあったジョークの順位はつぎの通りである。

①　チャーリーが手りゅう弾のピンを外し、あやまってズボンに落とす（ジョーク番号八――平均の反応ポイント四・四）
②　チャーリーが自分のプディングの中のコインを隠そうと何個も飲み込む（ジョーク六六――反応四・三）
③　ナパロニがマスタードを食べ物と一緒に食べる（ジョーク九七――反応四）
④　ハナが誤ってフライパンでチャーリーの頭を叩く（ジョーク三〇――反応四）
⑤　コインを飲み込んだチャーリーがしゃっくりをするとチリンと音が鳴る（ジョーク六七――反応三・九）

これら全てのジョークはスラップスティック（体を張ったどたばたギャグ）で、多くの人にとって昔からおなじみのチャップリンの十八番である。いっぽう、鑑賞後に、映画のどの場面が一番良かったかと問われた四百人が次のように答えた。上位から並べてみると、

①　スピーチ（ジョーク番号なし――記録なし）
②　ヒンケルが風船と戯れる（ジョーク番号なし――記録なし）
③　食べ物を投げる（ジョーク九四――反応三・六九）
④　前後に行きつ戻りつする列車（ジョーク七〇――反応三）
⑤　プディングを食べるユダヤ人（ジョーク番号なし――記録なし）
⑥　男の演説（ジョーク一七――反応一・八）
⑦　ハナが誤ってフライパンでチャーリーの頭を叩く（ジョーク三〇――反応四）

この結果を見ると、フライパンのジョークだけが両方のリストに入っているのが分かる。ここでも、映画を観た後の感想と、実際に映画を観ている最中の印象との間にははっきりと隔たりがある。イングランドは、最も爆発的な笑いを生んだジョークが、必ずしももっとも深い印象を観客に残すわけではないと分析する。

また報告書では、時事的ジョーク（第二次大戦を連想させるもの）と非時事的ジョークへの反応の違いについても考察している。時事的ジョークへの反応は平均二・三五であったのに比べ、非時事的ジョークはおよそ二五パーセント多くの拍手を浴びていたという。一月のアンケートに答えた観客のうち女性の四〇パーセントと男性の二〇パーセントがヒトラーを笑うのは誤りであると答えている。敵を笑ってよいと答えたのは男女合わせてわずか一パーセントであった。アンケート項目に設定しなかったにもかかわらず、映画が「悪趣味」であるとするコメントが多々見られ、「品位を落とす」「無用な」行為である、（現実の状況が）「深刻すぎて笑えない」等の回答もあった。

(五) 地域による大衆の反応の違い

本調査の直前に実施した『ジョージ』の調査の結果、明らかになったことの一つは、地域差の調査の重要性であった。『独裁者』調査では、おそらく予算の都合から、対象地域をイギリス全土に広げるような本格的な調査はできなかったが、何人かのオブザーヴァーによって、ロンドン周辺に限られるものの、地域差についての調査はなされた。たとえばあるオブザーヴァーは、一九四一年二月二五日にフラム、二六日にソーントン・ヒース、三月四日にバーモンジー、五日にストリーサムの映画館で調査を行った。その記録によると、ストリーサムの観客はチャーリーが上下逆さまの飛行中にベルトをなくしたときに笑い、バーモンジーでは彼が実際に墜落するまで笑いは起きなかった。ストリーサムではナパロニが苺にマスタードをかける時点で笑いが起きたが、バーモンジーでは実際に彼がそれを食べるまで反応はなかったという。イングランドが述べるように、ジョークに対する反応の速さが、内容理解の速さに比例すると考えられるならば、こうしたデータは地域によるテイストの違いや、いわゆる「民度」を測る一つの尺度となりうるだろう。

(六) スピーチに対するプレス、大衆の反応

M‐Oの調査によると、批評家のほぼ一〇〇パーセントがこの映画全体を賞賛するなか、四〇パーセントのみがスピーチを賞賛したという。『タイムズ』は「最後のスピーチが適切か否かは、これから何週間も映画ファンの間に議論を巻き起こすことになるだろう」と評し、言葉を濁した。他の紙面も反応はさまざまである。例を挙げると、

「戦時ではないかのように、兵士たちが剣を鋤に持ち替えるよう促される最後の一言まですばらしい出来だった」――『エヴリバディズ』一九四一年四月三日

「雄弁に、そして真摯に語られるスピーチは観客を魅了することだろう」――『ドキュメンタリー・ニューズ・レター』一九四一年一月

「哀れなチャーリー・チャップリン、長いスピーチをぶる」――『イヴニング・スタンダード』(*Evening Standard*)、一九四〇年一二月一四日

「民主主義をもとめる雄弁が情熱的に爆発する、しびれるようなフィナーレ」――『デイリー・ヘラルド』(*Daily Herald*)、一九四〇年一二月一二日

「スピーチは素晴らしかったが、思想が示されず、プロパガンダだけが明白になってしまっている」――マシュー・ノー

ゲイト、BBC、一九四〇年一二月二〇日

「感動的なスピーチ……」——『デイリー・ワーカー』(*Daily Worker*)、一九四〇年一二月一二日

このほか、スピーチの全文が『デイリー・ワーカー』(一九四〇年一二月二一日)、『デイリー・ヘラルド』(一九四〇年一二月一六日)、『ドキュメンタリー・ニューズ・レター』(一九四一年一月)に掲載され、共産党もパンフレットにして配布した。

一方で大衆は、映画全体よりもむしろスピーチに対して熱狂したようである。M－O報告書によれば、映画全体が「大変良かった」と回答したのは四〇パーセントで、「かなり良かった」と答えたのは二五パーセントであった。これにたいしスピーチが「大変良かった」と答えたのが六二パーセント、「かなり良かった」と答えたのが九パーセントであった。スピーチを映画の中でもっとも良かった場面であるとの回答が二八パーセントであった。典型的なコメントはつぎの通りである。

M20A「感動的で心からのものだった」

M30C「素晴らしかった」

F35D「スピーチにあらゆる心と魂がこめられていた」

F40D「今まで聞いた中で一番良いスピーチだった。政治家の誰も真似できないだろう」

M－O報告書によれば、ジョークの調査結果とは対照的に、スピーチに対する映画館の内と外での観客の反応は変わらなかった。ウエスト・エンドでの上映の際には、八秒間の拍手によってスピーチが中断され、これはM－

〇が調査した数多くの映画のなかでもっとも長い拍手であった。このほか、五〇パーセントの映画館でスピーチの途中と最後で拍手が起こったという。

この記録から読み取れることは、イングランドも指摘し、また三節でふれたオーウェルの『独裁者』評とも共通するが、批評家がスピーチと映画全体との関係性に関心を示す傾向にあるのに対し、大衆はスピーチの内容そのものに関心を示す傾向にあり、双方の評価の基準が完全に異なっていることである。

(七)「失敗の理由」――『独裁者』は失敗作か?

オブザーヴァーらが記録し集めた資料を整理し、イングランド自身の考察も示したうえで、M－O調査報告書は、『独裁者』を「相対的に見て失敗」作であると結論づけた。その理由は(a)本作が戦争映画であったこと、(b)宣伝過多であったこと、(c)チャップリンのいつものスタイルと異なっていた点にあるとした。(b)については本稿第四節でふれた通りである。(a)について、イングランドは次のように分析する。開戦以来、戦争映画に対する拒否反応が起きており、戦争モチーフを扱う長編映画は、(いくつかの作品は例外として)それほど当たらなくなった。大衆は映画を「逃避」の対象ととらえており、現実離れしたコメディが心理ドラマより好まれる傾向にある。スパイや戦争ものについては言わずもがなであり、これらが戦争映画としての『独裁者』から観客を遠ざける要因となったとする。

また、(c)については、付随的な可能性ではあるとしながらも、『独裁者』とこれまでのチャップリンの映画との違いを挙げている。チャップリンは、山高帽とステッキを持った小男というイメージを作り出し、名声を得ていた。『独裁者』はこのイメージに完全に合致するものではなく、アンケートには大衆がより好む「昔のチャップリン」を求めるコメントが多数見られたという。

六　マス・オブザヴェイション調査の限界と意義について

以上をふまえ、前節七項のM－O調査報告書の結論への反論も兼ねて、筆者の結論を述べてみたい。M－O資料と報告書、当時の新聞雑誌の読解から導き出せる点は以下のとおりである。『独裁者』は、映画史上最大ともいえるプレリリース・キャンペーンを行い、批評家から最高の賛辞を引き出した。このキャンペーンには、多くの人びとに、公開前からこの映画を観てみたいと思わせる効果があった。スピーチについて、批評家・大衆どちらにも概ね好評だった。映画に対する観客の最初の反応と、二次的な感想には大きな違いがみられた。ただし、非時事的ジョークの人気が時事的ジョークのそれを上回ったというイングランドの分析と、これと関連して『独裁者』を失敗作と断定するイングランドの結論には疑義を唱えたい。

まずジョークの分析について問題点をあげるならば、「時事的」と「非時事的」との線引きがきわめて曖昧である。たとえば、ナパロニがマスタードを食べる場面は、非時事的ジョークに分類されているが、これはスラップスティックであると同時に、国家レベルのジョークにまで拡大させたものではないか。アーサー・カルダー・マーシャル（共産主義作家、M－Oの初期の活動に関わる）も、この点についてハリスンへ宛てた手紙の中で指摘している。マーシャルによると、彼と話したほとんどの人びとがこのジョークを好んでいて、その理由はこれが「イングリッシュ」・マスタードであり、公開当時北アフリカ戦線におけるイタリアに対するイギリスの善戦が世論を沸かせていたからである。ミッドランズのセールスマンは、これまでスクリーンで観た中で一番気の利いた場面だったと語ったという。(19)

マーシャルの手紙からも読み取れるように、チャップリンは親しみやすいスラップスティックのテクニックと政治的な比喩をたくみに組み合わせており、ナパロニのジョークは、非常に優れた類推となっている。すなわち、疑うことを知らず苺にマスタードをかける無防備なナパロニのふるまいは、フランス同様イギリスがすぐに陥落すると楽観して参戦し、読みが外れたムッソリーニにそのまま重なるし、マスタードを頬張ったナパロニは、つぎの瞬間にかならず不快な思いをするはずで、これも同じくイギリス人に、ムッソリーニがイギリスに食らいつこうとして手痛いしっぺ返しを食うだろうという期待と安心感を与えてくれる。ジョークのユーモアとは、ある意味では現代性と相容れない古びたスラップスティックであっても、その一方で未来への懸念や切望から作られているのである。したがって、人びとが時事的ジョークを好むか否かの統計は、時事的ジョークの分類の論拠が示されない限り無意味である。ある人が戦争のジョークに笑わないからといって、「戦争についてのジョーク」を嫌っている証拠にはならない。「戦争についてのその手のジョーク」が嫌いなだけなのかもしれないのである。同様に、当時の大衆が映画に「コミック・リリーフ」的価値を見出していたかどうかは、非時事的ジョークに反応が多かったという調査結果だけで判断することはできない。

さらに、スピーチについての分析も不十分である。批評家によっては映画の残りの部分との調和が取れていないためこのスピーチを嫌う、大衆はこのバランスについては気にしないという事実を仮に確定するならば、続いてさらに重要な、根本的な問いをたてるべきであった。スピーチに対する大衆の好悪は、その内容が反ナチ、あるいは反戦、あるいは民主主義、あるいは親ユダヤ的であるからといった理由により左右されるものなのか。

こうしたカテゴリーの分析を見ると、M‐Oによる『独裁者』調査は不十分であり、まして、政治的、非政治的の線引きが曖昧なまま失敗作と断定するのは短絡的な結論と言わざるをえない。M‐Oは、（その努力はあったにせよ）映画が人びとのふるまいと態度にどのように影響するかを、最終的に特定することはできなかった。冒頭で述べた情報省制作の四本の短編映画についても、その受容について詳細な調査を行ったものの、それらのうち少なくとも三本が人びとのものの考え方に全く影響しなかったことが示唆されたのみで、その存在意義についての踏み込んだ議論はなされなかった[20]。

以上、批判点を挙げ連ねてしまったが、最後に、M－Oの映画調査の意義についても述べておきたい。M－Oの調査方法は経験主義的かつ科学的方法論の欠如という欠点はあるが、「国民の精神」を明らかにするという問題意識を起点として、人びとがどのような映画を好み、その動機や理由はなんであったのか。一九三〇年代と一九四〇年代に映画を観に行く行為とはなんであったのか。映画が人びとの生活に果たす役割はなんであったのか。映画が戦争にどのように反応し、描いたのか——M－Oは映画館の座席に座る人びとを実際に観察し、これらの答えを導き出そうとした。当時の大衆の情報収集の手段や地域差、ユーモアへの反応等に関する細分化された具体的な着眼点はユニークであり、この観点に導かれて膨大に蓄積されたデータは、（同じく細分化された結論を導き出す場合においてのみだとしても）戦間期以降のイギリスの社会状況をつぶさに伝える記録として今なお重要であるといえよう。

（1） Co-ordinating Committee Paper No.1, 'Programme for film propaganda', INF 1/867.76. Anthony Aldgate and Jeffrey Richards, *Britain Can Take It : British Cinema in the Second World War* (London : I.B. Tauris, 2007) 76に再録。

（2） M－Oファイル・レポート（SxMOA1/1/5/10/19: 458 MoI SHORTS）を参照。本報告書の作成は、M－O創始者のひとりトム・ハリスンによる。

（3） 従来の研究では映画監督ハンフリー・ジェニングズが三人目の創始者とされていたが、近年の研究ではマッジ、ハリスンの二人が中心であったとされている。James Hinton, *The Mass Observers : A History, 1937–1949* (Oxford : Oxford UP, 2013) ix を参照。ふたりはともにパブリックスクールで教育を受けた上層中流階級出身という共通点はあったが、マッジはマルクス主義者でシュルレアリストの詩人、ハリスンは自由党急進派グループとつながりの深い鳥類・人類学者であった。この「共産主義アーティスト」と「リベラル科学者」の協働関係は、方向性の違いにより三年後に破綻することとなる。

（4）「五月一二日」の調査は、Humphrey Jennings and Charles Madge, eds. *May the Twelfth: Mass-Observation Day Survey* (London: Faber, and Faber 1937) の形で出版された。本調査については Lucy D. Curzon, *Mass-Observation and Visual Culture: Depicting Everyday Lives in Britain* (London: Routledge, 2017) 130–39 に詳しい。

（5）「ワークタウン・プロジェクト」は調査のみに終わり、出版には至らなかった。本調査については拙論「北部性《ノーザンネス》」を構築する―ハンフリー・スペンダーとワークタウン・プロジェクト」、『ヴァージニア・ウルフ研究』（日本ヴァージニア・ウルフ協会）、第二五号（二〇〇八）、三九―五四、David Hall, *Worktown: The Astonishing Story of the Project that Launched Mass-Observation.* (London: Weidenfeld & Nicolsin, 2015) に詳しい。

（6）M-Oの映画に関する調査については、未整理のトピック・コレクション段ボール一五箱分が蓄積され、これをもとに数々のファイル・レポートが作成された。戦後にアンソロジー (Jeffrey Richards and Dorothy Sheridan, *Mass-Observation at the Movies* (London: Routledge, 1987) が編まれた。現在サセックス大学が所有するマス・オブザヴェイション・コレクションは、ブライトンにあるザ・キープ（The Keep）に保管されている。

（7）Lara Feigel, *Literature, Cinema and Politics 1930–1945: Reading between the Frames* (Edinburgh: Edinburgh UP, 2010)、Jennifer Lynde Barker, *The Aesthetics of Antifascist Film: Radical Projection* (New York: Routledge, 2012)、Wes D. Gehring, *Chaplin's War Trilogy: An Evolving Lens in Three Dark Comedies, 1918–1947* (North Carolina: McFarland & Company, Inc., 2014)、大野裕之『チャップリンとヒトラー』（岩波書店、二〇一五年）に詳しい。

（8）チャップリンがプレミア会場にハリウッドではなく、より「リベラル」なニューヨークを選んだことで、その後しばらくハリウッド・プレスから冷遇されることになる。また、『独裁者』のスピーチを公開ラジオ番組で朗読した際には、親ナチの聴衆から、咳払いによる嫌がらせを受けたという（Chaplin 399）。

（9）M-Oファイル・レポート（SxMOA1/1/6/6/40: 764 "THE GREAT DICTATOR"）を参照。

（10）Stefan Lorant, *I was Hitler's Prisoner*（London: Penguin Books, 1939）に詳しい。このルポルタージュは一九四〇年に

BBCラジオドラマ化もされ、ローラント自身も収録に参加している。'Hitler's Prisoners on the Air', *Picture Post*, Vol. 7, No. 10 (1 June 1940)：48-51. また、ローラントと同じくユダヤ人であり、『独裁者』公開時にはアメリカに亡命していた思想家ハンナ・アーレントは、一九四四年に発表したエッセイ「パーリアとしてのユダヤ人」の中で、チャップリンと『独裁者』について論じている。いわく、チャップリンはユダヤ人ではないが、彼が創出した、生存のためにふてぶてしさをもって世間と渡り合う「うさんくさい者（suspect）」という人物像は、ユダヤ民族のパーリア（賤民）の心性を具現しているという。Hanna Arendt. 'The Jew as Pariah：A Hidden Tradition', *The Jewish Writings*, Jerome Kohn and Ron H. Feldman, Ed. (New York：Schocken Books, 2017) 286-97.

（11）オーウェルの著作における「人間らしさ」の重要性については、George Woodcock, *The Crystal Spirit：A Study of George Orwell* (1966；New York：Schocken Books, 1984) 56；John Atkins, *George Orwell：A Literary Study* (London：John Calder, 1954) 4 に詳しい。

（12）Charles Madge, 'The Birth of Mass-Observation' in the *Times Literary Supplement* (5 November 1976).

（13）『ピクチャーゴウワー』への読者からのアンケート回答は、M‐Oのトピック・コレクションに二箱残されている（SxMOA1/2/17/5, SxMOA1/2/17/6：Letters to Picturegoer Weekly 1940）。

（14）M‐Oファイル・レポート（SxMOA1/1/6/6/40：764 "THE GREAT DICTATOR"）。

（15）M‐Oトピック・コレクション（SxMOA1/2/17/4/G："The Great Dictator"）。現在は一部のみ現存。

（16）この報告書にサインはないが、後年の本人への取材から、イングランドによるものと特定できる（Richards and Sheridan 351）。

（17）M‐Oファイル・レポート（SxMOA1/1/5/10/9：445 FILM QUESTIONNAIRE）。

（18）灯火管制が映画の興行成績に与えたダメージについては、ファーマーが詳細に分析している（Farmer 40）。『独裁者』が公開されたのは日の短い冬期であったことも考慮すると、いかに多くの大衆が日暮れも早く、街灯のあかりもないなか、この映画を観に映画館へ足を運んだかがわかる。

（19）M‐Oファイル・レポート（SxMOA1/1/6/6/40：764 "THE GREAT DICTATOR"）。

(20) M-Oファイル・レポート（SxMOA1/1/7/4/3：1193 MINISTRY OF INFORMATION SHORTS）。

引用文献

〈一次資料〉

（1）新聞・雑誌

Daily Herald.

Daily Telegraph.

Daily Worker.

Documentary News Letter.

Evening Standard.

Everybody's.

John O'London.

Kinematograph Weekly.

The Leader.

Lilliput.

New Statesman and Nation.

Picturegoer.

Picture Post.

Sight and Sound.

Sunday Dispatch.

Time and Tide.

The Times.

（二）マス・オブザヴェイション資料

（a）ファイル・レポート

SxMOA1/1/5/10/9: 445 FILM QUESTIONNAIRE.

SxMOA1/1/5/10/19: 458 MoI SHORTS.

SxMOA1/1/6/6/40: 764 "THE GREAT DICTATOR".

SxMOA1/1/7/4/3: 1193 MINISTRY OF INFORMATION SHORTS.

（b）トピック・コレクション

SxMOA1/2/17/4/G：“The Great Dictator”.

SxMOA1/2/17/5：Letters to Picturegoer Weekly 1940.

SxMOA1/2/17/6：Letters to Picturegoer Weekly 1940—aspects of the cinema, reactions to films.

〈二次資料〉

Aldgate, Anthony, and Jeffrey Richard, eds. *Britain Can Take It：British Cinema in the Second World War*. London：I.B. Tauris, 2007.

Arendt, Hannah. ‘The Jew as Pariah：A Hidden Tradition’. *The Jewish Writings*. Ed. Jerome Kohn and Ron H. Feldman. New York：Schocken Books, 2017. 275-97.

Atkins, John. *George Orwell：A Literary Study*. London：John Calder, 1954.

Barker, Jennifer Lynde. *The Aesthetics of Antifascist Film：Radical Projection*. New York：Routledge, 2012.

Chaplin, Charles. *My Autography*. 1964；London：Penguin Books, 2003.

Curzon, Lucy D. *Mass-Observation and Visual Culture：Depicting Everyday Lives in Britain*. London：Routledge, 2017.

Day-Lewis, Cecil. *The Complete Poems of C. Day Lewis*. London：Sinclair-Stevenson, 1992.

Farmer, Richard. *Cinemas and Cinemagoing in Wartime Britain, 1939-45：The Utility Dream Palace*. Manchester：Manchester UP, 2016.

Gehring, Wes D. *Chaplin's War Trilogy : An Evolving Lens in Three Dark Comedies, 1918–1947*. North Carolina : McFarland, & Company Inc. 2014.

Hall, David. *Worktown : The Astonishing Story of the Project that Launched Mass-Observation*. London : Weidenfield, & Nicolson 2015.

Hanson, Stuart. *From Silent Screen to Multi-Screen : A History of Cinema, Exhibition in Britain since 1896*. Manchester : Manchester UP, 2007.

Harrisson, Tom, Humphrey Jennings and Charles Madge. 'Anthropology of At Home'. *The New Statesman and Nation* (30 January 1937), 155.

Hinton, James. *The Mass Observers : A History, 1937–1949*. Oxford : Oxford UP, 2013.

Howe, Lawrence, James E. Caron and Benjamin Click, eds. *Refocusing Chaplin : A Screen Icon through Critical Lenses*. Plymouth : Scarecrow Press, 2013.

Hubble, Nick. *Mass-Observation and Everyday Life : Culture, History, Theory*. 2006 ; London : Palgrave Macmillan, 2010.

Jennings, Humphrey, and Charles Madge, eds. *May the Twelfth : Mass-Observation Day Survey*. London : Faber and Faber, 1937.

Lorant, Stefan. *I Was Hitler's Prisoner*. London : Penguin Books, 1939.

Madge, Charles. 'The Birth of Mass-Observation'. *Times Literary Supplement*. (5 November 1976).

Madge, Charles, and Tom Harrisson, eds. *Britain by Mass-Observation*. London : Penguin Books, 1939.

Murphy, Robert. *Realism and Tinsel : Cinema and Society in Britain, 1939–48*. London : Routledge, 1989.

Orwell, George. 'Film Review'. *Time and Tide* (21 December 1940) London : Secker & Warburg, 1997. Vol. 12 of *The Complete Works of George Orwell*. Ed. Peter Davison. 20 vols. 1986–98. 313–15.

Richards, Jeffrey. *The Age of the Dream Palace : Cinema and Society in Britain 1930–1939*. London : Routledge Kegan Paul, 1984.

Richards, Jeffrey, and Dorothy Sheridan. *Mass-Observation at the Movies*. London： Routledge, 1987.

Shaw, George Bernard. 'Theatres of Time of War'. *The Times* (5 September 1939).

Short, K. R. M. 'Chaplin's "The Great Dictator" and British Censorship, 1939'. *Historical Journal of Film, Radio and Television* 5.1： 85–108.

Taylor, A. J. P. *English History 1914–1945*. Oxford： Clarendon Press, 1965.

West, Rebecca. 'CHAPLIN V. HITLER'. *Picture Post* (2 November 1940) 9–13.

Woodcock, George. *The Crystal Spirit： A Study of George Orwell*. 1966. New York： Schocken Books, 1984.

Wright, Basil. 'The Great Dictator'. *Spectator* (13 December 1940) 12.

大野裕之、『チャップリンとヒトラー―メディアとイメージの世界大戦』（岩波書店、二〇一五）。

福西由実子、「北部性《ノーザンネス》」を構築する―ハンフリー・スペンダーとワークタウン・プロジェクト」『ヴァージニア・ウルフ研究』（日本ヴァージニア・ウルフ協会）、第二五号（二〇〇八）、三九―五四。

スマイリーはなぜ泳ぐのか
——ル・カレの二つのフィクション世界を構造化する——

秋山　嘉

一　口上——凡例など

本文中で使用する略記号を最初に説明する。「ＴＴｎ」は『ティンカー、テイラー、ソルジャー、スパイ』原作小説を、「ＴＴＢ」はＢＢＣ制作の同テレビ映画（全六話）を、「ＴＴｍ」は同劇場版映画『裏切りのサーカス』を、「ＳＰｎ」は『スマイリーの仲間たち』原作小説を、「ＳＰＢ」はＢＢＣ制作の同テレビ映画（全六話）を、それぞれ指している。ただし、いちいちのフルタイトル表記により煩わしさが生じるのを避ける便宜的な目的だけの使用であり、これらの作品をあらゆる場合に一貫して記号で呼ぶわけではない。なお、それぞれの作品についての、監督、カメラマン、制作年などについての情報は、注のあとに「ジョン・ル・カレ作品文献・映像資料データ」としてまとめて掲げる。

本文中で使用する人名などの表記は、原則として邦訳に基づく。たとえば、アレリンは、映画での発音に従うならばアレラインであろうが、アレリンのままにしてある、など。

以下において考察の対象となるのは、『ティンカー、テイラー、ソルジャー、スパイ』と『スマイリーの仲間たち』の二つのフィクション世界である。どちらも小説と映画がある。それが、ジョージ・スマイリーが活躍するジョン・ル・カレの小説において、さらに『スクールボーイ閣下』を加えて三部作といわれる中で、この二つを対象とする理由である。媒体の別はむろんあるが、ジョージ・スマイリーが主人公である小説世界と映画世界という形で、小説も映画もフィクションとして同等のものとして扱う。二つの映画世界を含む映像世界として考える場合、そのＴＴＢ版とＴＴｍ版はパラレルワールド的な関係をなすことになる。それにＳＰＢ版も加わって、ここでのスマイリーの映像世界が構成される、と考える。

あらゆる映画作品を監督名だけを掲げて扱うことには私は異和感をおぼえる。作家主義の悪しき弊害だと思う。どの映画作品もカメラマン、脚本家などあらゆるスタッフの作品と言うべきであることはいまさら言うまでもない。もちろん監督のはたらきを軽視するつもりはまったくないし、監督名を主たる参照用記号とすることに便利さが一定程度あることは否定しないが、褒めるにしてもけなす等にしてもある監督名を挙げるだけである評価枠があらかじめ保証されてしまうような扱いには、さらなる異和感がある。したがってここでは、監督名の使用はあえて必要最小限にとどめるよう試みる。小説作品とテレビシリーズも含む映画作品とで、スマイリー物と呼べるであろう世界が生じる。それをここでは体験してみたい。また、その体験によってその世界の構築が真に果たされることになるだろう。

二　スマイリーはなぜ泳ぐのか――物語と映画

『裏切りのサーカス』（TTm）において見る者の意表を突く場面がある。引退したジョージ・スマイリーが泳ぐのだ。この唐突さだけでも人目を引くに十分で、観客をつかむという意味でこの劇場映画はうまくスタートをきっていると言えそうであり、まずはこの見る側のとまどいから話を始めたい。

スマイリーはなぜ泳ぐのか。そう言われても、小説『ティンカー、テイラー、ソルジャー、スパイ』（TTn）の読者にはまったく要領を得ない質問に違いない。そもそもこの小説の中に水泳の場面はない（スマイリーだけでなくどの人物についても）し、作中での誰かの言葉の中や想像の中ですら水泳については言及されもしないのだから。BBCテレビ版（TTB）にも水泳シーンはない。劇場映画版にその場面は現れるのだ。『裏切りのサーカス』で初めて水泳シーンが登場するのは、ジョージ・スマイリーがサーカスを去る（辞めさせられる）ことになって日も浅いと思われる頃合いである。

なんと、暑そうな晴れた日ならともかく、英国らしいどんよりした秋空（撮影は十月だったとか）の下、スマイリーが泳いでいる。度肝を抜かれる、は大袈裟にしても、今言ったように一寸驚かされること請けあいだ。ただ、これが単なる観客をつかむためだけのひと捻りに終始してはいないことを以下で見てみたい。

この小説をいまさら要約する必要はないのかもしれないが、名作の誉れ高いとはいえ、筋を追うのに少々厄介な話であることについても世に定評がある小説であり、実際、単線的・単時間軸的ではない語りのせいで、読めばストーリーラインがそうすっきり見え（てく）るわけでないこともあり、一体どんな話であったか、今回論じるのに必要な限りで粗筋をＴＴｍに即す形で簡単にまとめておこう。

英国情報部、通称〈サーカス〉が、東欧関係での重要な作戦を、チーフ〈コントロール〉の指揮下、ハンガリー（小説版とテレビ版ではチェコスロバキア）において展開する。細心の機密保持に腐心していたにもかかわらず失敗に終わる。責任をとらされる恰好で、翌年、外務省も望んでの人事刷新が行われる。〈コントロール〉が失脚し、その右腕であった情報部員ジョージ・スマイリーも、その作戦には関係しなかったものの、ともなう形で現役を退くことになった。彼は内部の裏切りを感じてはいたが、追及もそのままになった。その内部の重要な人物にコントロールがつけたあだ名が〈ティンカー〉（パーシー・アレリン）、〈テイラー〉（ビル・ヘイドン）、〈ソルジャー〉（ロイ・ブランド）、〈プアマン〉（トビー・エスタヘイス）、〈ベガーマン〉（スマイリー）であった。

引退生活を送っていたスマイリーであったが、大臣の意向も受けて行動する情報部監査役（内閣府事務次官）オリヴァー・レイコンから、呼び戻され、内部調査をしてほしいとの指令を受ける。

コントロールはすでに病で死を迎えていた。しかし、〈サーカス〉の中枢にソ連のスパイ、〈もぐら〉がもぐりこんでいることは、コントロール自身が察していたことであり、実はあのハンガリーでの作戦自体に、それを探る、あるいはそれの確証を得るための側面があった。そしてその〈もぐら〉は、スマイリーの仇敵ともいうべき、ソ連情報部のカーラに操られていたらしい。

スマイリーは、〈サーカス〉の膨大な記録を検証し、かつての同僚たちから証言を集め、中枢の数人の情報部員の中にいることがはっきりしてきた〈もぐら〉を、リッキー・ターからの偽の緊急連絡を餌にして、突き止めようと、サーカスにとどまっている腹心の部下ピーター・ギラムと元ロンドン警視庁保安部元警部メンデルの助けを借りて網をかける。サーカスの中枢の四人の誰かが極秘の隠れ家《セーフハウス》でそのターについての情報を敵方に伝えようとするところを紛れもない現行犯の形で捕まえると、その正体はヘイドンであった。

こういったところである。つまり、ひと言でいえば、もぐら探し、あるいは裏切り者探し、のストーリーであり、その限りで典型的なミステリである。ではさきほどの問題に戻ろう。泳ぐシーンはなぜ存在するのか。

いくつかのレベルでの考察が可能だろう。

まずはこの物語における泳ぐこと自体の意味、意義である。

第一の水泳シーンが、サーカスを去って日も浅いと思われる頃合いのシーンであること、そしてこのあともう二度水泳シーン（正確にいえば、泳ぐシーンが一度。池から上がったプール端でのシーンがその後一度）があることからすれば、退職後に始めた体力維持のための運動であることが考えられそうである。あるいは、引退前から続けられていた日頃の運動であった可能性もないわけではないだろう。いずれにしても、第一と第二のシーンで彼より高齢の人が一緒に泳いでいることからしても、健康面の理由であること自体は確かだろう。

ちなみに、第二の水泳シーンは、映画のちょうど中程、コントロール亡き後、サーカスの実権を握ったアレリンが、エスタヘイスとヘイドンが情報部《サーカス》の交換台を通して交わしていた電話での会話の録音テープを聴いているショットのすぐ後。カメラは、第一のシーンより寄った位置で、しかし左から**右へ**同じ方向に、スマイリーが泳いで行くのをほぼ真横から、捉えて移動する。上がった池のわきにはギラムがいて、捜査についての指示を仰ぐ。しかし、スマイリーは指示をするために泳いでいるのではないし、ギラムを目指して泳いでいるのですらない。この点についてはあとでまた触れる。

そして第三の水泳シーンは、終盤に入り、スマイリーが裏切り者の正体を突き止める最後の詰めの思考に入る直前であるが、これは泳いだあと水からすでに上がって、水着の恰好のまま端で座って考え込んでいる姿だ。厳密にいえば水泳中のシーンではない。とはいえ、一連のシーンであることは確かだ。

さて、問題はその先あるいはその横にある。なぜ、泳ぐ姿がわざわざ描かれるのか、である。つまり、映画のシーンとしての意味、あるいはその効果である。

スマイリーは、小説版の描写によれば「からくも中年」の「ずんぐり小太り」で、「短足の足運びは敏捷というにはほど遠く」て、目立たない風采であり、水の中でもあまり映える感じではない。それにぴったり合った配役になっていない（合っていないから駄目なのではまったくないが）ゲーリー・オールドマンは、やせ型で、見ている方が気の毒になる（DVD版に付されているコメンタリーで彼は「寒くてかなわなかった。もっと年上の人たちが一緒に泳いでいるので文句も言えなかったが」と述べている）ほどだ。もっとも、合う合わないで言えば、ル・カレが大いに気に入っていたらしいギネスの方も、右の容姿描写にそれほど合っているわけではないが。

ともあれ、泳ぐこと自体に何か格別な意義やあらまほしき価値があらかじめあるのではなさそうだ。そっけない答えが実はある。監督トマス・アルフレッドソンの言によれば、ハムステッド池（Hampstead Ponds）が一九七〇年代の雰囲気にぴったりだった。また、ハムステッド・ヒースとベルサイズ・パークが特にそうで、この映画の基調色ともなっているくすんだ茶褐色に合っている、とのことである。余談ながら、この色は「すべてを覆う包皮」だと監督が言っていたとは、付言の形でのゲーリー・オールドマンのコメントだ。

つまり、監督コメントでは、単に、事件が起きた時代の雰囲気を表したかった、ということである。しかし、それだけであれば「泳ぐ」必要はない。池以外の風景で構わない。むしろ、池以外の場の方が、より自然で「普通」だろう。実際、あとで考察する小説『スマイリーと仲間たち』の最初の方（第三章）の重要シーンと、それに続く捜査の場面は、ハムステッド・ヒースを、歩く場所である公園として舞台にしていて、BBCのテレビ版でもそのまま再現されている。

つまり、映画版は「普通」でない場面が欲しかった、のである。それはなぜか。

『裏切りのサーカス』における水泳シーンが『ティンカー、テイラー、ソルジャー、スパイ』というフィクション世界において（さらに、度合いはやや低くなるが『スマイリーと仲間たち』の世界にも密接に関わって）もつ意義について考えるために、ここで少し寄り道をしよう。

『スマイリーと仲間たち』にまで視界を展《ひろ》げると、ハムステッド・ヒースが選ばれている理由が、時代考証だけでなく、もともとの、つまりスマイリーの小説世界全体にもあることが分かる。『スマイリーと仲間たち』においては、ハムステッド・ヒースで、スマイリーの知己である亡命者ウラジーミル（将軍）が惨殺死体となって発見され、その現場捜査にスマイリーは立ち会ったのだが、彼はその翌日そこを一人で再び訪れウラジーミルの足取りを辿り直してみる。小説での第八章がそこを述べる箇所だが、こんな風に始まる。(3)

道の入り口に立って樺の並木を見すかすと、木立は後退する軍隊のように、朝もやのなかへ下り勾配でつらなり消えていた。闇はなかなか立ち去らず、屋内の薄暗がりに似た濃さをのこしていた。もう一足とびに夕暮れがきたかのようで、古い田舎の屋敷《カントリー・ハウス》のティー・タイムという印象である。彼の左右にある街灯は光が弱く、なにも照らしだしてはいなかった。大気は生暖かく重苦しかった。まだ警察官の姿や、現場のロープ囲いがあると思ったのだが、もうそれはなかった。予期した新聞記者や物見高い野次馬の姿もない。彼は坂道をゆっくりおりて行きながら、何事もなかったのだと自分にいってきかせた。彼が現場をはなれると同時に、ウラジーミルはステッキを握って楽しそうに起きあがり、気味悪いメーキャップをぬぐい落とすと、仲間の役者たちとすたすた歩き去り、警察へ行ってビールを一杯ひっかけたのだ。

ところでこれは面白いというか、奇妙な一節なのである。もっとも邦訳の文章は、自然に了解できる文章になっている。また、風景描写部分だけについていえば、奇妙さはなにもないし、実際、ＳＰＢ版はかなり忠実な再現になっている。ではどこが奇妙なのか。

右のうち、「彼が現場をはなれると同時に」の「彼」は、原文では「I（私）」である。おそらく訳者村上博基は、（何らかの文法概念を持ち出して対処するほどの事態ではないと考えて）すぐ前の「……と自分にいってきかせた」という文の流れで、「彼」が「私」になった、と判断したのかもしれないし、あるいは作者の単純ミスとみなしたのかもしれない。

その箇所の前後のみ最小限の原文[4]を示すと、

> It never happened, he told himself, as he started slowly down the slope. No sooner had I left the scene than Vladimir clambered merrily to his feet, stick in hand, wiped off the gruesome make-up and skipped away with his fellow actors for a pot of beer at the police station.

現実的で妥当な読み方は、「It never happened」と「No sooner had I left the scene than Vladimir clambered merrily to his feet, stick in hand, wiped off the gruesome make-up and skipped away with his fellow actors for a pot of beer at the police station.」を、彼（スマイリー）が自分に言い聞かせた内容と受け取ることであろう。作者はスマイリーとウラジーミルの両方を同じ「he」と書くといささか紛らわしくなるのを避けたのかもしれない。ただし、次のように、単に「I」を「Smiley」に変えれば問題は回避されるはずだ。

> It never happened, he told himself, as he started slowly down the slope. No sooner had Smiley left the scene than Vladimir clambered merrily to his feet, stick in hand, wiped off the gruesome make-up and skipped away with his fellow actors for a

pot of beer at the police station.

あるいは、直接話法的な記号を使うならば（ここの原文はいわゆる描出話法とか中間話法とかではない。原文の「I」を「he」に変えれば、今言ったように、自分に言って聞かせる具合の描出話法になるだろう）、

'It never happened,' he told himself as he started slowly down the slope, 'No sooner had I left the scene than Vladimir clambered merrily to his feet, stick in hand, wiped off the gruesome make-up and skipped away with his fellow actors for a pot of beer at the police station.'

これで、なんの問題もなくなる。しかし、「I」は、ではなんなのか。特に文法を無視したり壊したりするほどの意図があるようには思われない（他に変わったところは別段なく、ここだけが特権的に問題化される要因は思い当たらない）。

ところで、ここの時点はいつなのか？　すでに記したが、これは、昨夜の捜査（時点A）を思い出して、スマイリーが翌日に、ウラジーミルの行動の再現ないし確認のための追体験（時点B）としての捜査を、ひとりで行っているシーンだ。語りとしては、時点Bから、時点Aのことを思い出して、スマイリーが語っているのである。だから、「まだ警察官の姿や、現場のロープ囲いがあると思ったのだが、もうそれはなかった」のである。その前までの部分だけだと、うっかりすると時点Aだと思ってしまいかねない。原文に忠実な訳をこころがけようとすれば、村上訳の「彼」を「私」に変え、最後に、「私が現場をはなれると……ビールを一杯ひっかけたのだ」の箇所が言って聞かせた内容であることを明示する何らかの工夫が必要になる。たとえば、

彼は坂道をゆっくりおりて行きながら、何事もなかったのだ、と自分にいってきかせた。私が現場をはなれると同時に、ウラジーミルはステッキを握って楽しそうに起きあがり、気味悪いメーキャップをぬぐい落とすと、仲間の役者たちとすたすた歩き去り、警察へ行ってビールを一杯ひっかけたのだ、と。

こうなるはずだ、さらに無粋な括弧を付していいのであれば、

「何事もなかったのだ」、と自分にいってきかせた。「私が現場をはなれると……一杯ひっかけたのだ」、と。

というのが、紛らわしさを極力減らした形だが、括弧は本質的なポイントでない。一番の問題は、原文が、彼の言った内容を、一貫して引用符を用いずに書いているのにここで「彼」と書いていないことだ。つまり、最初に戻ることになるが、問題は原文における「私」なのである。

このパラグラフ全体が、スマイリーが頭の中で考えている、より正確には、そうであってほしいと願っている事の次第を描いている。そんな感じを生み出している。死者を演じた警官がその役目を終わって署へもどるという風景だが、それは、死者となったウラジーミルが——情報部員としてスマイリーが関わった人物だが、厚い信頼をおけるほとんど我が友とさえ呼べるウラジーミルが——実は死んでいないのだという幻想、甦りの願望を描いている感じなのである。友人が殺された事件など、殺人など、起こっていないと思いたいスマイリーの気持ち、願望の現れ＝表れだ。そういう中における一人称主語の選択は、文法レベルを壊すほどではないが少し歪ませて、「幻想」を前景化しているのだと言ってもいいだろうし、またいかにも意図的である。要するにここは、「私」とするのが、いかなる不自然さも越えて、おそらく語り手としての作者にとっていいのだ。

巷間よく指摘される、ル・カレの時制の混交（過去時制がベースの文章への現在形の混入ないし並列）よりも、ある意味でより面白く、かつより微妙な書き方だ。

しかしこれは映像化できない。すれば幽霊のシーンとなる。脳内でならスマイリーの亡き友への思いを帯びた憂いがあたりに漂いもするだろうが、現実に映像化しようとすれば、たとえばヴォイスオーバーなどを使えば、控えめなスマイリーという人物（これはギネス版もオールドマン版もいずれも同じによく実現できている）にそぐわないことこの上ないだろうし、抑えた演出に努めたとしても下手をすれば妙にセンチメンタルな告白調になりかねない。むろん、すべての事が映像化できるわけでもないし、したからいい作品になるわけでもないのだから、できないこと自体はそれで仕方がない、というか、しなければいいだけの話であるが。

ＢＢＣの二つのシリーズ、ジョン・アーヴィン監督によるＴＴＢにもサイモン・ラングトン監督によるＳＰＢにもいろいろ見事な場面があり、たとえば一九七〇年代のロンドンの雰囲気、特に空気感まで含んだ戸外風景の再現という点では、そのいずれもが、ＴＴｍよりも一日以上の長があると思う（その時代のロンドンの直接の体験をもっていない私が請け合ってもあまり説得力は生じないのではあるが）。そして雰囲気の時代的な再現という面以外に目を向けると、なかでもとびきりのシークエンスが、実はＳＰＢにおいて、今の場面の少し後にある。該当する小説箇所も先の引用の後であり、それはこう始まる。[5]

……ビニールの薄いシートをかぶった死体は、胎児が浮かんでいるように見えた。

だが、一夜明けた今朝、スマイリーは窪地の手前で立ちどまった。ぐしょぬれの靴を足跡のひとつひとつにできるだけ正確にかさねて、老人のからだの動きを再現しにかかった。それをスマイリーは、犬の散歩をさせているふたりのスラックスの婦人の見ているところで、スローモーションで、いかにも一心不乱にやるものだから、新流行の中国武術の愛好者と思われ、したがってまともでないとみなされた。

先の引用で示したが、この第八章冒頭で、スマイリーはいきなり問題の現場に立っていた。死体が胎児のようだった前の日の現場については、前の方の章においてすでに十分描写がなされたあとだから、省略的にいきなり書き出すやり方としてこれはごく普通ではあろう。そしてそのあと、前日の捜査を自分で辿り直す彼の行動が描かれるのである。語り上で意義深いシーンであることはここまでで述べた通りであるが、プロット上物語構成上でも、スマイリーがこの事件に関わることになる発端として重要なシーンである。さて、そのシーンはＳＰＢにおいてどう描かれているか。

テレビ版では、まずスマイリーが出かけるところからその日のシークエンスは始まる。スマイリーは歩き出すのだ。

三　水平——映画における移動

スマイリーの移動の問題を考えるにあたり、ここで、映画における移動、特に横移動がもつ力にふれつつ、特定的なケースとしてのこのスマイリーの移動の問題を対象にする。

監督という作り手としてだけでなく、それと同等に映画を見ることそれについて書くことの点でも優れた人である黒沢清は(6)、「物語上はまったく重要ではないのに、その一ショットがあるだけで、映画の質が格段に上がり、観客にえもいわれぬ快楽を与える、そんな奇跡のような映画の瞬間」があると、語っている。ただし、「これはきわめて感覚的なことで、どうしてこれらの一ショットがそういう力を持つのかは、僕にもよくわかりません。

まったくぴんとこないという人もいるでしょう」と説得的説明は放棄しているが。例としては、フルサイズ横移動で音楽に乗って歩く人を撮ったショットを挙げていて、具体的作品としては、山中貞雄の『丹下左膳餘話 百萬兩の壺』と、ジム・ジャームッシュの『ストレンジャー・ザン・パラダイス』などを挙げている。ジャームッシュについては、確かにその通りではあるだろうが、むしろ『ミステリー・トレイン』の第1話と第2話を挙げるべきだった——特に、メンフィスの町を弥次喜多的に訪ね歩く永瀬正敏と工藤夕貴の二人を描く第1話は、全編をどこまで横移動で構成できるかの実験であるかの如き印象と言ってもいいほどだ——と思うが、山中貞雄のは、紛れもなく、見ている者も登場人物もうきうきと心躍るショットである。

横移動などどの映画でも行われているだろうという人は間違っている。たとえば、画面の奥から手前へ、またその逆とかの奥行きを利しての人物の動きは、カメラはフィックスされていることがほとんど多いし、それらのシーンそのものがすでに意味の磁場（追いかける、逃げる、など）を帯びている、意味合いが割とはっきりしている。フィックスされた遠景の中で、人物たちが横に動く場合にも、その移動の物語り上の意味は比較的了解しやすい。あるいは、人物がすでに配置されていて、その演技を映すべくそのまわりでカメラが動く場合にもその動きの効果はプラクティカルな目的（クロースアップに見られる感情の強調、主観ショットなど）がはっきりしている。つまり動きは問題にならない。そんな場面の方がはるかに多い。人物をフルサイズ（全身像）で画面に入れつつ、その人物の横の動き（歩き・走り）をカメラが同伴してとらえる横移動シーンは、実はそれだけでは意味を帯びていない（どこかからどこかへの場所移動ではあるが、そのシーンを見るだけでは何のためなのか分からない）。物語上無意味なシーンはそう安易には生じない。単に語りが間延びするだけだからだ。しかし、その無意味な、動きそのものであるような画面が見る者をうつ場合がある。

黒沢は、「物語上は」重要でなく、「どうしてそういう力を持つのか」分からないと言っているが、分からないことに意義がある、というべきなのだろう。ただ、あえてそこにポジティヴな命名をするとするならば、これらはすべて、人物たちがどこかへ動き出す、出かけていくショットであり、むろんジャームッシュの方についてより強く言えそうなように、どこかと言っても、明示されうるような場所や目的などでなく、これからどうなるのか分からないままの彷徨のはじまり的な性格であり、見ている者からすればどれも、「さあ、冒険だ」である。もちろん冒険は千差万別、そう言ったからといって何かアクションが起こるということは意味しない。——脚本や小説などにおける言葉では、単に「歩く」等としか書きえないことが映像化されると、なんとも効果的なシーンになりうる。そんな映画（モーションピクチャー）に対する意識・感覚が問題なのであって、それに敏感で意識的な作り手がいる、ということだ。

　実際、黒沢が挙げる『丹下左膳餘話 百萬兩の壺』を見てみると、件の横移動ショットは三つあり(7)、山中貞雄の脚本で該当箇所を確認すると、第一は、「萩乃と峰丹波や門弟共に送られて、源三郎が与吉を共に連れて出掛けます。実に打ちしおれて出て行きますが、それがひとたび門外に出たとなると、トタンに朗らかになる」。横移動にあたる部分は「それがひとたび門外に出たとなると、トタンに朗らかになる」である。態度は書いてあるが、歩くことについての具体的な指示はない。第二は、源三郎とお久目の会話から画面が切り替わって「（長屋附近の通り）左膳とお藤が別々に七兵衛の店を訪ねて居たが、探し疲れて立ち話」というト書きとの間にあるショットで、つまり脚本にはまったく現れない。第三は、伴の与吉と源三郎が話しながら歩くシーンだが、会話以外にはト書きに「朗らかに家路に急ぐ源三郎」とあるだけだ。ちなみに、源三郎は二つのショットとも「朗らか」であるが、左膳の方は幼い子どもの殺された父親の家探しだから、必死に急ぐテンポいい調子ではあっても源三郎の場合のほどはあっけらかんと朗らかな調子ではない。右に言った「冒険」は単に明るい話のみを指すわけではもちろんないのである（黒沢が右と同じところでもう一例挙げていたテオ・アンゲロプロスの『旅芸人の記録』における圧倒的な横移動は重く苦く、静かな騒然と言うべき感触だ）。実験とか革新とかの映画的冒険の意味でなく、映画という冒険ということなのである。映像の実現自体は必ずしも難しくない――物理的に、という意味だ――この横移動は、言語化できない。つまり、これぞまさに映画のための ショットだということだ。横移動ショットが存在しなければ優れた映画にならないなどということはないわけだが。

言わずもがなの補足をここでしておくと、「横移動ショット」はカメラの横移動撮影のことを指し、結果として生じる人物の横移動の方は今回の考察においては紛らわしさの生じない限りで、単に「横移動」の語で指すことにする。

さて、では、この黒沢の、独断にちがいないが優れた洞察をここで頼りの手にして、先のところに戻ろう。

スマイリーは歩き出す。カメラが動き出す。

ウラジーミルが殺される間際に（スマイリーに託そうと）残したある物（それが何かをスマイリーは知らない）を見つけ出したいのだが、どこを探したらいいのか分からない。目的地は分からない。

ここまで来たら説明の必要もないだろうが、まさに、どこに向かってかは分からない始動を見せる横移動にふさわしいシーンだといえる。

まずハムステッド・ヒースの公園に歩いて入るスマイリーの姿が横移動で映される。

そこから前夜の捜査の際に分かったウラジーミルの最期の歩みを小屋から並木へとカメラは辿っていく。ステッキと靴底との跡がやや不可解なウラジーミルの動きを示す場所まできて、何かのために立ち止まったのだろうと推理して、木立の向こうに見え隠れしつつ進むスマイリーの姿が、ふたたびの横移動でとらえられる。

止まった時、スマイリーは両足を揃えつつ一八〇度開いて立つ。スマイリーの足元が映される。何かが落ちていないか探るスマイリーの視線に同調してカメラは破りとられた雑誌頁などのゴミがそこここに混じる、枯葉に覆われた芝の地面を写す。

ここで、小説では、すでに引用した箇所中にもその一部が出ていたが、さまざまな通行人に、スマイリーがへンなことをしている人物だといぶかられる場面がある。その中で、「近くの仏教学校の僧」と小説には書かれている青年のみがテレビ版では映像化されている(8)(二人から一人に設定変更されているが)。青年は親切心から「何か手伝いましょうか」と生真面目な分大変熱心に声をかけてくるので、スマイリーが、迷惑なのにそう邪険にもできずに困るというコミカルなシーンとして。

青年をなんとかやりすごしてスマイリーが木の間隠れに歩いていく。地面には収穫がなく、立ち止まり、どうしたものかと思案する。その時風が吹き、木と木の間にいる時に枯葉を巻き上げる。その風の動きに導かれるようにスマイリーが上方に目を向ける。大きな木を見上げるスマイリー。垂直にステッキが突き出され(カメラはさらに上方の位置からスマイリーを見下ろす)、下からは見えるか見えないかの木の股に、それも枯葉二、三枚に覆われている小さなくぼみに、逆さに持ったそのステッキの柄が差し入れられて、ゴロワーズの箱が取り出される。青年とのコミカルなシーンのあとは(その前もだが)すべてまるでパントマイムのようであり、純粋な動きでほとんどすべてが成り立っている。上を見上げる動きは下手をすればわざとらしくなるはず(そのせいでかどうかはさておき、小説において彼の目が木の上の方に向く転換は、下手にもっともらしく書くのでなく、単に「そして(And)」の一語(9)ですませられている)のスマイリーのこの発見がそうなっていないのは、木の間を上方に吹き抜ける風の運動のためである。何物も見逃すまいとゆっくりと進むスマイリーの動きの中で——すべてが動きであるシークエンスの中で——風の動きによってこそ発見が自然に生じる。風が送風機で起こされているとしても、それは問題にならない。動きのみが、純粋に運動が、ここでの言語に、コードになっていることが肝心なことなのである。

そして、ネガを発見してから、将軍のタクシー利用の裏付けとそのネガの保管を図るための算段をするために通りを進むスマイリーを、寸断的なフィックスを挟みつつであるが、横移動で（正確には、横移動のあと、パンに切り換えて、というべきだろうが）カメラが追う。

つまり、全体としてここのシークエンスは、風とステッキの垂直上昇の運動が、横の歩行の運動によって挟まれている。人物の歩行・移動を映すカメラの横移動と、人物・物の垂直運動（昇降）がそれらの映像の全体を構成するのである。

今一つの横の運動と垂直運動の例を見よう。

『スマイリーの仲間たち』において指摘した再現・追体験としての捜査という問題が、『ティンカー、テイラー、ソルジャー、スパイ』においても存在する。スマイリーは、一年前のプリドーが撃たれた日の、サーカスにおける皆の行動を、具体的に逐一再現しようとする。その一挙手一投足を。問題の核心がその日のその時刻（プリドーが撃たれた一報が届いた時刻）の直後にサーカスにかかってきた電話と、それに対するメンバーの行動、行動の生起の順とその内容妥当性にあることを確信して、日にちどころか時間・分単位でのレベルの正確さで整合性を求める。ミステリである以上犯罪捜査はすべて犯行の再現が要にはなるのだが、現場での出来《しゅったい》の克明な再現が、こちらでも解決（もぐらを突き止めること）の糸口になる。二つのスマイリーの世界は相同性を持っている（スマイリー三部作といわれる今一つの小説『スクールボーイ閣下』におけるスマイリーも捜査姿勢という点では同断なのであるが、今回の考察は映像化されたフィクション世界に限っている）。

『ティンカー、テイラー、ソルジャー、スパイ』において、プロットという点で、原作（小説）について感じることがある。疑問と言ってもいいそれは、コントロールがジム・プリドーを使って行った「作戦」のことである。東欧の将軍一人を脱出させて英国に連れ帰るにしては、大掛かりにすぎないか。ＢＢＴは、それを小説に忠実に描こうとしたのだが、正直、見ている者を納得させうるシークエンスになってはいない。プリドーが待ち伏せされたことは一応分かる。しかし、来るのがすでに分かっている（小説から判断するなら、そもそも脱出させる対象となるような将軍がいたのかすら怪しいが）スパイ一人を、あんなに大勢で待ち構えるものなのか。暗い中、山の中に逃げ込まれては面倒だから確実に捕らえるためではあろうが、いささか大袈裟にすぎてリアリティを感じられない。

そのせいでか否かは不明だが、ＴＴｍでは、コントロールによるジムへの密命は、もぐらを探るための深謀的な作戦であるどころか、端《はな》からもぐらの正体を直接将軍から聞き出すことだという具合に変更が施されている。そのための連絡役との接触がブダペストの街中で行われ、アーケードの中のオープンカフェでの二人の会話中、気づけばジムはすっかり包囲されていて、捕獲を焦った敵の一人に背中を撃たれる。「情報部員が一人撃たれて戦車が国境に出動」と当局が発表して、それが英国情報部にも伝わる。そう伝わるのを想定された意図的な発表になっている（らしい）という設定になっていて、今述べた小説の方に不自然さ・強引さが少々あることを考慮するならば、相対的に一定程度の説得力を持っていると言える。もっとも、ＴＴｍ版の処理は、カーラの関与まで一挙に示す説明節約的な演出になっていて、うまい一手であろうとはいえ、店の室内の一席にカーラが居合わせることまでを、因縁のライターを一緒に映しこむショットによって示唆しているのはいささかあざとい。実はしかし、ＴＴｍの映画冒頭シークエンスがなぜ素晴らしいかと言えば、プリドーの歩行に連動してのカメラの横移動がある（同じ出来事の、別角度からのさらに長い横移動が、後半の彼の回想シーンで今一度出てくる）からなのだ。連絡役とプリドーがそれぞれ逆方向から歩いて来るのをカメラは、順にそれぞれに連動しつつとらえ（音楽はいささかもの悲しい調子であり、それはここで起こることになる事件に合っている）、二人が落ち合ってそのカフェまでいくときに、プリドーがあとを追う形でいったん地下道に入り、次に階段を上がって地上にまた出る。

そして、それにほとんど続いてと言っていいほどすぐスクリーンに登場するのだが、タイトルがかぶさって出てくる場面の基調《ベース》は、情報部の部屋を横切って、（辞職して）去っていくコントロールとスマイリーを映した横移動からなる、長いシークエンスだ。(10) 終始無言のままずっと縦に並んで階段を降りて行く二人。そしてカメラは屋上に出て、他の情報部員が、去って行くその二人を見下ろす視線に同調するように下方に向かう。二人が門を出て、さらにまったく無言のままに（今生の——となるとはこの時ともに知るよしもない）別れを互いに告げて、コントロールは左へスマイリーは**右へ**去って行く。そこで、カメラは内部に戻り、書類用小型昇降リフト（ＴＴｍの字幕では「書類エレベーター」）が横長の画面一杯に映され。下の階で書類が入れられて扉が閉じられ、何フロアか上にあがっていく。途中で画面が切り替わって、スマイリーがベッドで目を覚まし、無聊を託つ風情でというべきか、上半身をおこしたまま所在なげな風情でいる短いワンショットが入るが、再びリフトの映像に戻って、上昇していたリフトが止まって扉が上下に開かれ、そのフロアで、つまり今やコントロールとスマイリーのいないフロアで、会議などに向かう局員たちの姿が束の間映る。

それに続いて、あの第一回目のスマイリーの水泳シーンになる。ゆっくりと右に泳ぐスマイリーをカメラが横移動で追う。書類がキャビネットに片付けられるショットが短く挟まれる。そして水泳を終えて帰るスマイリーの、池のほとりを左から右に歩く姿を、カメラが同時に動いて映す横移動ショットが続く。その後が、ベッドでことされているコントロールをフィックスしたカメラで映すショットになる。

単に、情報部内での新旧交代の一幕というストーリー面での紹介を簡潔に示すだけでなく、スマイリー一人にすべてが託されるのであることを、そしてさらに画面でのアクションが横移動と昇降から構成されることまでが予示されている、見事な冒頭シークエンスであると思う。横移動と昇降。この映画を構成するリズムが最初に提示されているのだ。

カメラ自体の横移動・動きがこの所与的基盤となるわけであるが、移動といっても、たとえば、斜め前から人物を映しながらのカメラ移動だと事態はまったく変わってくる。たとえばＴＴＢにおける、エピソード２のレイコンとスマイリー、そして最終エピソードのアンとスマイリーの、会話しつつの歩行がそれだ。いずれの場合もカメラは、二人の人物が話を交わしながら散歩するのを、斜め前から映しながら移動する。これは、二人の表情や話しぶりを、つまりは演技を、つぶさに見せるためのショットなのだ。カメラは移動しているが、もたらされるものはすでに述べた横移動の効果とはまったく異なる。

ＴＴｍにおいて、横移動ショットはまだほかにもいろいろある。たとえば、もぐらについての情報を握っているらしい、ターが近づいた女性イリーナが、ＫＧＢに拉致されて貨物船へと港の通路を無理矢理担架で運ばれていく場面。その担架が移動するその上部のガラス窓（あるいは窓の向こう）に、彼女を探しに空港に行ったターが空港の通路を移動する姿が映る、現実にはありえない（ターの回想箇所なので、そういう切羽詰まった気持ちだったことが反映した記憶シーンという説明は一応ありうる）切ないショットも、カメラの横移動で捉えられている。

またたとえば、ギラムが情報部から書類を違法に持ち出す際に、それを助けるための電話をかけるべくメンデルが自動車工場に入っていくショット、「事件」当夜の日直ジェリー・ウェスタビーにスマイリーとギラムがあらためて詳細を聞こうと会いにくるショット、スマイリーの調査の核心にその後なる、問題の当夜へイドンが事件のことを「聞いて」血相を変えて、大変な勢いと剣幕で情報部に駆けつけてきて部屋を横切るショット、生き延びて英国に戻ったプリドーが補充教員として教えていて、その子供たちが、学校の広い芝生をプリドーに伴われてうれしそうに駆け回るショット、ラストに近く、秘かに大臣とレイコンに会いにスマイリーが、とある建物のほとんど使われていないようなガランとした一つのフロアを早足で歩いて行くショット、すべて横移動で撮られている。言うまでもないが、横移動というだけで素晴らしいわけではない。今挙げたいくつかのショットも、効果のほども感触もさまざまだ。ただ、数だけからしても、少なくとも横移動ショットが意識的に選択されて使用されていることは明らかだろう。

水泳の場面も、この横移動ショットの一ヴァリエーションなのである。

四　垂直――リフトと飛行機

横移動ショットは、それと対照的な垂直の、あるいは昇降（上下運動）と組み合わさって、このスマイリーの世界を形作る。一つの鮮やかな例が、右に述べたばかりの、書類リフトの動きに続いての第一の水泳シーンであった。他の例を以下に見て行こう。

ＴＴｍにおいて、自宅に戻るスマイリーの歩みが横移動でとらえられる箇所がある。スマイリーが家に入る。彼の背後にわずかに映る階段を、誰かが降りてくる。それはギラムのもとで作戦に従事していて、連絡もなく行方をくらましていたアジア担当の情報部員リッキー・ターだった。彼についてはすでに幾度か触れているが、今回のスマイリーのもぐら探しに、ストレートな形ではないが、一枚も二枚も嚙むことになる男だ。続く、イスタンブールでのターの活動を追想の形で語るシークエンスも、やはり空港でのターを横移動でとらえたショットから始まり、短い街頭場面の後、ナイトクラブの階段をターが降りてくる。

右の二つはいずれも昇降が起きる場合、場面は横移動で始まっている。あるいは、横移動との関係で生じている。一般に劇場映画は、テレビシリーズ版映画に比べて時間が制約されるために、作品の静的・動的構造が（良くも悪くも）凝縮される場合が多い。ＴＴｍにおいて際立って感じられるそれは、今述べた運動の対比構造（横移動と昇降）である。もちろん、そういう運動の数が問題の本質ではない。黒沢が言うように、一つあるだけで他のすべてが、全体が異なってくるような場合すらあるのだから。

ＴＴｍでは、その一つ、その最初の一つが、書類リフトの昇降と組みになっている水泳の横移動だったのだ。ここで注目しないわけにいかないものがある。ＴＴｍの昇降運動ではリフトが大きな働きをしている。二種類のリフトが。

ＴＴｍの前半もまだ半ば、今一度情報部屋上が映される場面がある。屋上でアレリンとブランドが会っている姿が、大空を背景に大きく引いた位置から映されたあと、一転、カメラはその建物内部に入っていて、スマイリーの命を受けたギラムが情報部キャビネットの書類を持ち出し、リフトに乗るところが映る。扉が垂直上下動で閉じてリフトが下降する。下に着いてギラムが振り返ると、実は上階から一緒に乗っていたことがそこで（人目を気にしているギラムに心理的に同調している観客にとっては）唐突に、ほとんどどきっとするという感じで、画面に映し出されるブランドがいる。何でもない会話をギラムは交わす。と、そこで扉が上下に開き、一瞬にして地上の街路の光景が眩しく展《ひろ》がる。この一連のシークエンスも印象に残らないわけにいかない。

ＢＢＣテレビ版では、ＴＴＢにおいてもＳＰＢにおいても、人が乗るリフトは普通のタイプ（ただし、手動蛇腹式扉の古いタイプ）である。そこでの上下動をになうのは専ら階段である。したがって、当然であるが、ＢＢＣテレビ版でより多く使用されるのは、見上げる／見下ろす（フィックスされた）構図になる。また、書類リフトは出てこない。

また、ＴＴｍにおいてリフトは、情報部の誰かが書類をひそかに持ち出して、極秘の隠れ家でソ連側のスパイに渡す（ウィッチクラフト作戦の一環としてのエスタヘイスの行動であったことが、あとで本人の口から明かされる）シーンの前にも、保管のために書類がキャビネットに移される際のそのリフトの上昇の運動が映される。

書類リフトは、すでに述べたように扉が垂直に上下に開くタイプなので、人間用のリフトの扉とまさに同じ動きをスクリーン上ですることになる。

もう一つ、TTmにおいて昇降の運動で大きな働きをするものがある。トビー・エスタヘイスに対するスマイリーの問い詰めがギラムを伴って行われるのが、小説原作では第三四章で、情報部の隠れ家の一つであるレクサム・ガーデンズの二室フラットにおいてであるのに対して、TTmでは飛行場である。

ここでもまず情報部のあのリフトでエスタヘイスが下降して扉が上下にあくと、そこにギラムが待っている。ギラムが運転しスマイリーとメンデルも同乗する車で、飛行場に連れて行かれる。スマイリーがエスタヘイスを詰問し、場合によっては外国に強制送還さえ辞さないことをほのめかす脅迫的姿勢を示す（エスタヘイスは英国生まれではないのでそれを恐れるのだと、監督がボイスコメンタリーで語っている）、といった具合に小説から劇的な変更が行われている。そこにおいて、エスタヘイスとスマイリーの背後に、飛行機がその巨体を現し、ゆっくり降りてきて着陸する。画面で機体はフォーカスしていなくてボケている分かえってその大きさが恐ろしく感じられる。その威容に気圧されるようにして、ソ連との情報作戦にサーカス主要メンバーである四人（もちろんスマイリー以外の）全員が関わっていたことをエスタヘイスは告白することになる。

情報部上階から降りてきたエスタヘイスに、下降してくる飛行機が、乗せて上昇するぞという脅し（ギラムが近寄っていかにもそれらしくドアを開けたりしているところがちらっと映る）をかける。ここのシークエンスは昇降のテーマで百パーセント構成されている。

ちなみに、補足とはいえ必ずしもそのテーマに無関係ではない事柄なのだが、TTmを通してギラムが乗る車はシトロエンDSで、小説の設定（「ギラムが乗るには若向きすぎる車だと思い、スマイリーは落ち着かなかった」[11]。なお、TTBでは英国のモーガン4／4である）とやや趣が違う。一九七〇年代という理由で選ばれたのは間違いないが、独特の空力デザインの、宇宙船にたとえられもする外観を持ち、油圧によるユニークな一種のエアサスによって空を行く乗り心地で熱心なファンも生んだ車である。つまり、その車種選択自体がこの飛行場でのシーンにふさわしい空から舞い降りるイメージでのチョイスであった可能性がある。実際、ストップしてから一瞬ふわりと浮き上がってから完全に停止するDSの独特な振る舞いが、車の存在自体に観客の目を引きつけずにいない。この車がスクリーンに登場するときに、スクリーンの左側から入って正面を向く恰好でスマイリーとエスタヘイスの背後にとまる。そしていったん右側に移ったあと、二人のうしろを横切る形でスクリーンの左側に消える。二人の会話がしばし続いたあと、今度は飛行機が降りてきて、それがやはり左側から入って正面を向く形になり、二人の右横の位置にとまる。水平方向の位置移動において車と飛行機はまったく相同な動きをする。垂直方向においては、対照的にシトロエンは浮き上がり、飛行機は降り立つ。

そしてスマイリーとエスタヘイス二人の会話の場面も垂直運動が支配する。会話の内容は情報部に相談に集まってくる際の四人組を描写するエスタヘイスの言葉から成っているのだが、映画にふさわしく相談の言葉というよりは画面が雄弁に語る。階段を降りるエスタヘイス、階段を上がるアレリンとヘイドンが、ひとりずつ別個に映される。そして、飛行機による強制送還の示唆によって脅されたエスタヘイスが、これまで四人以外には極秘であった隠れ家の住所をついに白状することになる。この決定的な一手が、車と飛行機と人間の昇降（垂直運動）の動きに挟まれ貫かれている中で起きるのだ。

五　水泳のコノテーション——厄介者としてのスマイリー

水泳のことを今一度、あらためて別な面から——それが直接は出て来ない小説の面から——考えてみたい。

スマイリーは、『ティンカー、テイラー、ソルジャー、スパイ』の件のあとチーフに就き、それから三年後引退する。引退して約半年後、すでに少し触れたように『スマイリーの仲間たち』において、ウラジーミルの死体の件についてレイコンは、スマイリーに、表に出ない形で調べて片付けてくれと依頼する。[12]その際の付帯的注文の言葉に耳傾けて欲しい。「……きみは一民間人だ。ウラジーミルの遺言執行人だ、われわれとは関係ない。……きみは波をしずめるのであって、荒立てるのではない。」

ここでの「きみは波をしずめるのであって、荒立てるのではない」は、元の文[13]では「you will pour oil on the waters, not muddy them」であり、「騒動を治める（水面に油を注ぐ）のであって、それを濁すのではない」と、比喩で語っている。「ことを穏便にすませてほしい」のである。そしてこの muddy の語が、ＳＰＢ版でもセリフ中にそのまま使われている。

実は『ティンカー、テイラー、ソルジャー、スパイ』でもこの語は出ていた。

小説（ＴＴｎ）では三度。ターのことでギラムがアレリンにやや異論をはさもうとしたのに対して、アレリンの吐くセリフ[14]「（ターを潜入させることが）なにになってもいい。池の水を濁す。井戸に毒を入れる。そんなようなものだ」。

その言い回しをあとになって、ギラムとスマイリーが取り上げる。[15]

「……ソ連側は読みちがえている。アレリンが得たのは、ターが彼らを欺いたことの証拠だ。それだよ、われわれがあれだけの空騒ぎから知ったいちばん大事なことは」

「ではアレリンが『池の水を濁す』といったのは、なんのことだ。あれはイリーナのことをいったんだろう」

「ジェラルドとな」スマイリーは同意した。

これだけではたいしたことのないやりとりに聞こえるが、すぐあとに続けてスマイリーがいう言葉に注目しないわけにいかない。

「しかし、［わたしは］つかみかけている。カーラはサーカスをひっくりかえしてくれた。そこまではわかるし、きみにもわかるだろう。ところが、最後にひとつ巧妙な結び目があって、それがどうしてもほどけない。ほどくつもりではいるがね。……」

核心に迫るプロセスのことを話している重いやりとりの中で、このmuddyは出ていたのである。さらにすぐあとで、この会話はスマイリーによって、ギラムの他にいまひとりだけこのもぐら探しの捜査の助力者として頼まれているメンデルとの話の中で、回想として再度触れられる[16]。

後日メンデルとの会話で、彼［スマイリー］は、それを「なにもかも試験管に詰めて、爆発するかどうかを見ている心地だった」と表現した。いちばん夢中になったのは、アレリンの「池の水を濁す」といういやな警告について、ギラムが問題にしたまさにその点であった。

muddyはキーワード、それもTTnとSPnの二つの世界におけるそれなのだ。

すでに構造的凝縮という方向からほぼ同趣旨のことを述べたが、一般論としてゆっくりと原作を辿る時間的余裕が、劇場映画に比べてテレビシリーズの映画には相対的にあると言える。したがってTTBでその語muddy

が出てくるのはさほど不思議でないだろう（実際右のうちの第一の場合がほぼそのままのセリフで、そして第二がややアレンジされて発せられる）が、劇場映画であるＴＴｍでも第一の場合がやはりターへの非難（非難されるべき事由は変更されているものの）として発せられる。

ＴＴｍにおけるスマイリーの水泳シーンは、ここまでで十分に示してきた横移動ショットの意味がこの映画におけるその本質だとは思うのだが、小説中にあり映画中でも発せられるこのmuddyという語に触発されてのシーンでもあるのではないかという考えを、勝手なこじつけといわれそうなのを承知で主張してみたい誘惑に私は抗しきれない。

結局のところ、レイコンもアレリンも、問題児に問題を起こさせるな、問題児になるな、と言っているのであり、菌を繁殖させぬよう処理してから地に埋め、視界から消せ、と言っているのだが、その依頼に対して、小説の二つの物語のどちらにおいても、核心にある何かを暴き、掘り起こすのがスマイリーなのだ。泳ぐことによってmuddyをする（あえて？　結果的に？）のがスマイリーであり、その泳ぐ行為の意味が、プロットレベルだけでなくスクリーン上の運動においてもある、というのがＴＴｍのありようだと言えばいいだろうか。

濁った水の中を進むスマイリー。単に体力維持の運動ではなく、泳ぎながら考えている。いやむしろ泳ぐことが事件をめぐって考え追求することそのものなのかもしれない。それは「事を荒立てること、水を濁すこと」にほかならない。横移動で撮られた水泳ショットは、犯人探求の冒険に出るスマイリーなのだ。三度目が水から出ていてそのほとりでたたずむ彼を撮ったショットであるのは象徴的である。それは泳ぎ＝冒険を進めたあげくすでに探求の終点、解決に迫っている姿なのだ。

したがってアレリンが、サーカスにとってターがmuddyする者でありひっかき回す厄介者だと言っているのは、近視眼にすぎるのである。かき回しついにその改変まで実現してしまう真の厄介者はスマイリーなのだ。彼こそがもぐらを暴いてその時点でのトップサークル（四人組）の悪しきシステムの解体・交替をなしとげ（ＴＴ）、もぐらのそもそもの操り手であるカーラを追い詰め、自ら西側に来させる（ＳＰ）。

近視眼であれアレリンの言葉がこの一連の解決のきっかけとなっているがゆえに、その語はＴＴＢでもＴＴｍでも、ＳＰＢでも省かれることがない。そしてスマイリーを泳がせたのはＴＴｍの見事なお手柄だと言えるだろう。

六　スマイリーは何を暴いたのか

このＴＴｎは新しいミステリの領域を拓いたと言われることもあるが、二重スパイをつきとめる依頼を受けたスマイリーが、ギラムとペアを組んでの犯人捜（探）しという形に目を留めるならば、これは極めて正統派の探偵小説（フーダニット）物であることになる。そしてミステリとしてのその中心は、その二重スパイを突き止める、というかあぶり出しである。

スマイリーの調査と推理と仕掛けでヘイドンがあぶり出された。犯人探しは達成された。探求は完遂された。それに間違いはないが、この要約はこの小説を正しく説明しているだろうか。ヘイドンは、無二の親友プリドーを（単に情報部員という関係においてでなく）裏切って敵方に売った。サーカスの同僚であるスマイリーを、その妻アンとの不倫によって裏切った。英国の情報をソ連に売って、自らが生まれた国を裏切った。この世界での裏切りの中心に確かにヘイドンはいるのだ。しかしそれで犯人はヘイドン、と言い切って終わりになるのか。

熱演されるヘイドンの告白シーンからはそうとれるかもしれない。ＴＴＢとＴＴｍ、二つの映像世界ではいずれにおいてもそうである。しかしＴＴｎから受ける感じはそれとは微妙に異なるように思う。

ハロルド・ブルーム編のル・カレ論集所収のエイブラハム・ロスバーグの論[17]などに顕れているように、この小説において描かれている要《かなめ》は、英国社会と人間生活（生存）の縮図としての諜報活動であり、またそこでの闘争の相手がソビエト連邦というよりは、そのような英国の代表としての「もぐら」つまりヘイドンだというとらえ方――その考え方によれば、英国そのものであるようなその諜報活動を今やソ連がアメリカとのやりとりで利用しようとしているとされていて、英国人の誇りといったテーマが、前景化されているとともに、今は失われたかつての栄光というテーマの不即不離の裏面ともなっている――からすれば、個人のヒロイックな、あるいは個人の悲劇としてのあり方・生存が同時に強く胸を打つという解釈がよく行われている。

若き左翼主義者の時代の記憶と思いを引きずるヘイドンのセンチメンタルな告白――俳優の演技の見せ場になることは実際確かである（確実に一定程度観客に「受ける」）から、演出する側としてあるいは脚本家としては入れる方が間違いがない、ウェルメイドな作品を作る定石となる――が、原作との対比でいささか気になるのは、もとの小説においてその告白は意外なほどにあっさりした調子である（この感触自体は私ひとりの感想ではないだろうと思う）ことだ。

たとえば、ヘイドンが二重スパイになった理由を説明するシーンは、このようであった。[18]

ようやくヘイドンは自分の場合を語りはじめた。オクスフォードでは、と彼はいった。正真正銘右派だったし、戦争中はドイツと戦っていれば、右でも左でもよかった。一九四五年からしばらくのあいだ、世界におけるイギリスの役割に不満はなかったが、やがてその役割が、いかに些細なものであるかがわかってきた。いつなにがきっかけだったかは、いまだに不明だ。混沌たる自分史のなかで、取り立てていつとはいえない。ただ、イギリスが圏外に置かれているのでは、獲物の価値なんか大でも小でも同じことだとわかった。もしも試練の時がきたら、自分はどちらの側につくだろうと何度も考えた。長時間熟考したすえ、もしどちらかの体制が勝ちをおさめねばならぬものなら、そのときは東のほうがいいと思った。

「なによりもそれは審美的判断なんだ」彼は顔をあげていった。「むろん道徳的判断の一面もある」

これが二重スパイ誕生のきっかけである。なんというか、大局的概説的で、抽象的とさえ言えそうなことばに終始している。また、(19)

……友好の精神を持続して、彼はスマイリーのいう「細部」に触れた。

自身のリクルートのいきさつや、カーラとの終生のつながりについては、なにも語ろうとはしなかった。「終生の？」スマイリーはすばやくききかえした。「知り合ったのはいつだ」きのう明言した事柄が、急に無意味になる気がしたが、ヘイドンは説明を加えようとはしなかった。

むろん、告白している内容とか言葉は小説の方が総量としては多いのではあるが、映画はいずれもこの引用箇所に見られるような力ない感じではない。ＴＴｍは（ヘイドン役はコリン・ファース）もっと感情的にそして表情的に——鼻血を出すのは小説と同じだが涙ぐみ取り乱す寸前でかろうじて自制を保つという感じで——雄弁であり、そしてＴＴＢ（こちらのヘイドンはイアン・リチャードソン）は、泣きわめきくずおれ、パセティックでさえあり、また時間も長く、独房のベッドでまた取調室で、と、さらに雄弁の度合いが高い。

小説と映画を対比すればはっきりする。告白が熱演されればされるほど、犯人（二重スパイ）がビル・ヘイドンひとりであり、それで解決、ということが疑いの余地なく物語のクライマックスとなるのだ。ＴＴｍがプリドーによる射殺というドラマチックな決着にするのも、ヘイドンという個人を問題にしているからに他ならない。TTBも、抑えめな描写（あっけなく首を折る）にはしているが、プリドーの行為であることははっきり見せている。一方小説では、誰がやったかは、誤解の生じようのないスマイリーの暗示的な言が少し後で発せられはするものの、殺害時の描写においては言葉で特定されてはいない。(20)

十時半、ヘイドンは警備官に不眠と吐き気を訴え、外へいい空気を吸いに出たいといった。もう彼の一件は終了したとみなされているから、だれもいっしょに行くことは考えず、彼は暗い戸外へひとりで出て行った。……三十分たって、気がかりになったので、先輩格の警備官が見に行くことにし、相棒はヘイドンが帰ってくるかもしれないからのこった。ヘイドンはいまかけているベンチで発見された。警備官は最初、居眠りしているのだと思った。……からだを抱き起こそうとすると、首ががくんと前に垂れ、それに全身の重みがつづいた。

そして個人的な告白についてのあっさり具合に比べ、ウィッチクラフト（魔法）という四人組システムについては小説は雄弁である。(21)

ウィッチクラフトが案出されたのには、第一にトップ交替を図るねらいがあった。すなわち、パーシー・アレリンを次席に据えて、コントロールの終焉をはやめるためだった。第二にはいうまでもなく、ウィッチクラフトによりモスクワ・センターが、ホワイトホールに入れる情報を自由に操作できるということがあった。第三に――ヘイドンにいわせれば、長い目で見ていちばん重要なことだった――それはサーカスを、アメリカという標的に向ける主砲とすることができた。「情報のどれほどが本物だったんだ」スマイリーはきいた。

なにを目的とするかによって質的水準は異なっただろうな、とヘイドンはいった。

またこうも書かれている。(22)

「理想的態勢だった」ヘイドンはあっさりいった。「パーシーが先頭を行き、おれが空気抵抗のない二番手につき、ロイとトビーが使い走りだ」

個人の思いに比べ、こちらはいかに具体的で明快なことか。敵方にとってのねらいの要諦は、情報の争奪でなく、中枢を操ることでの組織ごとの実質的乗っ取りだった。(23)

むろん彼「スマイリー」にはわかっていた。最初からビルだとわかっていた。コントロールにわかり、メンデルの自宅でレイコンにわかっていたように。コニーもジムも、アレリンもエスタヘイスもわかっていた。だれもがその、口にはされぬ、なかば既知の事実を黙って共有してきたのだ。事実と認めず、診断さえ下されなければ、そのうち消えてゆく疾病であるかのように。

この腐敗したシステムが生まれる事態を招いたのは、ヘイドン一人の問題ではない。英国情報部の上層部が作り出していたウイッチクラフト作戦という、情報網、情報獲得の仕組み自体が、相手へのリークシステムになっていたことが問題であった。その仕組みが「マジック・サークル」と名付けられているのも象徴的だ。〈サーカス〉の中の小さな円《サークル》の腐敗だが、つまり、情報部自体という大きな円《サーカス》、組織全体の腐敗もその名前（大もとまで辿ればこの二つの円は語源的に共通する）によって暗示されている。もっとも、一般論として、二重スパイというものを使うことにした瞬間、そのシステムは相手方との二重スパイの相互利用のとまらない悪循環（永遠のアンダーカバー戦、騙しあい）に陥るのではあろうが。

さて、そうであるとすれば、サーカスに属する個々のスパイに対する名称を、マザーグースを下敷きにして頭韻を利用しつつもじってみせた気の利いている原題よりも、文化的奥行や含みが減じたようなつまらなさを一瞬感じさせるかも知れない『裏切りのサーカス』という邦題は、曖昧さというか意味の幅を狙ったタイトルであることは一目瞭然だろうが、裏切りが生じる場であるサーカスの意とともに、サーカスを裏切るの意、そしてサーカスが裏切る、つまりサーカスという組織自体が裏切りの存在に化していたことをも意味しうるのであるから、一面では正鵠を射ている題名だと評価できるはずだ。

もぐらの目的は情報獲得だが、カーラの目的は、情報獲得ですらない。〈サーカス〉という組織そのものを骨抜きにすること、だ。ヘイドンがもぐらであることは、おそらくマジックサークルの誰もが感づいていた。その上で組織を組織として存在し続けさせることが目的となった。裏切りの自己保存が目的となった（くらいに腐敗していた、とも言えるだろう）。

ＴＴｍもＴＴＢも、ヘイドンの告白箇所の扱い、誰というよりも何が犯人であったのかの追求、という点においては原作に及ばない。

七　ラストの移動

二つのＢＢＣテレビシリーズを高く評価する向きが多いのは理解できる。英国における戸外あるいは街頭の空気感をよくとらえ画面に写し込んでいるのが大きな美点であるのに加え、何にもまして演技、特にスマイリー役のアレック・ギネスの演技が見事だからだ（イアン・リチャードソンのコアなファンも多かろうが）。黙って相手の言葉を聞くシーンの多いスマイリーなのだが、聞いている時のギネスの目の表情、動きとかですらない微妙な目つき顔つきが精妙かつ的確この上ない。ＢＢＣ版はどちらもギネスの顔の映画（あるいはギネスを楽しむ時間）だと言えるが、特にＴＴＢはそれに尽きると言ってもいいほど圧倒的である。その意味ではＴＴｍはオールドマンの映画にはなっていない――そうであるには、オールドマンの表情は一本調子に過ぎる。ただ、逆にそれは内面を表さないスマイリーという人物像に合っているとも言える。リアルな彼の演技は、ヘイドン役のファース同様迫真のと言えるだろうが、ただしギネスの余裕を感じさせる演技が最終的にスマイリーに似つかわしいように思われるのも一方の真実なのだ。もっともギネスの微妙な表情もまた内面を露わにすることはなく、であるからこそ一層見事なのだが――なってはいないが、だからＴＴｍが駄目であるわけでなどまったくないのはここまでの考察で明らかなはずである（ＴＴｍの美点は、カメラの運動とそれに基づいた映画の構造的構成にある）し、オールドマンがスマイリー役として適役でないわけでもない。オールドマンとベネディクト・カンバーバッチの二人は最高の探偵と助手のペアの一つを作り出しているのだから。

ＢＢＣ版の二つにおいては、原作に即している作品である以上、ＴＴＢへの連続の意識がＳＰＢの方にあるのは当然だから、一定の共通したものが意図的に存在しているが、一方、カメラマンも脚本家も監督も異なる以上、真に別作品といっていいほどの相違もある。優劣ということでなく比べるならば、ひたすら顔の映画として成り立っているＴＴＢに対して、ＳＰＢはそれにとどまらない要素（カメラの横移動、風の動き）も大きな働きをしていて、全体として別様な魅力を生み出している。

『裏切りのサーカス』は、最後、すべてが終わり、四人組が失脚（すでに述べたように、内一人ヘイドンはプリドーに殺される）して、スマイリーがチーフとしてサーカスに戻るシークエンスで終わりになるのだが、自宅の階段は上がらず（奥の一階の居間にアンが座っているのが見える。映画最初の方でサーカスを去った後の彼の日々が描かれるシークエンスで、そこが同じ角度から一瞬映された際には誰もいなかった。戻ってきたのだ！）、続いて、情報部《サーカス》の建物に入ったスマイリーが階段を上がっていく姿を下からカメラは移動しつつとらえる。これまでスマイリーに限らず、階段の昇り降りをとらえるカメラはすべての場合においてフィックスされていた（2つのBBC版でも階段の昇降場面は効果的によく用いられているが、カメラはやはりフィックスか、動いてもティルトであり、カメラ自体の移動はなかった）。これまでのような横でもなく垂直に上下にでもなく、短いが、見紛いようもなくそのどれとも違う、人物を追う**右上へ**のカメラの斜めの上昇ショットでとらえられる。

すでに触れたが、ＴＴＢのラストは邸宅の大きな芝生をアンと二人で歩く姿を斜め前からとらえる移動ショットである。そこで交わされる会話はスマイリーにはいささか苦いものだった。ＴＴｍではスマイリーのあらたな世界（チーフの席、そしてギラムの心からうれしそうな、抑えたしかし弾む笑顔）がそのカメラの動きの先に待っている。

〔記号表記については後掲の「ジョン・ル・カレ作品文献・映像資料データ」を参照〕

（1）いずれも、ＴＴｎ邦訳、三八頁。
（2）二〇一一年一一月二三日付の *Ham & High*（http:// www.hamhigh.co.uk/news/actor-gary-oldman-on-his-chilly-baptism-in-hampstead-ponds-1-1068906）参照。
（3）ＳＰｎ邦訳、一三五頁。
（4）ＳＰｎ、一〇四頁。
（5）ＳＰｎ邦訳、一四二―四三頁。
（6）黒沢清『黒沢清、21世紀の映画を語る』boid、二〇一〇年　四一―四四頁。

（7）山中貞雄『山中貞雄作品集　全一巻』千葉伸夫編、実業之日本社、二〇〇一年、五〇二、五〇四、五一三頁。

（8）SPn邦訳、一四七頁。どちらも同じBBCテレビシリーズと記載されているにもかかわらず、この僧侶のシーンがDVD版（販売元BBC、二〇一二年）にはあるのに、ブルーレイ版（販売元ACORN、発売年不詳）にはない。データでみる限り、確かに上映時間がブルーレイ版は一〇分ほど短い。省略した理由は不詳。省略するほど冗長でなく、原作に忠実（同趣の場面があることだけが忠実の要件なのかは議論の余地があるかもしれないが）か否かとかを別として、むしろスマイリーによるこの困難なウラジーミルの最後の一投探しを描くにあたり、探す時間がかかることを示すゆっくりした調子は適切であり、同時に、いささかのコミックリリーフ的要素が入ることによってその調子はひと息ずらされ、そしてかえって強められているとも言える。会話の混じる部分を省略することで、本文で論じているここでの一連のシークエンスのパントマイム性が高まると言えなくもないが、個人的には、省略しない方が、一秒もゆるがせにしない緊張を保ちつつなのに悠揚迫らぬスマイリーの姿に、よりふさわしいと感じる。

（9）SPn邦訳、一四七頁。SPn、一一四頁。

（10）『氷川青話 by Yuko Kato』の、二〇一二年五月三〇日付け記事「Tinker Tailor Solder Spy　原作とドラマ版と映画版」には、『裏切りのサーカス』における、原作の小説には存在しない、この別れる二人を具体的に「延々と映し出した」場面に「グッと来た」旨が記されている。二〇一二年の日本封切を機に、映画およびル・カレの熱心なファンであるKato氏が、原作とBBC版と映画版の違いを、俳優や演技を中心に微に入り細をうがって（突っ込みも入れつつ）繊細に味わい感想を記した文章で、私は今回脱稿してから読み、本稿と重なるところが多くないと分かっていささかほっとしたのでもあったが、大変に興味深く面白かった。本論部分に少し記しもしたが、私も、シークエンスの長さに二人の万感の思いが籠もっている無言のこの別れの運動にやられた一人である。ちなみに、同記事には水泳シーンでのオールドマンの裸体の露出をめぐっての感想は記されているものの、スマイリーが何度も泳ぐことについては「良くわかんないなー」と書かれている。（https://blog.goo.ne.jp/mithrandir9/c/3dbb0570b216d661a841aa28b347eb50 参照）

（11）TTn邦訳、五六頁。

（12）SPn邦訳、一〇七頁。なお、ここの前後に限らないが、スマイリーの活動について、特に順序や年時の特定など具体的データについては、次の書が有益で、助けられた。David Monaghan, *John Smiley's Circus: A Guide to the Secret World of John le Carré*, St. Martin's Press, 1986.

（13）ＳＰｎ、八〇頁。

（14）ＴＴｎ邦訳、二七八頁。

（15）前掲書、三二〇—二一頁。

（16）前掲書、三二二頁。

（17）Abraham Rothberg, 'The Decline and Fall of George Smiley : John le Carré and English Decency' in Harold Bloom (ed.), *John le Carré*, Chelsea House Publishers, 1987, pp. 55-56.

（18）ＴＴｎ邦訳、五一八—一九頁。訳文一部変更。

（19）前掲書、五二三頁。

（20）前掲書、五三一—三二頁。

（21）前掲書、五二五頁。

（22）前掲書、五二六頁。

（23）前掲書、五〇四—五頁。

ジョン・ル・カレ作品文献・映像資料データ

〔行頭は本文中使用の記号表記。作品毎に、小説原作、邦訳、映像版の順に掲げる。〕

〈ＴＴｎ〉 John le Carré, *Tinker Tailor Soldier Spy*, Hodder & Stoughton, 1974 ; 2011.

〈ＴＴｎ邦訳〉『ティンカー、テイラー、ソルジャー、スパイ』（新訳版）、村上博基訳、早川書房、二〇一二年。

〈ＴＴＢ〉 *Tinker Tailor Soldier Spy*, John Irvin 監督、Arthur Hopcraft and John le Carré 脚本、英（ＢＢＣテレビジョン制作。放映時は全七話であったとのことだが、現在視聴可能なＢＢＣＤＶＤ版はそれを六話にまとめ直したもの。ただし合計の上映時間は同じである。）、一九七九年。

〈ＴＴｍ〉 *Tinker Tailor Soldier Spy*, Thomas Alfredson 監督、Bridget O'Connor & Peter Straughan 脚本、英／仏／独、二〇一一年（邦題『裏切りのサーカス』）。

〈ＳＰｎ〉 John le Carré. *Smiley's People*, Hodder & Stoughton, 1980 ; 2011.

〈ＳＰｎ邦訳〉『スマイリーと仲間たち』、村上博基訳、早川書房、一九八七年。

〈ＳＰＢ〉 *Smiley's People*, Simon Langton 監督、John Hopkins and John le Carré 脚本、英（ＢＢＣテレビジョン制作。全六話）、一九八二年。

ヘリテージ映画の再定義にむけて
――マーガレット・サッチャーの影のもとで――

丹治愛

一　ナショナル・ヘリテージとしての田園

イングランドの田園と田園主義的文化が国民国家の文化的ヘリテージとして明確に意識されはじめたのは、イングランドの農業が急速に衰退することになった一九世紀末のことである[1]。ウィリアム・モリス（William Morris）の『ユートピアだより』（*News from Nowhere*; 1891）とトマス・ハーディ（Thomas Hardy）の『テス』（*Tess of the d'Urbervilles*; 1891）という、ともに一八九一年に出版されたテクストには、そのような意識の徴候が刻まれている（丹治［二〇一六、二〇一七］）。その意識の社会的なあらわれは、古記念物や古建造物を保存しようとする運動[2]や「土地に還れ」運動と連動しつつ展開していた、田園と田園主義的文化の保存運動だろう。

田園主義的な保存運動のなかでももっとも大きな影響力をもったのは、「美的あるいは歴史的価値をもつ土地や（建造物などの）資産を、国民の利益のために永久に保存する」[3]ことを目的として、一八九五年に設立されたナショナル・トラスト――「歴史的名所や自然的景勝地のためのナショナル・トラスト」（National Trust for Places of Historic Interest or Natural Beauty）――運動である。それは、「歴史的建造物や自然的景勝地」を国民共有のヘリテージとすることによってナショナル・アイデンティティの強化をはかる政治的意味をもつものとして、一九〇七年以降、法律的にも裏書きされていく。

一九四〇年代以降、ナショナル・トラストはカントリー・ハウスの獲得をその中心的関心とするようになる。(4) 一九一一年と四九年の二回の国会法によって下院の優位確立のために上院の拒否権が制限され政治的に弱体化しつつあった貴族階級は、農業の衰退や帝国の解体(5)による収入の減少に加えて、自由党による社会福祉政策などの財源確保を目的とした、貴族に対する課税強化のために経済的にも弱体化しつつあった。その結果として多くの貴族が、（一九三九年のナショナル・トラスト法における「大邸宅（principal mansion house）」についての規定にしたがって）屋敷の一部に住みつづけることを条件として、ナショナル・トラストにカントリー・ハウスを移譲したからである。

『ユートピアだより』のなかでイングランドの田園をナショナル・ヘリテージと認めていたモリスは、カントリー・ハウスについては、ナショナル・ヘリテージとは認めず、むしろ資本主義体制下の富の不平等な配分の象徴、芸術の荒廃を犠牲として発展した物質文化の「醜さと俗悪さ」の象徴と見なしていた。しかし、貴族階級の政治的失墜と経済的弱体化の結果、カントリー・ハウスは、二〇世紀なかば以降、確実にナショナル・ヘリテージの中核を構成することになるのである（ヘリテージという概念は、その本質的条件として、なんらかの喪失感を必要とする）。

他方、一九四六年に、ヘリテージ的資産を保存するという目的で政府によって設立された「国民土地基金」（National Land Fund）は、民間組織であるナショナル・トラストほどの成果を上げていなかった。そのためサッチャー政権は、一九八〇年のナショナル・ヘリテージ法（National Heritage Act）によってそれを「ナショナル・ヘリテージ・メモリアル基金」（National Heritage Memorial Fund）として再編し、さらに、一九八三年のナショナル・ヘリテージ法によって、「イングリッシュ・ヘリテージ」と呼ばれる組織――正式には「歴史的建造物および記念物コミッション」（Historic Buildings and Monuments Commission）――を、ヘリテージを管理する新たな組織として立ちあげる。

その一方で、一九四九年に制定された「国立公園および田園地域へのアクセス法」（National Parks and Access to the Countryside Act 1949）は、一九五〇年代以降、国立公園に加えて、農業や牧畜業が衰退しつつあった田園地域を中心として「特別自然美観地域」（Area of Outstanding Natural Beauty）を次々に指定していくことによって、イングランドの田園風景をナショナル・ヘリテージとして登録していく（「羊の丘」を意味するコッツウォルズが「特別自然美観地域」に指定されたのは一九六六年のことである）。

二　サッチャリズムとナショナル・ヘリテージ(6)

第二次世界大戦後のアトリー労働党政権（一九四五―五一）は「ゆりかごから墓場まで」と呼ばれる高福祉政策とともに、石炭、電力、ガス、鉄鋼、鉄道、運輸などの基幹産業の国有化という社会主義政策を推進する。その後の保守政権もその新しい方向を原則として踏襲する。その結果、一九六〇年代の英国は、製造工業が国際競争力を失うにつれて国際収支を悪化させていくが、一九七三年のオイルショックのあと、国家財政の逼迫や失業率の上昇に直面することになる。その一方で、失業保険が維持されたなかでの税金の上昇と給与の抑制によって、労働者の勤労意欲の低下と労働組合によるストライキの多発を招く。いわゆる「英国病」（British disease）の症状である。

一九七九年、「英国病」の克服をめざして登場したサッチャーの保守党政権は、「ヴィクトリア時代に還れ」という旗印のもと、セルフ・ヘルプと自由競争を原則とする市場原理に基づく、「小さな政府」による新自由主義的政策を大胆に推進していく――たとえば国有企業の民営化、労働組合の弱体化、財政支出（とくに公共事業、社会保障、教育、文化の分野で）の削減、税制改革、規制緩和など。(7) それと同時に、一九八二年のフォークランド戦争にみられるように、大英帝国の威光の復活を求めるかのような好戦的な外交政策をとる一方で、(8) ヨーロッパ統合に対しても英国としてのアイデンティティを最大限保持しようとするナショナリスティックな姿勢を貫く。(9)

要するに、第二次大戦後の英国は、製造工業における国際競争力の弱体化、米ソ中心の冷戦的世界での政治的軍事的覇権の喪失、植民地独立による帝国の解体、旧植民地からの移民増加による多民族化、(10) 福祉国家化による階級社会の大変動といったさまざまな変化を体験していたが、英国の伝統的ナショナル・アイデンティティが徐々に掘り崩されていくそのような危機的状況が、「ヴィクトリア朝的価値観」へのノスタルジアの増大と相まって、社会主義的な福祉国家から大英帝国へというナショナル・アイデンティティの反動的再構築の夢をかきたてていたのである。

それとともに一九八〇年代は、イングランドの過去を喚起することによって、ナショナル・アイデンティティを強化するとともに、それをパッケージ化し文化的商品として売り出すレジャー産業や観光産業などからなる「ヘリテージ産業」を展開させていく（いち早くヘリテージ産業という概念を論じたヒューイソンによれば、ヘリテージ産業誕生の契機のひとつとなったのは、一九七四年にヴィクトリア・アルバート博物館で開催された「カントリー・ハウスの解体」（The Destruction of the Country House）展だったという［Hewison (1987), chap. 3］）。第三次産業化（脱工業化）が進んでいくとともに、(11) 八〇年代以降のヘリテージ産業は、第一次産業（農・牧畜業）的ヘリテージだけでなく、産業革命に関連する第二次産業（鉱工業）的ヘリテージ（産業革命遺産）をもその商品として利用していくことになる。

サッチャーの後任であるジョン・メイジャー首相（在位一九九〇―九七）も、ヘリテージをとおしてのナショナル・アイデンティティの強化と商品化という方針を引き継ぎ、一九九二年に、「ナショナル・アイデンティティに関する保守主義的なヴィジョンを展開するのに必要なインフラストラクチャーの創造と維持」（Higson [2003], pp. 53–54）を目的としたナショナル・ヘリテージ省を創設する。

要するに、一九八〇年代以降、「ヘリテージ」という言葉は国家の政治と産業の方向と関わる、そしてナショナル・アイデンティティの定義にも関わる時代のキーワードとなり、また、そのような言葉として共感あるいは批判の対象となったのである。ヘリテージ映画は、そのような状況のなかで、「ナショナル・アイデンティティに関する保守主義的なヴィジョン」と密接な関連をもつものとして、そしてヘリテージ産業の一翼を担うものとして創造されたジャンルなのである。

実際、一九九六年、ナショナル・ヘリテージ大臣だったヴァージニア・ボトムリーは、映画産業が「わが国、わが文化遺産、わが観光産業をプロモートする」ための旗振り役となるべきだと明言し、「それがＢＢＣの『高慢と偏見』（*Pride and Prejudice*; 1995）と同様、『いつか晴れた日に』（*Sense and Sensibility*; 1995）が果たしたことである。われわれにカントリー・ハウスと風景があるのであれば、とくに新しい千年紀に近づきつつあるいま、それは映画で誇示されなければならない」（op. cit., p. 54）と述べている。

一九九七年の総選挙で労働党が政権に復帰すると、新首相トニー・ブレアは、「われわれが後ろを振り返るのではなく、前を見つめようとすることの象徴」として、ナショナル・ヘリテージ省を「文化・メディア・スポーツ省」と改名し、英国を「ヘリテージ・ブリテン」としてではなく、「過去の栄光によりかかるのではなく、未来の成功を求める」「若い国」であることを強調する「クール・ブリタニア」として「再ブランド化」する方向を打ち出す。その結果、「ヘリテージは死んだ」、「ヘリテージは過去の遺物である」という発言も聞かれるようになる（op. cit., pp. 55–56）。

三　ヘリテージ映画の共通の特徴

ヘリテージ映画は、一九八〇年代以降、サッチャリズムという強力なイデオロギー的磁場のなかで製作された一連の映画である。その起源とされるのは一九八一年に公開された『ブライズヘッド再訪』（*Brideshead Revisited*；1981）や『炎のランナー』（*Chariots of Fire*；1981）である（Higson [2003], p. 15）。そしてそれは、以下のような共通の特徴をもっていると言われる。

（一）ヘリテージ映画は、「第二次世界大戦以前の過去」（op. cit., p. 10）に物語を設定しているコスチューム・フィルム／ピリオド・フィルム（時代劇映画）の一ジャンルであり、第二次大戦以後の英国が体験した大きな政治的・経済的・社会的変化などによって、イングランド／英国のナショナル・アイデンティティが掘り崩されつつあるという不安と動揺のなかで、その強化ないし再構築のためにサッチャーが打ち出した反動的な国家観と歴史観、とくにそのヘリテージ戦略と同時代的な関連性をもっている。

（二）物語の場所はイングランドを中心とした英国に設定されることが多いが（op. cit., p. 26）、たとえばE・M・フォースター（E. M. Forster）の原作を映画化したデイヴィッド・リーン監督『インドへの道』（*A Passage to India*；1984）のように、イギリス人が登場すれば外国ということもありうる（Higson [2006], p. 91）。

（三）物語が設定される時代としてとくに多いのは、「現代の支配的なイングランドのナショナル・アイデンテイティが形成された」一八八〇年から一九四〇年までの時代――作家ではハーディ、ヘンリー・ジェイムズ（Henry James）、フォースター、イーヴリン・ウォー（Evelyn Waugh）――である。つぎに多いのが「国家創世」のエリザベス朝時代であり――作家ではシェイクスピア（William Shakespeare）――、また、「ナショナル・ヘリテージの表象を提供する時代としてきわめて重要な」摂政時代――作家ではジェイン・オースティン（Jane Austen）――である（Higson [2003], p. 26）。このように、文学的ヘリテージとしての英文学の正典的作品を原作とすることが多い（op. cit., p. 16）。

（四）ヘリテージ映画は、過去を商品化しようとするサッチャー政権のヘリテージ戦略と連動して、階級的にはアッパー・クラスかアッパー・ミドル・クラスを中心に、カントリー・ハウスとその周辺の田園風景（とくに南イングランド的な風景）を、時代考証的な正確さをもって、また、ロング・ショットを多用した美しい映像をとおして、ノスタルジックに表象する傾向が強い。それは、都市化・多民族化の反動として田園主義的イングランド像を愛好するという意味でリトル・イングランディズム的である。

（五）その一方で、「帝国」から「福祉国家」へという第二次大戦後のナショナル・アイデンティティ変容の反動として、第二次大戦以前の過去との連続性のなかに国家の現在を位置づけ、またそこに将来への国家の可能性を模索しようとするサッチャーの国家観と歴史観としばしば連動し、「おおむね無批判な帝国のイメージを利用」（Vidal [2012], p. 4）している。その点においては帝国主義的／ラージ・イングランディズム的である。

（六）ヘリテージ映画は、イングランドの過去を、その歴史的コンテクストから切り離して、「イメージの膨大なコレクション」として表象する傾向にある。そのような「ヘリテージ的衝動は〔中略〕サッチャーの英国に限定されるものではなく、ポストモダン文化の示差的特徴である」（Higson [2006], p. 95）。したがって、それは英国だけのジャンルではないし、ブレア政権が誕生した一九九七年をもって終わったジャンルでもない。(12) それは、「パスティーシュとシミュラークルからなる新しい視覚文化が過去との関係を支配している」(Vidal, p. 17) ポストモダンな状況があるところ、「三丁目の夕日」のように「つねに《オルウェイズ》」存在しうるジャンルである。

こうしてヘリテージ映画は、サッチャー政権下の田園主義的・帝国主義的ナショナル・アイデンティティとの共振のなかで創出され、「福祉国家の水平化の傾向に対する、貴族的反動的ノスタルジアの勝利を表象する」ヘリテージ文化の反動性の表現であるとしばしば批判されることになる (See Samuel [2012.], p. 242)。しかしその一方でそれはしばしば、文学的ヘリテージとしてのチャールズ・ディケンズ (Charles Dickens)、ハーディ、フォースター等の社会批判的な作品を原作として用いている。

サッチャーによって文化事業の補助金を削減された、かならずしも保守的ばかりではない映画製作者たち――彼らをふくむ知識人階層はとりわけサッチャーが敵視した存在だった(13)――が、かならずしも保守的ではない作家の作品を原作として、サッチャー政権のナショナリスティックな国家観やノスタルジックな歴史観を従順に反復する映画を製作するなど、はたしてありうることだろうか。ヘリテージ映画は、そのようなことを可能とするどのような共通の方法論をもっているのだろうか。

この問いに対して大胆なくらいシンプルな解答を提示しているひとりは、「国家の過去の再現/表象――ヘリテージ映画におけるノスタルジアとパスティーシュ」(一九九三) におけるアンドルー・ヒグソンだろう。彼によれば、ヘリテージ映画のなかでは、原作がふくんでいる「批判的パースペクティヴ」は、美しい「装飾」的映像によって無力化されている (Higson [2006], p. 95)。たとえ「映画のナラティヴ」が、原作にふくまれる「アイロニーや社会批判を暗示」(op. cit., p. 91) したとしても、「ノスタルジックなまなざしを誘うスペクタクル」——「都市化や工業化という近代化の動向に汚されていない南イングランドの柔らかい牧歌的風景」(op. cit., p. 96) ——がその批判を打ち消してしまっているのである。その典型例は同性愛を主題としたフォースター作品を原作(一九七一)としたジェイムズ・アイヴォリー監督『モーリス』(*Maurice*; 1984) である。

たしかにフォースターの小説はイングリッシュネスを過度なほど主題にしているが、そのイングランドのアイデンティティは永遠に不変なものとして造形されてはいない。逆にフォースターは、それがリベラル・ヒューマニズム的な方向で創りかえられることを求めているのであって、[中略] 事実、『モーリス』においてホール家の郊外的なミドルクラス的イングリッシュネスをまがいものとして激しくあざけっている。しかし映画においては、その家庭はエドワーディアン・スタイルのアンティーク・コレクション的記号の集積によって好ましいものとして提示されている——「フォースターが批判している社会がほとんど無自覚的に崇敬の対象と化している」(ホリングハースト) のである。[中略] こうして [ミザンセンにおける] 絵画的表現の快感がナラティヴの急進的な意図を妨害しているのである (op. cit., p. 101)。

要するに、ヘリテージ映画とは、たとえ原作のナラティヴが「急進的な意図」をもっていようと、ロング・ショットやミドル・ショット、ディープ・フォーカス、そして時代考証的な正確さをもってゆっくりと提示されるスペクタクルという、ナラティヴ的には「機能しない余剰」(op. cit., p. 99) ——その構成要素はカントリー・ハウスと田園風景、建物内部の装飾やファッション——によってその「急進的な意図」が「妨害」され、その結果、「機能」から切り離されたヘリテージ的空間を出現させている一連の作品のことなのである。

ヒグソンは、農業の衰退によって経済的機能を失った田園地域が、その現実的悲惨とは切り離された美的な

「イメージのコレクション」と化して、ノスタルジックなまなざしによって消費されている一九八〇年代の現実のプロセス——サッチャー政権が強力に推進しているヘリテージ産業的なプロセス——がそのままヘリテージ映画のなかに反映され反復されているのを確認したうえでそのジャンルを批判する。彼がヘリテージ映画を論じるのは、それがサッチャリズムのイデオロギーを反復しているという屈辱的な事実を批判するためなのである。

その意味で注目すべきはディケンズである。というのはディケンズのヴィクトリア朝こそ、サッチャーが第二次大戦後の「イングランドの状況」を反転させて創出した理想的イメージを、そこにむけて投射した時代だったからである。しかしもちろんディケンズのロンドンは、「都市化や工業化という近代化の動向によって汚されていない」牧歌的な田園とは対極的な場所であり、セルフ・ヘルプと自由競争という「ヴィクトリア朝的価値観」が最大の悲惨を生み出し、汚染と病気と貧困と犯罪を蔓延させていた暗黒の場所だったはずである。ヘリテージ映画はそのディケンズのロンドンをどのようなスペクタクルに変えているというのだろうか。

ここでヒグソンは、クリスティン・エドザード監督の『リトル・ドリット』（*Little Dorrit*：1987）を批判的に論じている歴史家ラファエル・サミュエルの映画評「ドックランドのディケンズ」を紹介している。ヒグソンの観点からサミュエルの映画評をまとめれば、以下のようになるだろう（Higson [2006], pp. 96–97）。

（一）一九四〇年代にデイヴィッド・リーンが製作した二本のディケンズ映画は、「抑圧と恐怖の時代」という一九四〇年代のヴィクトリア朝観、および「ダーク・ディケンズ」という当時発見されたばかりの新しいディケンズ像を反映しつつ、「グロテスク・リアリズム」をとおして「抑圧的」「ゴシック的」「フィルム・ノワール的な」世界を提示している。

（二）それに対して、一九八七年の『リトル・ドリット』映画は、「ヴィクトリア朝的価値観の復権」という一九八〇年代のヴィクトリア朝観を反映して、「ピクチャレスクな」世界を提示している――「霧はあがり」、「太陽は照り」、「あらゆる登場人物はよく洗濯されたリネンを着て、趣味のよい身なりをし」、「工場の機械はオイルの浸みも鉄屑のかけらもなくぴかぴかと光り」、「マーシャルシー監獄はいくつかのコテージのゆったりとした集合」のようであり、「クレナム夫人の倒壊寸前の家はジョージ王朝風の壮麗な邸宅」のようである。「それは一面では近代化とスラム街撤去のあとに出現したアーバン・パストラル的風景の反映であり、別の一面では滅びつつある産業（工業）の美学化の反映でもある」。

（三）　一九八〇年代の『リトル・ドリット』は、過去は「捨て去られるべき不毛な重荷」ではなく、「保存すべきヘリテージ」であるという同時代のヘリテージ文化を反映し、それを「再生産」している。この映画が「保存運動に主導された再開発の聖域としてのロンドン・ドックランドで撮影されたのは偶然ではない」。

エドザードの『リトル・ドリット』のロンドンは、比喩的にいえば、もはや「監獄」ではなく、ヴィクトリア朝のさまざまな事物が展示されている「博物館」（Samuel [2012], p. 97）と化している――それはちょうど、一九八〇年代に再開発されたドックランドに造られ、かつての未熟練労働の風景までもそのコンテクストから切り離して美的な「イメージのコレクション」の一部へと変えてしまう「ロンドン・ドックランド博物館」（二〇〇三年創設）のようなものである。エドザードの映画は、「ダーク・ディケンズ」のグロテクスな『リトル・ドリット』からゴシック的な要素のいっさいを削除し、「アーバン・パストラル」的なスペクタクルというヘリテージ的空間を現出させることによって、小説のナラティヴがはらんでいた「急進的な意図」を「妨害」している。それがゆえにそれはヘリテージ映画として批判の対象となるのである。

フォースターの原作は、『ハワーズ・エンド』（*Howards End*; 1910）にしろ『モーリス』にしろ、ルーラル・パストラルをはじめとする田園主義的イングリッシュネスの要素を含んでいた。しかしディケンズの原作は、都市を「抑圧と恐怖」にみちた「監獄」として表象するだけで、そこにパストラル的な要素は見出せない。にもかかわらず、エドザードの『リトル・ドリット』はドックランド再開発後の「アーバン・パストラル」的風景／スペクタクルを、映像のディテールに関するその時代考証的な正確さを裏切るアナクロニズムを犯すまでして、サッチャー政権のヘリテージ戦略を実践しているのである。

四　ヘリテージ映画の多様化

以上、見てきたように、ヒグソンにとってヘリテージ映画というジャンルは、映画の美的なスペクタクルに原作の急進的なナラティヴを妨害させることによって、サッチャーのヘリテージ戦略への従属を宣誓し、それと同時に、イングランドの過去をパッケージ化された文化的商品としてグローバルなマーケットに提供しようとしている映画という、否定的概念をあらわしている。そしてその概念にのっとって彼は、二〇〇三年出版の『イングリッシュ・ヘリテージ、イングリッシュ・シネマ』において、ヘリテージ映画の長大なブラックリストを作成している。

文学作品のアダプテーションに限って見てみよう（Higson [2003], pp. 16–20）。リストの中心は、一九八〇年代から九〇年代初頭にかけてつぎつぎに映画化されたフォースターの作品、そして九〇年代のオースティン、ジェイムズ、ハーディを原作者とする多数の作品群である。意外なのは、ハーディ映画について、一九七九年に製作されたポランスキー監督『テス』や、『カスターブリッジの町長』（*The Mayor of Casterbridge*；1886）をアメリカ西部の金鉱地帯に舞台を移してアダプトしているウィンターボトム監督『クレイム』（*The Claim*；2000）まで含んでいることだろう（その一方でジャック・ゴールド監督『帰郷』〔*The Return of the Native*；1994〕は言及されていない）。

もうひとつ意外なのは、ディケンズ映画について一九八一〜二〇〇〇年に製作された作品のうち製作国（のうちひとつ）が英国であるものが二一作品にのぼるにもかかわらず、名誉なのか不名誉なのかはともかく、言及されているのが『リトル・ドリット』と『エドウィン・ドルードの謎』（*The Mystery of Edwin Drood*；1993）のみであること。同じように社会批判的意図をナラティヴに込めているハーディの映画化作品が多数選ばれているのと比べると、基準の適用の不統一を感じざるを得ないだろう（ハーディの小説の舞台が農村地域であるのに対して、ディケンズの小説の舞台が都市であるという事情はあるだろうが）。

しかし、『イングリッシュ・ヘリテージ、イングリッシュ・シネマ』に関してもっと注目すべきなのは、大胆なまでにシンプルだった「国家の過去の再現／表象」におけるヘリテージ映画の定義が修正されることで複雑化し曖昧化していることである。その修正の事実は、二〇〇六年にヒグソンがその論文を再版するときに以下のように述べていることからも確認できる。

> この論文が最初に出版されたとき以来、［マーチャント・アイヴォリ・プロダクションによる］映画についての［わたしの考え方］は変化してきている。その最大の理由は、他の研究者たちによるさまざまな異議申し立てにある。［中略］これらの映画がサッチャーの政治に疑う余地のないかたちで共鳴していると述べれば、それは間違いになるだろう。それらはそのような方程式におさまるには多義的にすぎるし、少なくともダイアローグやナラティヴの主題という面において、社会体制についてよりリベラル・ヒューマニズム的なヴィジョンを提示しているからである。視覚的壮麗さとナラティヴ上の意味との緊張関係《テンション》こそが、これらの映画を魅力的にしている要素である。（Higson [2006], pp. 92–93）

これが一九九三年と二〇〇三年のあいだの一〇年間にヒグソンのなかで起こった変化である。スペクタクル（視覚的壮麗さ）とナラティヴとの「緊張関係」のなかで、かつてスペクタクルに圧倒的な力の優位を与えていたヒグソンが、ナラティヴにもスペクタクルと拮抗する力を認め、かならずしもサッチャリズムと「共鳴」しない、「リベラル・ヒューマニズム的なヴィジョンを提示」するヘリテージ映画の可能性を認めるようになっているのである（したがってくだんのリストはブラックリストとは言い切れない）。

そもそも一九九三年の定義に無理があったし、その説明の仕方にも無理があったのである。なによりもヒグソンはサミュエルの『リトル・ドリット』論を歪曲していた。サミュエルは、「ダーク・ディケンズ」のグロテクス・リアリズムのゴシック的な映像が美しいスペクタクルに変わることで、社会的弱者に共感的なディケンズの社会批判的ナラティヴが無力化され、そこにサッチャー的価値観に「共鳴」するヘリテージ映画があらわれたと言っているわけではない。そうではなくて、その映画は、暗から明への映像の変化だけではなく、それに連動してほぼすべての登場人物の性格造形《キャラクタライゼーション》をふくむ「映画のナラティヴの作り直し」も行っていると言っていたのである。

「ナラティヴの作り直し」の結果、「力強い受動性」によって聖化されるディケンズ的なヒロインが道徳的公正さを欠いた社会のなかで経験する「苦悩と救済のドラマ」は、清貧で勤勉なヒロインが自分にふさわしい男性に求婚される「一個のラブ・ストーリー」（Samuel [2012], p. 407）として、いかにもヘリテージ映画的なロマンティック・コメディへと凡庸化される。スペクタクルからゴシック的要素が削除されるように、ナラティヴからも「急進的意図」が削除される――そのことがサミュエルの批判の全体的内容だったのである。

ちなみに、サミュエルのパートナーであるアリソン・ライトも（ふたりは映画『リトル・ドリット』を一緒に見たという）、フォースターの映画化を論じたケアンズ・クレイグの論考「眺めのない部屋」を批判して、「[フォースター映画に見られる」八〇年代のエドワード朝回帰が、サッチャリズムの粗雑な反映であるのと同じくらい、サッチャリズムとその倫理の拒絶」を意味しうることを指摘している（Light [1991], p. 63）。ヘリテージ映画がある種のスペクタクルを共有しているとしても、そのナラティヴがスペクタクルとの「緊張関係」のなかでどのようなメッセージを放っているかを個別に検討しなければ、ヘリテージ映画のイデオロギー性は決定できない――ライトはじつに当たり前のことを言っている。

そのような批判を受けてだろうか、ナラティヴに対するスペクタクルの圧倒的優位というシンプルな構図を修正した二〇〇三年のヒグソンは、アッパー・クラスやアッパー・ミドル・クラスの人びとを中心的に描く「本流の映画のなかでしばしば周縁化されている社会的人物――女性、ゲイ、レズビアン、民族的・国籍的他者、下層階級――に中心的な場所」を与えているヘリテージ映画の存在を強調している（Higson [2003], p. 28）。このようなマイノリティの伝統を「オルタナティブ・ヘリテージ」（op. cit., p. 35）と呼ぶことで、そのような映画もヘリテージ映画のジャンルのなかの一サブジャンルとして解釈するのである。収入の内部で清く正しく生きるセルフ・ヘルプのサッチャリズム的倫理を実践する下層階級の女性を主人公とする『リトル・ドリット』は、オルタナティブ・ヘリテージ映画の典型だろう。

それと同時にヒグソンは、同じように移民や貧しい労働者／失業者といったマイノリティを主人公としながらも、サッチャー政権下にある現代英国社会に舞台を移し、その同時代の社会を（ノスタルジアとは対照的な）風刺的まなざしで描いている一連の映画にも言及し、デレク・マルコムにしたがって、それを「アンチ・ヘリテージ映画」と呼んでいる（Malcolm [22 Feb. 1996], p. 8）。その典型は、スティーヴン・フリアズ監督の『マイ・ビューティフル・ランドレット』（*My Beautiful Laundrette*；1985）やダニー・ボイル監督の『トレインスポッティング』（*Trainspotting*；1996）である（Higson [2003], p. 36）。

さらにヒグソンはもうひとつのサブジャンルを認めている。「ひとつの時代を時代考証的正確さをもって十全に再現しようと精力的に努める」ヘリテージ映画の「視覚的歴史主義に反抗」し、「そのリアリズム的効果を懐疑するポストモダンのスタイル」(op. cit., p. 22)で、過去を再現/表象しながらその可能性を批判的に問う自己言及的な作品群である。ヘリテージ映画の構築性を暴露するそのような作品群を、ヒグソンはクレア・モンクの用語にしたがい(Monk [1995], p. 33)、「ポスト・ヘリテージ映画」と呼んでいる(Higson [2003], p. 36)。

その具体例としてヒグソンがあげているのは、カレル・ライス監督の『フランス軍中尉の女』(*The French Lieutenant's Woman*; 1981)、ジェイムズ・アイヴォリー監督の『熱砂の日』(*Heat and Dust*; 1982)、デレク・ジャーマン監督の『テンペスト』(*The Tempest*; 1979)と『エドワード二世』(*Edward II*; 1991)、サリー・ポッター監督の『オルランド』(*Orlando*; 1992)、ケン・マクマレン監督の『一八七一年』(*1871*; 1990)、ピーター・グリーナウェイ監督の『英国式庭園殺人事件』(*The Draughtsman's Contract*; 1982)と『プロスペローの本』(*Prospero's Books*; 1991)である(op. cit., p. 22)。

こうしてヒグソンは、「ヘリテージ、オルタナティヴ・ヘリテージ、ポスト・ヘリテージ、アンチ・ヘリテージという用語の増殖が、一九八〇年代と九〇年代の英国の映画文化において[中略]いかにヘリテージという観念が中心的なものとなっていたかを示している」と結論づける(op. cit., p. 36)。彼のヘリテージ映画のリストを見るかぎり、これらのジャンルのうち、アンチ・ヘリテージはヘリテージ映画ではないが(第二次大戦以前の英国を描いていないので)、オルタナティヴとポスト・ヘリテージ映画は、それぞれ大きなヘリテージ映画というジャンルのなかのサブジャンルとして位置づけられている。

オルタナティヴとポスト・ヘリテージ映画はそれぞれの意味でヘリテージ映画のヘリテージ表象を批判してい

る――前者はその南部イングランド的／田園主義的／アッパー・クラス的ナショナル・アイデンティティの選択性を、後者は過去を表象／再現するそのノスタルジックなまなざしの構築性を批判している。しかしヒグソンは、第二次大戦以前の時代を舞台にしているという基準のみで、その二個のサブジャンルを広義のヘリテージ映画のサブジャンルとし、他方、ヘリテージ映画（狭義）に対する批判をそのふたつのサブジャンルと共有しているアンチ・ヘリテージ映画を、ヘリテージ映画（広義）のカテゴリーから排除しているのである。

ヒグソンのこの判断は、サッチャー政権下のヘリテージ的国家観と歴史観に対するオルタナティブ・ヘリテージ映画とポスト・ヘリテージ映画の批判的まなざしを過小評価することになっているのではないか。そしてそれは、美的な「スペクタクル」という視覚的要素を「ナラティヴの急進的意図」よりも圧倒的に重要視していた一九九三年の立場をいまだに踏襲しつづけていることを意味しているのではないだろうか。たしかにヒグソンは二〇〇六年の再版時に、一九九三年の「国家の過去の再現／表象」が「いまだに説得力をもっている」と自賛する一節を末尾に追加しているのである（Higson [2006], p. 108）。

しかし二〇〇六年のヒグソンを公平に評価しようとするならば、彼がそのあとに記している以下の言葉にも注目すべきだろう――「わたしはいま、わたしの読解がひとつの読解にすぎないこと、そして別の観客たちは同じ作品をそれぞれ異なるかたちで解釈していることをはっきりと自覚している」（op. cit., p. 108）。結局のところ彼も、ひとつひとつの作品が、ひとりひとりの観客の解釈次第で狭義のヘリテージ映画になったり、アンチ・ヘリテージ映画に劣らずヘリテージ映画（狭義）に批判的なオルタナティブ・ヘリテージ映画やポスト・ヘリテージ映画になったりする可能性についてはそれを率直に認めているのである。

五　おわりに

ここまでの議論をうけて、ヘリテージ映画の定義とそのサブジャンルを筆者なりに整理しておこう。これを本論の結論とする。

（一）　ヘリテージ映画とは、イングランド／英国のナショナル・アイデンティティの強化ないし再構築のためにサッチャーが打ち出した反動的な国家観と歴史観、とくにそのヘリテージ戦略を、共感的あるいは批判的に意識しつつ製作されている一九八〇年代以降の映画群である。これが広義のヘリテージ映画の定義である。そのサブジャンルには、ヘリテージ映画（狭義）、オルタナティヴ・ヘリテージ映画、ポスト・ヘリテージ映画、アンチ・ヘリテージ映画がある。これら四個のサブジャンルはすべて、「一九八〇年代と九〇年代の英国の映画文化において［中略］いかにヘリテージという観念が中心的なものとなっていたかを示している」という共通点によって、広義のヘリテージ映画というジャンルをともに構成していると考えるべきである。

たとえば、ヘロインと禁断症状とＨＩＶとアルコールとセックスと糞尿と犯罪にあふれたジャンキー（薬物中毒者）の世界観をえがいたアーヴィン・ウェルシュ（Irvine Welsh）の原作（一九九三）を映画化したダニー・ボイル監督の『トレインスポッティング』（一九九六）の主人公は、スコットランドの自然の風景を背景にした（原作にはない）場面で[14]、以下のような悪態をつく。

It's the great outdoors! It's fresh air! (. . .) Doesn't it make you proud to be Scottish? It's shite being Scottish! We're the lowest of the low! The scum of the fucking Earth! The most wretched, miserable, servile, pathetic trash . . . that was ever shat into civilization! Some people hate English. I don't! They're just wankers! We, on the other hand, are colonized by wankers!

すばらしい自然だ。新鮮な空気だ。［中略］スコットランド人であることを誇らしく感じないか。だが、スコットランド人であることは糞だ。おれたちは下のなかの下なんだ。糞ったれな大地のクズだ。これまで糞ったれな文明にとりさがったもののなかでも、もっともみじめで、悲惨で、奴隷根性の、あわれなゴミなんだ。イングランド人を嫌うやつがいるが、おれは違う。あいつらはろくでなしなだけだ！　それにたいして、おれたちはそのろくでなしの植民地にされているんだ！

「スコットランド人であることを誇らしく感じ」させる「すばらしい自然」のなかで、「スコットランド人であることは糞だ」、「イングランド人を嫌うやつがいるが、おれは違う。あいつらはろくでなしなだけだ！」「おれたちはそのろくでなしの植民地にされているんだ！」と主人公がスコットランド人を罵倒するこの場面が、サッチャー時代のヘリテージ的国家観と歴史観に批判的に言及していると解釈したうえで、この映画をアンチ・ヘリテージ映画として広義のヘリテージ映画のなかに分類することは十分可能だろう。ある映画がヘリテージ映画かそうでないかは、第二次大戦以前の物語か以後の物語かによってではなく、その映画が同時代のサッチャーのヘリテージ的国家観と歴史観を――共感的にか批判的にかはともかく――意識しているかいなかによって決定されるべきである。

（二）ヘリテージ映画（狭義）とは、過去を商品化しようとするサッチャー政権のヘリテージ戦略と連動して、第二次大戦以前のイングランド――とくにアッパー・クラス／アッパー・ミドル・クラスのカントリー・ハウスとその周辺の田園風景（とくに南イングランド的な風景）――を、ロング・ショットを多用した美しい映像をとおして、共感的にノスタルジックに表象している映画である。

（三）オルタナティブ・ヘリテージ映画とは、狭義のヘリテージ映画の南部イングランド的／田園主義的／アッパー・クラス的ヘリテージとは地域的・階級的・人種的に異なる別種のヘリテージからなるもうひとつのイングランドの表象を提示することによって、地域的・階級的・人種的に固定化したヘリテージ映画（狭義）におけるナショナル・アイデンティティの選択性を批判している映画である。

（四）ポスト・ヘリテージ映画とは、第二次大戦以前の伝統的イングランドを、その歴史的コンテクストから切り離された（すなわち、パスティーシュ化された）美しい「イメージの膨大なコレクション」としてノスタルジックに構築しようとする、ヘリテージ映画（狭義）におけるナショナル・アイデンティティの構築性を批判（的に脱構築）している映画である。

（五）アンチ・ヘリテージ映画とは、現代（第二次大戦以後）のイングランド／英国をきわめて風刺的に表象することによって、サッチャーのヘリテージ的ナショナル・アイデンティティの時代錯誤的な選択性とステレオタイプ化された構築性を暗に批判している映画である。アンチ・ヘリテージ映画は、サッチャーのアイデンティティ・ポリティクスに対する批判を、オルタナティヴ・ヘリテージ映画やポスト・ヘリテージ映画と共有している。

（六）ある作品がヘリテージ映画（狭義）、オルタナティブ・ヘリテージ映画、ポスト・ヘリテージ映画、アンチ・ヘリテージ映画のいずれかであるかは、その作品の解釈によって決定される。解釈が変われば分類も変わる。おそらくヒグソンがヘリテージ映画に分類している映画作品も、そのナラティヴに注目しながら解釈していけば、そのほとんどが狭義のヘリテージ映画には分類できなくなるだろう。純粋な意味での狭義のへリテージ映画とはたんなる理論的存在にすぎないのではないだろうか（もっともそれに接近しているのはオースティン映画だろう）。

（七）たとえばヘリテージ映画の起源のひとつとされるヒュー・ハドソン監督の『炎のランナー』も、オリンピックの金メダルで誇示される国家の栄光よりも「神の栄光」を優先させる（スコットランド人エリック・リデルの）反ナショナリズム的主題と、英国の多民族性／多文化性を容認し評価する（ユダヤ人ハロルド・エイブラハムズとシリア人／トルコ人／イタリア人／フランス人の血をひくサム・ムサビーニの）反リトル・イングランディズム的主題に注目することによって、オルタナティブ・ヘリテージ映画として解釈することが可能となるだろう。

（八）サッチャー政権下の一九八九年に出版されたカズオ・イシグロ（Kazuo Ishiguro）の小説を原作として、アイヴォリー（監督）、マーチャント（製作）、ジャブバーラ（脚本）というヘリテージ映画トリオによって製作された『日の名残り』（*The Remains of the Day*; 1993）は、カントリー・ハウス内外の景色を、ナラティヴ的には「機能しない余剰」であるスペクタクルとして提示する数々のショット――馬上の貴族たちが猟犬とともに緑の田園風景のなかを疾走する狐狩りの場面、カントリー・ハウスの豪華な大広間でドイツ代表の女性がドイツ歌曲を見事に歌いあげる国際会議後の場面――によって典型的なヘリテージ映画と評価されている。

しかしこの映画のナラティヴは原作のナラティヴの基本的プロットを忠実に反復しており（エンディングを大きな例外として）、美しいスペクタクルが創出する貴族的なものへのノスタルジックなまなざしは、貴族による外交がアマチュアリズムであることを批判し、その危険性を指摘し、リアルポリティクスが必要であると訴える（民主主義を体現する）アメリカ代表のスピーチ[15]と、そのスピーチが正しかったことを証明するその後の出来事によって相対化されるだろう。その意味でこの映画は、サッチャーの貴族主義的な国家観とノスタルジックな歴史観にたいする批判的観点をかなりの程度原作と共有していると言える。だとしたら、この映画はポスト・ヘリテージ映画と定義されてしかるべきだろう。(16)

(1) 出版界において、「ヘリテージ」という言葉が用いられはじめるのは二〇世紀になってからである。一九二〇年代になると、それは頻繁に用いられるようになったという。See Samuel (2012), pp. 231-32.

(2) 一八八二年に制定された「古記念物保護法」(the Ancient Monuments Protection Act)、一八七七年にウィリアム・モリスなどによって創設された「古建築物保護協会」(the Society for the Protection of Ancient Buildings) を思い出していただきたい。

(3) "the purposes of promoting the permanent preservation for the benefit of the nation of lands and tenements (including buildings) of beauty or historic interest" (National Trust Act 1907).

(4) ナショナル・トラストが所有するカントリー・ハウスの数は、一九四五年には一一件だったのに対して、一九九〇年には八七件に急増している。カントリー・ハウスは、「死せる遺物ではなく、近代化と改革によって危機にさらされているあらゆるものの力強いシンボル」(パトリック・ライト) となったのである。See Samuel (2012), p. 233.

(5) エドワード・サイードが『文化と帝国主義』のなかの『マンスフィールド・パーク』論で指摘したように、カントリー・ハウスは、それを財政的に支えてきた帝国主義経済のネットワークのなかに置かれていた。したがって帝国の解体は、必然的にカントリー・ハウスの没落を意味していたのである。

(6) サッチャリズムについては、森嶋通夫『サッチャー時代のイギリス—その政治、経済、教育』を参照した。

(7) 「肥大した福祉国家を解体ないし縮小させ、競争社会を復活させるのが、彼女の目的であり、『ビクトリア時代に帰れ』というスローガンの中身である」(森嶋、七〇頁)。

(8) アメリカの国務長官であるヘイグが平和的解決を模索しているなか、サッチャーは軍事的解決に踏み切る。失業率の急激かつ大幅な増大とインフレーションの昂進によってそれまで不評を買っていたサッチャー政権は、この戦争の勝利によって「イギリスにナショナリズムを復興させることに成功した」（森嶋、七八頁）。戦争終結三週間後の保守党大会において、サッチャーは「フォークランドの教訓は、英国が変わっていない、そしてわが国がその歴史をつうじて輝くその優れた資質をいまだに保持しているということを教えてくれる」と述べている（Margaret Thatcher, "Speech to Conservative Rally at Cheltenham", 3 July 1982）。

（9）ＥＥＣ（ヨーロッパ経済共同体［一九五七］）など三つのヨーロッパ共同体は、一九六七年、同一の運営機関のもとにまとめられ、ＥＣ（ヨーロッパ共同体）となる（英国のＥＣ加盟は一九七三年）。ＥＣを（統一通貨の発行、共通の外交・安保政策をも見通す）より一層包括的なものにしようとする動きは、一九八六年に調印された単一ヨーロッパ議定書によってＥＵ（ヨーロッパ連合［一九九三］）にむけて加速しはじめる。その途上の一九八八年九月、サッチャーはブルージュ（ベルギー）にあるＥＣの官僚養成機関、欧州大学院（College of Europe）で有名な講演を行う――「加盟各国がそれぞれの国民性を抑えて、ヨーロッパの中心とされるブリュッセルに権限を集中させようとするのは大変危険な行為であり、われわれが達成しようとする目的に反するものだ。強いヨーロッパは、フランスがフランスらしく、スペインがスペインらしく、そして、イギリスがイギリスらしく、それぞれに習慣や伝統、アイデンティティをもっているからこそ実現するものである。それを一つの画一的なヨーロッパの型にはめ込もうとなどということほど、馬鹿げた話はない」（下楠ほか［二〇一〇］、三二三頁）。

（10）一九六八年、保守党のイーノック・パウエルは、「もしこのままの勢いで［移民が増えつづければ］一五年か二〇年後には英連邦からの移民とその子孫は三五〇万人に達することだろう」と述べたうえで、「前を見れば、わたしは不吉な予感で満たされる。ローマ人が見たように、『ティベル川が多くの血で泡立っている』のが見える」と予言するのである。英国での民族紛争を警告するその演説は「血の川」（Rivers of Blood）という名で知られるようになる。

（11）この第三次産業化は、「それまでの資本家対筋肉労働者という社会図式を、資本家、知識（あるいは事務）労働者および筋肉労働者から成る三階級図式に変換した」（森嶋、四七頁）。それらはそれぞれ、（ゆるやかにではあるが）保守党、中間政党（社民党など）、労働党の支持基盤になる。知識労働者・ホワイトカラー労働者はサッチャーの仮想敵である。

(12) これについては異論もあり、一九九八年公開の『エリザベス』(*Elizabeth*; 1998) が「イングリッシュ・ヘリテージの終焉」を画する作品と解釈する批評家もいる。See Vida (2012), pp. 18-19.

(13) 「イギリスの大学、国民保健機構、BBC、ブリティッシュ・カウンシル、美術館、博物館、演劇等は、世界に冠たるものとして、イギリス人が誇っていたものであるが、[サッチャーは]、それらは効率が悪く、左傾知識人の巣窟であるとして、徹底的にいやがらせをし、兵糧攻めにした」(森嶋、六九頁)。

(14) 原作にはこのような場面は存在しないが、そのかわりそこにはマーガレット・サッチャーへの複数のアイロニカルな言及がある(ウェルシュ、二一九、三三八、四九〇頁)。

(15) このスピーチは、「卿はアマチュアだ。そして、今日の国際問題は、もはやアマチュア紳士の手に負えるものではなくなっている。私としては、ヨーロッパが早くそのことに気づいてほしいと願っているのですよ」(イシグロ、一四七頁)という原作の台詞と内容的に合致している。

(16) 原作『日の名残り』がいかにサッチャー政権下(一九八〇年代)の「イングランドの現況」に対する批判を含んでいるかについては稿をあらためて論じてみたい。他方で、その小説が、いかに第二次大戦勃発後になされたダーリントン卿への批判を相対化するパースペクティヴを包含しているかも論じてみたい。

引用/参照文献

サイード、エドワード・W『文化と帝国主義 1』大橋洋一訳(みすず書房、一九九八)。

下楠昌哉ほか『イギリス文化入門』(三修社、二〇一〇)。

丹治愛「ハーディと田園主義的イングリッシュネス―その概念の構築と脱構築」、『ハーディ研究』第四二号(二〇一六)、一―二〇頁。

丹治愛「ウィリアム・モリス『ユートピアだより』―ナショナル・ヘリテージとしてのイングランドの田園」、『英文学研究 支部統合号』第九号(二〇一七)、九九―一〇六頁。

森嶋通夫『サッチャー時代のイギリス―その政治、経済、教育』(岩波新書、一九八八)。

Friedman, Lester (ed.), *Fires were Started : British Cinema and Thatcherism* (Wallflower Pr., 2006).

Hewison, Robert, *The Heritage Industry : Britain in a Climate of Decline* (A Methuen Paperback, 1987).

Higson, Andrew, "Re-presenting the National Past : Nostalgia and Pastiche in the Heritage Film", in Lester Friedman (ed.), *Fires were Started : British Cinema and Thatcherism* (U of Minnesota Press and UCL Press, 1993), pp. 109–29.

Higson, Andrew, *English Heritage, English Cinema : Costume Drama since 1980* (Oxford UP, 2003).

——, "Re-presenting the National Past : Nostalgia and Pastiche in the Heritage Film", in Lester Friedman (ed.), *Fires were Started : British Cinema and Thatcherism, Second Edition* (Wallflower Pr., 2006), pp. 91–109.

Ishiguro, Kazuo, *The Remains of the Day* (Faber & Faber, 2010).［カズオ・イシグロ、土屋政雄訳『日の名残り』（ハヤカワ文庫、二〇一八）］。

Light, Alison, "Englishness", *Sight and Sound*, 1, 3 (1991), p. 63.

Malcolm, Derek, "Just Say Yes (to the Movie)", *Guardian*, section 2 (22 Feb. 1996), p. 8.

Monk, Clair, "Sexuality and the Heritage", *Sight and Sound*, 5/10 (1995), p. 33.

Samuel, Raphael, *Theatres of Memory : Past and Present in Contemporary Culture* (Verso, 2012).

Vidal, Belen, *Heritage Film : Nation, Genre and Representation* (Wallflower, 2012).

Welsh, Irvine, *Trainspotting* (Vintage, 2013).［アーヴィン・ウェルシュ、池田真紀子訳『トレインスポッティング』（ハヤカワ文庫、二〇一五）］。

〈追記〉本論は、科学研究費基盤研究（B）「イギリス・ヘリテージ映画とナショナル・アイデンティティに関する文化史的研究」（研究代表者　新井潤美、二〇一三〜一七年度）の成果である。記して謝意をあらわしたい。

三つの『贖罪』と運命のタイプライター

――イアン・マキューアンの『贖罪』とジョー・ライトの翻案映画をめぐって――

安藤和弘

序

本稿では、イアン・マキューアンの長編小説『贖罪』（*Atonement*；2001）[1]と、ジョー・ライト監督によるその小説の翻案映画[2]を比較しながら、文学作品を映画翻案する際に案件となるいくつかの事柄と、そのプロセスにおいて原作小説の読みがいかに変形を被るかの様子を考察していきたい。ゆえに本稿は、翻案映画についての考察であると同時に、原作小説の考察でもあるのだが、それらの接点において、小説、映画双方をより立体的に、相互に関連づけをするかたちで鑑賞、批評をするためのヒントを探索することになる。

物語の視点と語り手という観点から全体の構造が重要な作品で原作小説はあるので、まずは構成を整理しておく。「第一部」、「第二部」、「第三部」、そして「ロンドン、一九九九年」の四部構成になっている。[3]「第一部」は一ページから一八七ページまで、「第二部」は一八九ページから二六五ページまで、「第三部」は二六七ページから三四九ページまで、「ロンドン、一九九九年」は三五一ページから三七二ページまで。「第一部」が最も長く、作品全体のおよそ半分に相当し、章の番号と思しきものが「一」から「十四」まで打たれているが、「第二部」以降にはそうした区切りはない。「第一部」では、一九三五年夏のタリス家での二日間の出来事が、当時一三歳だったブライオニーを主人公にして、複数の登場人物の視点から描かれる。「第二部」では、その五年後、ブライオニーの一〇歳近く年上の姉セシーリアの恋人ロビー・ターナーが、戦地フランスで英国軍劣勢の中、二人の伍長と共にダンケルクへ向かって退却の歩を進める姿が描かれる。「第三部」では、ロンドンの病院で見習い看護婦として働く一八歳になったブライオニーの姿が描かれ、その最後のページには、物語のそこまではブライオニーが書いた小説であることを示すべく、彼女の署名がある。[4]「ロンドン、一九九九年」では、ブライオニーはその後長じて小説家になり名声を得るのだが、七七歳の誕生日を迎えたばかりの彼女が、一人称、現在時制で、自伝的色彩の濃い小説を自分が書くに至った経緯を語る。「ロンドン、一九九九年」は、それゆえ、ブライオニーが著した小説『贖罪』の一部ではないが、マキューアン作の『贖罪』においては重要な最後の部分をなすという特異なありかたをしている。

二〇ページ程度の長さしかない「ロンドン、一九九九年」で、ブライオニーは、第二部と第三部に登場するロビーとセシーリアは自分がでっち上げたもので、二人は一九四〇年に実は既に死んでいたと明かす。ブライオニーが書いた小説は自伝色が濃い作品だが、その半分ほどにおいて、実際には起こらなかったことを作り上げて書いたことを明かすのである。そこまで読み進めると、読者は作品全体（ブライオニーが書いた小説を内包するマキューアンが書いた小説）のありかたを、特に自伝とフィクションの区別、著者や語り手の正体という観点から、捉え直すことを強いられることになる。小説の作者が物語を延々としてきて、その物語を書き上げる素振りを見せてから、最後の最後になってその物語の外部の地点から、実際には起こらなかったことを自分は書いたのだと言う。読者は困惑するであろうし、書評にはこの最後のどんでん返しをこの作品の瑕疵と見倣すものも少なくなかった。それを乱暴な仕掛けと呼ぶことは容易にできるけれども、しかし、そのような仕掛けを使うことによって初めて拓くことができる小説作りの地平があるのかもしれない。[5] 例えば、フィクションとその外部にある現実の関係という、探求され尽くされた観がある問題に、再び新鮮に目を向けさせることが常に可能であるような地平で、それはあるかもしれない。

一 「作者」の問題とその映像翻案の試み

文芸評論をするのなら、それは刺激的な解釈を誘発する仕掛けである。しかし、このような難解（と言って差し支えあるまい）な構造を持つ小説を映画翻案するとき、その仕掛けをそのまま温存しようとすると、映画メディアに求められる娯楽性が削がれてしまうのではないか。文学作品としての原作小説においては重要な一部ながら、このどんでん返しを翻案映画に盛り込むのは難しいのではないか。マキューアンのこの小説が映画翻案されることが決まったとき、原作の「ロンドン、一九九九年」の部分をどう扱うのかがまずは気になったものであった。「ロンドン、一九九九年」を外してしまえば、分かりやすい（かつ平俗な意味で「感動的な」）物語になり、映画化はスムーズにできるだろう。原作小説はけっこうな長さであるので、映画にするとき多くの細部を割愛しなければならないという要請もあった。「ロンドン、一九九九年」をすべて切り捨ててしまっても良かったかもしれない。しかし、ライト監督はその選択肢は採用しなかった。それどころか、最後の場面のためだけに名女優ヴァネッサ・レッドグレイヴ[6]を起用し、老女ブライオニーがテレビ番組でインタヴューを受けるという設定を考案し、原作小説の「ロンドン、一九九九年」の部分を逆に大きくフィーチャーした。また、第一部で同じ出来事を複数の視点から捉えるという、原作小説で使われている装置を映像で再現するなど、ライト監督は、原作小説において技法的に、かつ、作品全体の解釈においても重要ではあるものの、映像化するのは困難と思われる要素を切り捨てることなく、映画メディアの娯楽性にも配慮しながら、原作小説に忠実に映画作品を作り上げ、批評的に高い評価を獲得した(7)。

「ロンドン、一九九九年」部分の翻案にあたり、ライト監督は、『贖罪』はブライオニーの第二一作目の小説であるなど、原作にはない細部まで盛り込んで、小説家としてのブライオニーの存在感を大きく演出している。マキューアン原作における「ロンドン、一九九九年」の重要性を、映画でも再現しようとするライト監督の姿勢を見て取ることができる。原作ではこの部分だけがブライオニーの一人称の語りになっており、映画翻案にそれをそのまま移植するのは困難かと思えるのだが、ライト監督は、一人称の語りを映画翻案に取り込もうとするならば、最も効果的なやりかたはインタヴュー形式に変換することだと、すっぱりとその問題に答えている。それは語り手がオーディエンスに最も直接的に語りかける形式であり、更に、原作小説中でなされているフィクションとその外部にある現実の区分（第三部までと「ロンドン、一九九九年」の区分）をくっきりと描出するのにも有効な形式であると彼は言う(8)。

ブライオニーが正面からカメラに向かって語りかける映像には、確かに説得力がある。しかし、インタヴューの途中で席を外して控室で心を落ち着けようとするブライオニーの姿が挟まれていたり、スタジオで複数のモニター画面が同時に乱れる映像があったり、あるいは、ブライオニーとインタヴュアーの二人が映っている映像が、インタヴューの場面なのだから当然かもしれないが、あることじたい、その直接性は純粋なものではなく、インタヴューを受けるブライオニーは何らかの物語の枠内に囚われていて、その物語の外部には更なる現実があるような印象を与えるようにも作られているあたりは、興味深い(9)。どういうことかと言うと、フィクション／現実の区分は相対的になされるものであって、一見現実に見えるものの外部にその現実を包含する更なる現実があれば、最初の現実はフィクションになりもする。映画において、インタヴューの場面までの部分とインタヴューの場面とのあいだにはフィクション／現実を截然と分ける線が引かれているように見えるものの、その線は絶対的なものではないかもしれない。映画全体を鳥瞰する更なる外部の現実地点からライト監督は、ブライオニーを自分の作品の中に置き、架空の人物へと彼女のありかたを相対化し、インタヴューの場面が一見与えられている現実味を相殺している。ライト監督はそうした案件に照らして興味深いことを言っている。「ブライオニーじしんがこの映画だ。自分は監督としてブライオニーを演じているようなものだ。ブライオニーがこの映画を書いた。ブライオニーがこの映画の目なのだ」[10]。監督としての"authority"（作者が持つ）権限をブライオニーに言わば手渡しているのである。小説から翻案映画へという展開図式の言わば外延に立ち、それら二作品の総体を見渡す最終的な現実の位置に立つかに見える映画監督が、その総体の中心、最深部に位置する（特に子供時代も含めた）ブライオニーに自分が重なる次元があると言っている。フィクション／現実の区別の相対化は、外から内に畳み込まれるかたちでもなされ得るということであろう。

マキューアンの原作小説、それに内包されながら同時に先行しもするブライオニー作の同名小説、そしてライト監督の翻案映画のあいだで、誰がどれの作者であるのかが微妙に判然としないように感じられることはないか。原作小説中で、ブライオニーは興味深いことを言っている。物語に登場する者たちが皆死んで、自分の小説が出版される頃には、皆、自分がでっち上げた架空の人間としてしか存在しなくなるという趣旨のことを[11]。そこで彼女が言っているのは、記憶と忘却に関わる何かだが、誰もが皆、自分が作り上げた架空の存在になると言うとき、ブライオニーはその「皆」に自分も含めている。つまり、フィクションを書く作者はそのフィクション／現実の外部の現実にいつまでもいるわけではなく、いずれはそれに内属することになる。そうしてフィクション／現実の区別は相対化される。

原作小説において、ブライオニーが一人称で語る「ロンドン、一九九九年」では、記憶の問題が大きく取り上げられている。ブライオニー作の『贖罪』は六〇年以上前のある日の出来事の回想から始まるのであり、記憶のモチーフは最初から作品に埋め込まれているわけだが、小説を書き上げたあとでブライオニーは、小説家にとっての記憶という観点から記憶についてメタ・コメントをする。それは映画翻案においても再現されている。物語作者である自分も時が経って他人の記憶の中にしか存在しなくなれば、自分はフィクション中の登場人物になるのに等しいという趣旨のことをブライオニーが言うのは原作小説においてだけだが、「現実の作者⇓フィクション中の人物」というスライドは、ライト監督の映画版においても仄めかされている。最後の場面では、ブライオニーがフィクションの外部に出てきて実在する作家という資格でオーディエンスに直に語りかけているようでいて、しかし同時に別のフィクション中の登場人物でもあるかのように仕組まれていることは、既に見ておいた。それを仕掛けているのは映画監督のライトだが、彼は、原作小説が提起しているフィクション／現実の相対性の問題をも翻案しているのだと言える。

原作小説に忠実であろうとするライト監督が、まずは第二部、第三部の物語の信憑性をめぐる問題をどう翻案するかを意識するのは当然だが、彼はその延長線上で、原作でマキューアンが巧みに仕組んだ老女ブライオニーの存在のありかたまでをも同じ問題系に沿って翻案している。それだけではない。既に見ておいたとおり、ライト監督がこの映画の作者は自分ではなくブライオニーである、あるいは自分は監督としてブライオニーを演じているだけだと言うとき、彼は映画制作者としての自分を、自分が制作しているフィクションの中に位置づけている。現実の作者としての自分は、フィクション／現実の境界をかいくぐって、立ち位置がフィクションの側へとスライドし得るという意識があるとライトは言っているわけだが、それは、ブライオニーが原作小説で小説家にとっての記憶に関して言っている、現実のフィクションへのスライドと類型的なのであって、そのスライドを映画翻案に取り込もうとしたと言っているようにも聞こえる。

現実の相対化は、原作小説では第一部で、同一の出来事を複数の登場人物たちの視点から捉えて並行提示するという手法においても、効果として狙われている。ある出来事を目撃する人間が複数いれば、その人間の数だけその出来事の現実が存在することになり、であれば、唯一の現実というようなものは存在しないということになる。そのような工夫も、ライト監督は原作小説に相当に忠実に映画翻案に取り込んでいる。(12) そこで演出される現実の相対化は、物語最後のフィクション／現実の相対化と共鳴し合い、作者がでっち上げたフィクションであることが物語最後で判明する第二部と第三部を挟み込むかたちで、作品全体に整合性を与えている。

『贖罪』というタイトルの小説は二つ存在する。イアン・マキューアン作と、ブライオニー・タリス作。それに加えて、更にジョー・ライト監督の映画翻案があり、それも併せると三つの『贖罪』がある。それらは、作者（この場合には二人の小説家と映画監督）じしんの存在の現実／フィクション軸上でのスライドを介して、ルースに重なり合い、ずれ合ってもいる。作者がスライドするのに合わせて、作品空間の様相も現実とフィクションのあいだでスライド、反転、再反転する。それが最も顕著なのは原作小説の「ロンドン、一九九九年」に相当する部分である。そこは、ブライオニーにとっては現実、マキューアンとライトにとってはフィクションの空間。それから、物語の最後でブライオニーのでっち上げだと事後的に判明する第二部と第三部。ロビーとセシーリアの死が現実であるのと相対的には、第二部と第三部はフィクションである。しかし、ブライオニーがその中ででっち上げ工作の告白をするところの物語枠、「ロンドン、一九九九年」もフィクションの様相を帯びているとすると、ロビーとセシーリアの物語の架空のハッピー・エンディングは不思議な現実味を帯びているようにも思えてくる。

ブライオニーは、徐々に記憶力を奪われていき、いずれは死に至る脳血管性痴呆（“vascular dementia”）という病気を罹患していると最近診断され、なので小説家にとっての記憶力が彼女にとってにわかに大きな案件になるのだが、それが動機で現実とフィクションの再定位を、特にその相対的な関係性を意識しながら試みる。ブライオニーの物語は自分が遠い昔に犯した罪のつぐないの物語だが、小説家には自分を免罪してくれる自分より上位の審級がないため、つぐないは自分にはできないとまずは言った上で、できることはそれを得るべく「試みる」（"attempt"）ことだけだと言う。[13] その試みは、必然的に、小説家ができること、フィクションを書くことを介してのみなされ得るとブライオニーは考えて、でっち上げ工作をする。その彼女の試みは、第二部と第三部が、現実／フィクションの反転、再反転を経て、現実味を獲得しているとすれば、成功していると言って良いであろう。いずれ記憶を失う、あるいは死んでしまえば、他者たちの記憶の中だけに残存する架空の存在に、他ならぬ自分じしんがなってしまうのに反比例して、自分がでっち上げた物語の中で再会を果たすロビーとセシーリアは、幾許かでも現実の存在を獲得するかもしれない。

原作小説でブライオニーが提示している小説家論、小説論の中でも、記憶に関する部分は、ライト監督の映画翻案に大きな影響を与えているかもしれない。「ロンドン、一九九九年」というテクストがフィクションでもありノン・フィクションでもあるという曖昧さが開く可能性の一つに、ブライオニーとマキューアンのあいだに作者として境界線を明確に引くことができなくなるということがある。それは、「ロンドン、一九九九年」のみならず、作品全体についても言えることだと思われる。「ロンドン、一九九九年」の現実の作者と一応されているブライオニーが自分をフィクション（他者の記憶）中の一登場人物としても見做しているのであれば、「ロンドン、一九九九年」はやがては作者が不在あるいは不定のテクストとなり、先行する第一部から第三部までの部分と、現実とフィクションの交錯の中で接続、融合するかもしれない。作者よりも高い実在性を与えられているテクストに相対的にという意味でだが、マキューアンと同じような位置にブライオニーは置かれ得ることになろう。であれば、ライト監督は、マキューアンを言わば飛び越えて、インタヴューで言っているように、ブライオニーを作品全体の真の作者と見倣しながら映画翻案に取り組むことが正当にできるのかもしれない(14)。

二　装置としてのタイプライターの考察

映画の冒頭で、タイプライターを叩く音が聞こえ、"ATONEMENT"という単語がタイプライターで打たれるように、黒の背景に白い文字で、その手前のクレジットの表示で使われているものと同一のフォントでスクリーンに現れる(15)。初めは誰が打っているのか分からない。ここで既に、象徴的に、この単語をタイトルとする作品の作者は不定であることが暗示されている。変哲のない装置だと言えばそうかもしれないが、作品中の大事な場面でタイプライターが複数回登場し、それらはライト監督の翻案映画において重要な役割を果たしている。そのことを考えると、黒いスクリーンにタイプライターでタイトルの文字が打たれるのが映画本編の最初の映像であることは、やはり重要である。

まずは、ロビーがセシーリアに宛てて手紙を書く場面で、タイプライターの存在が視覚、聴覚の両面で強調されている(16)。それから、ブライオニーが、南ロンドンはバラムのセシーリアのフラットで姉とロビーと再会を果たしたあとの帰り道、地下鉄に乗っていて、新しい原稿を書かねばならないと心を決めていく場面。列車が走る音かと一瞬思えるのだが、すぐにそれはタイプライターの音であって、列車が走る音に重ね合わされていることが分かる(17)。その原稿とは、ローラ・クウィンシーを襲った犯人は（ロビーとセシーリアが考えていたように）タリス家の使用人の息子ダニー・ハードマンではなく、タリス家長男リーオンの友人ポール・マーシャルだと二人に話したところ、その日に目にしたことで思い出せることをすべて綴った手紙を書いて送るようにと言われたのを受けて、ブライオニーは手紙だけではなく長い原稿をも書こうと決意するのだが、その原稿のことである。原作小説においては、それに相当すると思しき原稿が物語展開のこれより少し手前のところで出てくる。ロンドンの病院で見習い看護婦として働き始める前、基礎訓練のあと、ブライオニーは一週間の休暇をもらったのだが、その一週間を彼女は北ロンドンのプリムローズ・ヒルにある叔父の家で、ある物語を叔父のタイプライターを借りて打ち上げるのに費やした。それは一〇三ページの長さの原稿で、それまで何度か書き直したものの最終稿であり、ブライオニーはそれを『ホライズン』誌編集部に持ち込んで、刊行されることを期待する。タイトルは「噴水のそばの人影ふたつ」。それがおそらく、『贖罪』の原稿を六〇年近くにもわたって何度も書き直してきたとブライオニーが言うときの、第一部だけであろうけれども、最初のヴァージョンであろうと思われる。映画のほうで彼女が地下鉄の車内で書こうと決意した原稿の正体は、原作小説でそれに対応するものを探すと曖昧なのだが、それに先立って、病院の寮で夜、消灯後、タイプライターを叩いているところを同僚／友人のフィオーナに見つかる場面があって、ブライオニーはフィオーナから慌てて原稿を隠そうとするものの、タイトルをカメラは捉え、それは「噴水のそばの人影ふたつ」となっている。[18] 何を書いているのかと訊くフィオーナに答えてブライオニーが言っていることから、それは『贖罪』の第一部の最初のヴァージョンだと推測できる。映画のおしまいのインタヴューの場面でも、病院にいた頃に彼女がタイプライターを叩いている映像が出てくる。[19]

タイプライターが、特に映画作品中で果たす役割を考えてみる。タイプライターで原稿を書く行為は、映画版では意識的に前景化されていることは間違いないが、原作小説ではそれほど目立つことはない。まずはこの違いを確認しておきたい。映画ではタイプライターを打つ音が背景音として頻繁に、かつ効果的に活用されている。ブライオニーが図書室で警察に証言をしている場面や、[20] 彼女がセシーリアの寝室に忍び込んでロビーからの手紙を探して見つける場面、[21] 夜明け近く、警察に連行されるロビーをブライオニーが窓から見つめる場面、[22] 第三部に相当する部分の始まりで、病院の廊下を主任看護婦マージョリー・ドラモンドに率いられて見習い看護婦たちが歩く場面、(23)ブライオニーがポール・マーシャルとローラの結婚式に忍び込み、ローラが襲われたときのことを思い出している場面などで、(24)背景でタイプライターが叩かれる音が流される。

これらの中でも特に重要な場面、ロビーがセシーリアに宛てて手紙を書く場面だが、タイプライターで打っているうちに想像が膨らんでしまい、自己耽溺してしまっている自分に気がつき、また、活字では親密さを欠くと思ったロビーは、手紙は手書きにすることにする。ここに既に、手書きとタイプライター打ちの違い、タイプライターで打たれたテクストの匿名性などが、テーマとして埋め込まれている。気分があまりに高揚していたために、迂闊にもタイプライターで打ったほうの、冗談で書いた手紙を封筒に入れて、それをブライオニーに手渡してしまってから、その違いがその後の展開にいかに大きな影響を及ぼすかが明らかにされていく。

手書きヴァージョンのほうをブライオニーに手渡していたならば、その後彼が犯したことにされてしまう犯罪の現物証拠は残らなかったことになり、ブライオニーが目撃したところの噴水池での出来事と、図書室で目撃し、証言をした出来事とを併せても、ロビーを有罪とする証拠としては不十分であり、ブライオニーとマキューアンは『贖罪』を書くことはなかったであろう。タイプライターのヴァージョンはロビーは冗談として打ったのだが、最初から手書きをしていたならば、その後の悲劇は起こらなかった。そうであれば、タイプライターがロビーの運命を決してしまったとも言えるであろう。特に映画版のほうでタイプライターがフィーチャーされることの効果の一つとして、オーディエンスに、ロビーが手紙を打つ場面を繰り返し思い出させるということがあると思われる。特に、スクリーンに反復して出てくる卑俗な単語の映像。極度に下品であるために、この単語がタイプライターで打たれることが生み出す違和感、何か座りが悪い感覚。それらの根底にあるのは、タイプライターで打たれた文面の匿名性であるのかもしれない。

ブライオニーが、小説を書くことで自分が犯した罪をつぐなおうとしてもそれは無理な話だと言うとき、ロビーが手紙を書くのにタイプライターを使ったことが彼女の頭のどこかにあるという可能性はないか。手書きヴァージョンのほうをロビーが手渡してくれていれば、ブライオニーは罪を犯すことはなかった。手書きの手紙はロビーとセシーリアを悲運から守り、ブライオニーを罪から救ってくれたであろうという思いが、ブライオニーの頭のどこかにありはしないか。と言うのも、ブライオニーは小説を書くことを職業とし、ワープロが普及したのは一九八〇年代に入ってからであったことも考えると、『贖罪』も含めておそらく多くの作品の原稿を彼女はタイプライターで書いたことであろう。ロビーの手紙もタイプライターで打たれたものであったことが、呪いのように、彼女がタイプライターで打つものすべてにつきまとっていたかもしれない。であるとすれば、つぐないをしようとしていくら『贖罪』の原稿を書き直しても、いや、書き直せば書き直すほど、ブライオニーの罪悪感は内攻するという悪循環ができてしまう。その意味で、ロビーのタイプライターは、彼じしんにとってだけでなく、ブライオニーにとっても、呪いのタイプライターであると言えるかもしれない。救済を可能にする手書きの手紙と呪いのタイプ原稿の対比は、原作小説において既になされているのだが、タイプライターの音をフィーチャーするライトの映画においては強調され、よりはっきりと提示されている。

ロビーが服役していたあいだ、そして戦地フランスにいたあいだ、彼とセシーリアは手紙のやり取りをしていた。戦地に届くセシーリアからの手紙をロビーはいつも軍服のポケットに入れている。そのことは翻案映画でも忠実に再現されている。映画では、原作小説の第二部の最後に相当する場面だが、早朝に避難所でロビーはポケットから手紙の束を取り出して、マッチの火でセシーリアと一緒にそこで二人だけの時間を過ごすはずだったコテージの写真を見つめる。(25) マキューアン原作小説にはそのような描写はなく、セシーリアがいつも手紙の末尾に書いていた「《待っています。戻ってきて》」という言葉をロビーはもっぱら思い出すだけ。(26) 手書きの手紙を、恋人たちを救う道具として、タイプライターのアンチテーゼとしてその映像を強調するのは、ライト監督の翻案の妙の一つである。同じ避難所でのその手前の場面で、疲労と負傷のために意識が朦朧となっていくロビーの半ば幻覚としてだが、彼がセシーリアから受け取った手紙の束が水中を浮遊する短いショットが挟み込まれている。[27]手書きの手紙の大切さを象徴的に強調する、効果的なショットであると思う。

他方、タイプライターは書き手の正体を曖昧にする、あるいは書き手をだぶらせる魔物のような装置として物語中で機能しているように思われる。ロビーがセシーリアへの手紙をまずはタイプライターで打って、それから手書きで書き直したとき、既に書き手のだぶりの萌芽が生じていたと言えるかもしれない。タイプライターでセシーリアへの手紙を打つロビーと、手書きで手紙を書くロビーは、その時点で自分の人生に二つのヴァージョンを言わば準備したようなもので、その意味で、そこには二人のロビーがいるということである。それは、ダンケルク脱出直前に死ぬロビーと、生還しセシーリアと再会するロビーの、二人のロビーへの分裂の始まりである。それと呼応するように、フィクションを書くことを介して彼にそのような二つの運命のヴァージョンを与えたブライオニーじしんも、そのフィクションの中で、二人の自分を生きることになる。例えば、バラムへ姉に会おうとして出かけたとき、ブライオニーはまず道すがらポール・マーシャルとローラの結婚式にこっそりと参列するが、そこから先、彼女がとった行動は二通りに分岐し、あたかも二人のブライオニーがいるかのような按配になる。姉に会いにいきロビーとも再会することになるブライオニー以外に、もう一人のブライオニーがいる。姉に会う勇気を奮い起こすことができず、結局ただ病院に戻っていくだけのブライオニーである。原作小説においては、ブライオニーは、ポール・マーシャルとローラの結婚式のあと、姉に会いにいく勇気がなかなか出ないでいる場面で、象徴的だが、自分が二人いるかのような感覚に襲われている。きた道を引き返す自分と、姉に会うために歩を進める二人の自分がいて、その両方ともリアルに感じられるのだが、実際に歩を先に進める自分は幽霊のような、想像の産物かもしれないと感じている。(28) それに先立って、病院に勤務する自分とケンブリッジ大学へいっていたかもしれない自分の「別人生《パラレル・ライフ》」を考えたとも、ブライオニーは言っている。(29)

しかしながら、以上のことが言えるとすると、より重要なのは、書き手の存在が、現実における可能性としてでも、自分が書いているフィクション中においてでも、二重化するとき、「他者」が書き手の位置に入り込むことが可能になるかもしれないことである。そうなると、「テクスト」と「作者」の一対一の関係は更に不安定になる。ライト監督が「ブライオニーじしんがこの映画だ。自分は監督としてブライオニーを演じているようなものだ。ブライオニーがこの映画を書いた。ブライオニーがこの映画の目なのだ」と言っているのを思い出したい。映画の制作者は自分ではなくブライオニーだとライト監督は言っているわけだが、であれば『贖罪』を書いたブライオニーは自分でもあることになり、更に、原作小説『贖罪』の作者はマキューアンである以上、三人の作者の区別が曖昧になっていく。そう考えてみると、『贖罪』の作者は二重、映画翻案も含めれば三重にだぶり、ぶれるということが起こっていることになる。そのようなだぶり、ぶれの発端を、書き手を匿名にするものとしてタイプライターという装置を活用することで作ることができると、ライト監督が意識的に考えたかどうかは分からない。しかし、タイプライターを叩く音が背景音として多用されていることを思い出すと、そのタイプライターを誰が叩いているのか分からないことが鍵なのだが、タイプライターと書き手のアイデンティティーの匿名性、あるいは不定性の関係が良く演出されているように思えてくる。

ロビーがセシーリア宛てにタイプライターで打った手紙と、ブライオニーの「噴水のそばの人影ふたつ」というタイトルの小説、そしてその最終ヴァージョンである『贖罪』のあいだには、奇妙な類似点がある。どれも、想像力に触発されて生み出されたテクストであるということと、自己満足、あるいは自己耽溺に起因する過ちの表現あるいは告白になっていることである。また、それと関連して、ロビーの手紙がブライオニーのテクストを生み出したという関係にも注意を払っておきたい。これら三つのテクストの関係は単純ではない。ここには、ループ、円環構造がある。ロビーの手紙の文面をブライオニーが自分の物語『贖罪』に取り込むとき、そのような手紙はなかったことにしようというセシーリアとロビー二人が作る共通諒解に反して、それはブライオニーの小説の中で永続的に存在し続けることになる。ここに一つ、ブライオニーの罪が許されることはあり得ないテクスト構造上の理由を見て取ることができる。第二部、第三部に、ブライオニーは子供のときにした証言を撤回して、そうすることでつぐないを果たそうとしたと書かれており、それは映画翻案にも取り込まれているが、証言の撤回は可能かどうかという問題以前に、法的には無効であるが、別のかたちの証言とも見做せる『贖罪』という物語じたいが、つぐないを予め不可能にしてしまっている。どういうことかと言うと、自分が罪を犯すきっかけとなったテクスト（ロビーの手紙）が、自分がその作者であるところのテクスト（『贖罪』）の中に、それが仮になかったならば自分のテクストそのものが成立しないしかたで埋め込まれている。言い換えるならば、『贖罪』というテクストは、ブライオニーのつぐないを可能にするどころか、彼女が犯した罪を再生産し続けるように構造化されているということである。ロビーのテクスト（タイプライターで打ったセシーリア宛ての手紙）はブライオニーのテクストに内属しているので、言うなれば解毒のしようもなくそこに巣喰うことになる。すると、皮肉なことに、『贖罪』というテクストが存在する限り、ブライオニーのつぐないは実現しないということになる。原作小説においてブライオニーは、小説家にはつぐないをすることはできないという趣旨のことを言っている[30]。最後のヴァージョンでロビーとセシーリアに物語中で幸せを与えても、そのような悪循環ループ構造を断ち切ることはできないということに、あたかもブライオニーは勘づいているかのごとくである。

　原作小説では、「ロンドン、一九九九年」で描かれるブライオニーの七七歳の誕生日パーティーの席で、一九三五年の夏のあの日、久しぶりに帰省する兄リーオンのためにブライオニーが書き上げた（映画では冒頭で彼女がタイプライターでそれを打つ姿が描かれている）芝居『アラベラの試練』が、親族の子供たちによって上演される。ブライオニーは、子供たちは脚本をどうやって手に入れたのだろうと首を傾げるが、説明はなされていない。タイプ原稿というものは、ロビーの手紙が悪夢のように繰り返し思い出されるのと似ているが、どういうわけか「回帰」するもののようである。『アラベラの試練』というこのテクストは重要なテクストである。翻案映画においては、パーティーのエピソードはごっそりと削ぎ落とされているが、小説家としてのブライオニーの出発点はこの芝居の脚本を書いたことであったということが、彼女がタイプライターを一心不乱に打ち、出来上がったものを見せるために母親を探して屋敷を歩き回る姿を冒頭で緊迫感をもって描くことで、強調されている。[31]

テクストの作者の不確定性は円環構造を作り、その構造はロビーがタイプライターで打った手紙を中心点として、外に向かって展開しているように思われる。作者が複数いる『贖罪』というテクスト構築物の中心にあるのは、ロビーの手紙なのかもしれない。そこを中心点として、それがブライオニーのテクスト（『贖罪』）生産を触発しながらそのテクストに内包されていき、更にブライオニーのテクストの架空性が高まるにつれてその作者は不定性を増し、物語を反復する者であれば誰でも作者になり得るという構造が展開する。映画翻案をしたライト監督は、そういう位置に立つ者と見倣すことができる。そのような構造は、一つの出来事を複数の人間の視点から捉えるという、原作小説の第一部でマキューアンが駆使している技法が生み出す効果と響き合っているかもしれない。中心点、あるいは初めの出来事じたいは定まっているが、それを見る主体が入れ替わり、増加するにつれて解釈は多層化し、それらの集積であるテクストは言わば年輪状に重層化していくようにも思えるからである。

タイプライターという装置をライト監督が映画翻案においてどのように活用したのかを、再度確認しておきたい。夕食会出席に備えて風呂に入ったあと、くつろぎながら幸せそうにセシーリアにどういう手紙を書こうかと考えながら、タイプライターで遊ぶロビーの姿が、原風景のように描出されている。それに加えて、映画の始まりかたからして、これも原風景と言って良いと思うが、一三歳のブライオニーが一心不乱に芝居の原稿をタイプライターで打つ姿を描くというものになっている。視覚的に物語の初めのほうでタイプライターのイメージをオーディエンスの目に焼きつけておく。しかし、ライト監督は、視覚映像だけでなく、あるいはそれよりも、タイプライターを叩く音、つまりこの装置の聴覚効果のほうをより効果的に、より広汎に活用していると言える。そのような背景音が流れていることに意識が向かないオーディエンスがいればなお更のこと、タイプライターという呪いの装置は、物語の最後まで、繰り返し回帰し続ける。回帰し続けながら、展開する物語の解釈を多層化していくと同時に、常にオーディエンスを原風景へと連れ戻しもする。

三　「つぐない」をめぐる問題群の考察

以上のことを踏まえながら、ライト監督がマキューアン（かつブライオニー）の『贖罪』を、映画翻案にあたり、どのように解釈し書き直しをしたのかを考えてみる。特に、結局、ブライオニーのつぐないは達成されたのか、それともされなかったのかという問いにどう答えるか、その件に関してどのような翻案を施しているかについて考えてみたい。その際、一三歳当時のブライオニーはセシーリアとロビーに対してどのような感情を抱いていたのかが、意外に重要な案件となる。その理由は、それよりも二、三年前のことであったが、ブライオニーがロビーに愛の告白をする場面が、その重要性をブライオニーはあとで否定するものの、第二部のロビーによる回想の中に鮮明にあるからである。

ブライオニーのつぐないは、もちろんまずは、恋人たちの人生を自分が愚かにも直接間接に破壊したことに対するものであり、それに沿って、小説家として恋人たちにフィクションの中で幸せを与えることによってつぐないは可能になるのかどうかという問題設定がなされる。その問題設定は、「ロンドン、一九九九年」においてブライオニーじしんが明確に提示している。原作小説において特にそうだが、映画においてもほぼ同じである。しかし、つぐないに関する問題設定をそこだけに収斂させることには無理があるように思われる。物語をすることで過去に犯した過ちをつぐなうことができるかどうかという分かりやすい問いはもちろんあるのだが、別の問題がその問いに斜交いから絡んでいて、その問いを一見したところ以上に複雑にしていると考えざるを得ないからである。

その別の問題とは、幼いブライオニーがロビーに抱いていた恋心と関係している。幼い頃だけでなく、長じて小説を書くことでつぐないをしようとしたブライオニーにもそれは言えるかもしれないことであり、もしもそうであるならば、小説の書きかたに影響を及ぼしてもおかしくない。原作小説においては、一箇所を除いてそのような解釈を強く支持する手掛かりはないが、否定もされておらず、この案件については開かれた書かれかたになっている。では、映画版のほうではどうか。ライト監督は子供時代のブライオニーのロビーへの愛の告白には一過性の意味しかないと解釈する旨のことを言っている。(32) しかし、であれば、つぐないは物語をすることで達成されるかどうかだけが案件となるわけだが、映画を見ると、監督が解説するような仕上がりにはなっていない印象を受けるのである。ブライオニーのロビーへの想いが、全編を通じて伝わってくるからである。しかも、それは、映像のインパクトに拠るところが大きいように思われる。その最たるものは、ブライオニーが川に飛び込み、ロビーに助けてもらうと愛の告白をする場面である。

原作小説以上に映画におけるほうがむしろ、そのブライオニーの愛の告白の場面は鮮明に描かれていることは、ライト監督の前述の解説に照らして考えてみると、興味深い。ブラオイニーは、ロビーがどれだけ自分のことを気に懸けてくれているかを試すために、川に飛び込む。子供ながらも、それは命懸けの行為であることを確認しておきたい。助けてくれたロビーに、愚かなことはするなと叱られながらも、ブライオニーは愛の告白をする。しかし、この場面を翻案するときにライト監督は、原作小説における二人の会話をほぼ温存しながら、一つだけ実は大きな変更を施している。原作小説ではブライオニーはロビーに"I love you"と繰り返し言い(33)、それは彼女のロビーへの恋心を曖昧さを残さず表現しているのだが、映画版ではまさにその台詞が削除されているのである。

何故、ライト監督はこの台詞を削除したのだろうか。じしんによる解説に参照する限り、ライト監督は総じてブライオニーのロビーへの幼い恋心に関心がないようなので、プロットを不要に複線化させないために削除したのであろうと、まずは考えることができる。しかし、溺れかけるブライオニーを潜水して必死に探し、抱きかかえて救出する水中のショットは、原作小説の記述を超えて鮮明に仕上げられており、強い解釈を求めてくる。あるいは、作品を通じてライト監督は水のイメージを大事にしているという事情はあるものの、そもそも何故この場面を翻案に取り込んだのかという問いさえ立ち上がってくる。ライト監督がこの場面を挿入することで狙った効果は何なのであろうか。その後にブライオニーが犯すことになる罪の深さを強調するためだけにこの場面を劇的に演出したのであろうか。そうとは考え難い。何かここには、翻案がみずからの方針に包摂し切れていない過剰分があるように思われる。

原作小説でも、ブライオニーがロビーに恋心を抱いていたのかどうかは分かりづらいように書かれている。ブライオニーのロビーへの幼い恋への最初の言及は、第二部、戦地でロビーがブライオニーのことを、怒りと呪いの気持ちを込めて思い出しているくだりで出てくる。そのくだりで、ロビーはブライオニーについて一つの「セオリー」を持っていると言われる(34)。何故、ブライオニーは彼とセシーリアに対してあれほどまでにひどい仕打ちをしたのか、その動機についての彼なりの考えである。ブライオニーは愛の告白を、その後、繰り返すことはどういうわけか一度もなかった。ロビーは、それは何故かと言えば、ブライオニーは空想の世界の中だけに生きていられるような子供だったので、言葉にはしないながら自分の中で密かに彼への思いを膨らませていたからであろうと考える。そして、夕食会に出席するためにロビーがタリス家の屋敷へ向かう途中、タイプライターで打った手紙をブライオニーに渡してしまったあの夕方、ブライオニーは実は彼を待ち伏せしていて、愛の告白をするつもりだったのであろうと。ところが、手渡された手紙を読むと、ロビーは姉に惹かれているのだということが判明する。ブライオニーは裏切られたと感じた。ブライオニーのロビーへの恋愛感情は破壊され、代わりに怨恨感情が爆発する。それがロビーのセオリーである。

映画版では、ロビーのこのセオリーは提示されていない。それは真相とは違うと監督は解釈しており[35]、そのためであろう。しかし、監督の翻案方針に拘わらず、原作小説でのロビーのセオリーが生きているかのように、告白の場面を、そして映画全体を鑑賞、解釈することは可能である。ロビーが戦地でそのようなセオリーを本当に抱いていたかどうかは分からないが、確実に分かるのは、戦地でのロビーの姿を描いた小説家ブライオニーは、彼がそのようなセオリーを抱いていた可能性はあったであろうと考えていることである。このことは、原作小説だけでなく、映画翻案についても言えることである。川辺でのブライオニーの告白の場面は、戦地にいるロビーの回想の一つとして映画においても描き出されているからである。

幼かった頃の自分の恋に作家ブライオニーが触れている箇所は原作小説ではおそらく他に一つしかなく、それは彼女が姉に会いにバラムへ行った場面中にあるのだが、そこで、回想というかたちで、ブライオニーは「……一〇か一一のときにロビーに抱いた激しい恋心、何日も続いた熱い思い。そしてある朝、自分は庭でロビーに告白し、すぐさま忘れてしまったのだ」と言っている[36]。これはロビーのセオリーの否定になっている。なので、ブライオニーのロビーへの恋心は、子供の頃の小さなエピソードに過ぎず、物語全体の解釈に大局的に影響を及ぼすほどのものとは感じられないかもしれない。告白をした場所も、第二部のロビーによれば川辺だったが、ここでは屋敷の庭とされており、喰い違っているため、読者は更にこの件は些末なのだろうという印象を持つかもしれない。総じてブライオニーの幼い恋心への言及が、先に引用した明確な告白の台詞を除いては少なく、案件全体が曖昧に放置されている観がある。

映画版のほうではどうか。場面は違うものの作品の後半で、幼いブライオニーの恋への言及がある。ブライオニーが病院に見習い看護婦として勤務中の頃のこと、洗い物をしている彼女にフィオーナが、「あなたにはフランスに秘密の婚約者がいるんだって？　皆、そう考えているわよ」と声をかける場面がある。そこから、「私は恋をしたことなんかないわ。」「え、まさか。一時的な一目惚れだとかも？」「それはあるわ。一度だけ。一〇歳か一一歳の頃。でも、彼に《愛している》と一旦言ってしまったら、そういう感情は消えてなくなってしまったわ」というやり取りが続く[37]。告白をしてしまったら恋愛感情は消えてなくなってしまったというのは、原作小説でブライオニーが第三部のバラムのセシーリアのフラットの場面で言っていることと呼応している。しかし、原作小説では、ブライオニーに恋人がいるなどという噂や可能性への言及は一切ないし、映画のこの場面では、噂のその恋人というのはロビーだとしか思えないように、ブライオニーとフィオーナのやり取りは組み立てられているように思われる。その直後の場面では、フランスから傷病兵たちが病院に一挙に搬送されてくる様子が描かれるのだが、そのうちの一人にブライオニーはロビーの幻影を見る。実際、映像で、一瞬だがロビーが出てくる[38]。

この案件を考えるに際して更に参考になる場面が、第三部でブライオニーがバラムのセシーリアのフラットを訪れる場面に、一つ、埋め込まれている。姉と再会を果たしたブライオニーは冷たく遇されるが、そのあいだ寝室で眠っていたロビーが起きて出てくると、彼が生きて帰ってきていたことをそれまで知らされていなかったブライオニーは、まずは安堵の表情を浮かべるが、そのあとすぐ、開いたままになっている寝室の扉越しに、乱れたベッドを見つめ、神妙な、少々引きつった表情を浮かべる(39)。乱れたベッドのショットは映画おしまいのインタヴューの場面でまた出てきており、その重要性が強調されている(40)。原作小説には、これに相当する箇所で、ブライオニーがセシーリアの寝室を覗き込んで何か想いに耽る類の描写は特にはない。映画における寝室のショットで何が示唆されているのかと言えば、この期に及んでもブライオニーの中では幼い頃のロビーへの想いが、抑圧されながらもなくなってはおらず、「回帰」している可能性かもしれない。このショットは一八歳になったブライオニーの視点から捉えられた性への直の言及にもなっていることにも、そのような言及は原作小説にはないことを念頭に置きながら、注意を払っておきたい。その性とは、ライト監督の翻案方針に沿った解釈をするならば、セシーリアとロビーの性であり、二人だけのものだということになる。二人の恋愛に当然伴う性。しかし、映像は、ブライオニーの性をそこに読み込むことを無言で許す性質のものとなっている。

四　シネマ的カタルシスの背後に潜むもの

原作小説にも映画にも、そのような解釈を直接に支える証拠はない。これは、ゆえに、あり得るかもしれない解釈の試みに過ぎない。本稿前半で、ライト監督の映画版では、タイプライターという装置が特に聴覚面で活用されている様子を考察しておいた。タイプライターの音が映画全編を通じて背景音として繰り返し流される。その種の効果音は執拗に何かを訴えているように聞こえる。何かが過去に引っ掛かったままで、解放されるのを待っている感触を、映画版は見事に演出していると思う。その何かとはブライオニーの幼いながらのロビーへの恋心に関係する何かなのでは、と推理してみる。すると、セシーリアのフラットの場面での乱れたベッドのショットが気になってくる。更に、おしまいのインタヴューの場面でライト監督はなぜこのショットを反復したのかも気になってくる。ライト監督は、ブライオニーは一八歳の時点で、そしてその後の生涯においても、性経験はほとんどなかったと考えているようである。(41) 原作小説ではブライオニーは結婚をし、最近夫を亡くしたという設定になっているにも拘わらず。(42)

ライト監督はブライオニーじしんの性は排除（抑圧）すべきと考える解釈を、映画翻案において採用している。それは監督なりの物語構想の整合性に沿ってなされている。ブライオニーのつぐないはハッピー・エンディングを恋人たちに与えることで達成されるという解釈が、その整合性の基盤である。映画のおしまいの海辺でロビーとセシーリアが戯れる場面が映像でそのことを明示しているし、ライト監督はその場面に付されたコメンタリーでもそのような趣旨のことを言っている。(43) 原作小説においても、「ロンドン、一九九九年」でブライオニーは、自分が書いた物語の最後のヴァージョンの意義を同様に定義しており、ゆえにそれは原作小説に忠実な解釈であると言うべきだが、ライト監督はそこに焦点を合わせて物語全体をコンパクトに整合させた。ブライオニーのつぐないは達成されたのかという問いにそうすることで最終的な答えが出るわけではないが、物語をすることでそれは可能かどうかを問題設定の主軸とし、それ以外の要素は排除しようとすることで、その問いが作品の主たるテーマであることが強調され、オーディエンスはその問いについて考えるように仕向けられる。

映画版ではハッピー・エンディングが与えるカタルシスが強力に演出されている。そのカタルシスは物語を言わば単線化させることによって可能になる。しかし、その分だけ、監督の意図は詰まるところは判然としないが、原作小説では曖昧であるために問題にならないことが問題として浮上してくる。抑圧がなされ、抑圧されたものが映像ににじみ出てくる。映像メディア作品について特に言えることだが、物語のある側面に光を当てると、影となる部分が自然と出来てくる。そのような影の一つとして、ブライオニーをも含むある種の三角関係がある。ライト監督の映画翻案はこの点で興味深い。ブライオニーがする物語にセシーリアとロビーのハッピー・エンディングを見事に演出させながら、同時にそのような解釈を潜在的には覆すかもしれない別様の解釈の余地も残す仕上がりになっている。

　映像翻案作品が活字メディアの原作小説を抑圧する機序を考えてみると良いかもしれない。ライト監督の映画は、これまで見てきたように、マキューアンの原作小説にいくつかの点でこだわりを持って忠実であろうと企てている。その当然の帰結なのかもしれないが、原作小説が多分に映画に忍び込んできている。例えば、ブライオニーの性の徴候が映画に漏れ出てくるそのしかた。ライト監督じしんが作者の不定性についてしているコメントを見ておいた。そこで、実は大事なことが言われている。映画監督は映画の唯一の作者ではないということである。更に、作者の不定性の問題は、マキューアンの原作小説で既に提起されていることも思い出す。原作小説のその部分までをもライト監督は翻案に取り込んだと考えることには無理はあるだろうか。作者（監督）が韜晦する映画を構想したのかもしれないということである。

　ロビーがセシーリアに宛ててタイプライターで打った手紙は、ブライオニーがつぐないをしようとして改稿に改稿を重ねても、物語を続ける限り、それを不可能にするしかたで呪いのように回帰し続けるのであり、構造的にそれは避けられないことを先に論じておいた。その手紙を読んでしまったことがブライオニーの過ちの始まりであったのであり、また、手紙の内容はあからさまに性的なものであったことも確認しておく。そこで、これまで見たことも聞いたこともない単語にブライオニーの注意は向くわけだが、その意味を自分は理解できると確信したとの記述が原作小説にはある。(44) 一三歳であったその時点でブライオニーじしんの性は問題にはならないかもしれないが、のちに問題になってもおかしくはない。ロビーの手紙はいつまでも回帰し続け、ブライオニーがする物語に、物語をするブライオニーに棲みついていくのだから。

であるとすれば、ブライオニーがロビーをめぐって姉に嫉妬をし、三角関係が彼女の物語において発生しているという解釈も可能であることになる。原作小説はブライオニーの性については寡黙であり、曖昧である一方で、ライト監督はその解釈を排除しにかかる。原作小説では、幼いながらもブライオニーはロビーに明確な言葉で愛の告白をするのだが、ライト監督はその台詞を翻案にあたり、ピンポイントで排除する。その抑圧をかいくぐって、しかし、原作小説にはあるブライオニーの告白の言葉、"I love you"がこれもまた回帰し続けているということはあり得ないか。「ブライオニーじしんがこの映画だ。自分は監督としてブライオニーを演じているようなものだ。ブライオニーがこの映画を書いた。ブライオニーがこの映画の目なのだ」と、監督じしんが言うこの映画ではある。そこで言われるブライオニーの正体は、原作小説にまで遡るものと考えざるを得ないであろう。原作小説の遠くから、ブライオニーの愛の告白の言葉は暗に響き続けていると考えることもできるはずである。

映画版での創意工夫が原作小説の抑圧にもなっている、もう一つの例を見ておこう。これもまたブライオニーの声を封じる抑圧であるのだが。ライト監督は水のモチーフを映画で大いに活用している。セシーリアの死が幻想的に水中に浮かぶ亡骸として描かれているのは特に印象的であり、それはセシーリアとロビーの悲運を強調する効果を発揮している。しかし、監督が採用している単線プロット的な解釈を覆す読みを、そこにも施すことができる。ライト監督は、セシーリアが防空壕として使われていたバラム地下鉄駅で死んだのは、ドイツ軍の爆撃により水道管が破裂し、駅が流れ込む水で溢れ返ったためであるという、原作小説にはない詳細までをも盛り込んでこの場面を強調している。原作小説では、爆撃によりという記述しかない[45]。老境の作家ブライオニーが見る幻影としてだが、その場面の最後で、水中に浮かぶセシーリアの姿が映し出される[46]。その映像は、冒頭近くで噴

水池に落ちた花瓶の取っ手の破片を拾いに池に入ったときのセシーリアの水中での映像を思い出させる。(47)

ブライオニーの物語の実質上の始まりとも言えるその場面での水中のセシーリアの姿をまずは見せておいて、映画のおしまいのほうで、似たような、しかし陽が差し込まない分だけ暗い色彩の水中に浮かび、闇に消えていく彼女の亡骸を見せる。そして、水中のセシーリアのそれら二つの姿をつなぐ線上のあいだのほぼ中間の位置に、ライト監督は、川に飛び込んでロビーに救われるブライオニーの水中での姿を配置している。(48) これら三つの場面が並んで見えてくるのは、映画のほうでだけである。映画でのこれら三つの水中場面を並べてみると、ある構図が見えてくる。ブライオニーの想像力の中では、ロビーは自分が溺れかけたときには命懸けで救ってくれたが、セシーリアが溺れたときには彼はそこにいることはできなかった。そういう見かたをしてみると、ブライオニーの姉への復讐心が、微かにではあるが見えてはこないだろうか。もちろん、ブライオニーのそのような心理は、原作小説においても映画版においても、顕在化してはいない。探さなければ見え始めさえしないほどに、端的に、描かれていない。水没しているのである。

映画版で興味深いのは、そのようにして沈められているものを沈んでいる最中に映像として捉えることで、沈んでいるという設定は原作に忠実なまま、映像メディアならではのしかたで可視化していることである。三つの場面の水の色彩を比べてみると、だんだんと暗くなっていき、三つ目の場面では、水没したバラム駅でのセシーリアの姿は暗闇に沈んでいくという作りになっている。溺死したセシーリアの姿を描く記述は原作小説にはなく、ライト監督が映像で創作したものである。

しかし、原作小説と照らし合わせたときに、映画翻案の工夫をよりはっきりと見て取ることができるのは、二つ目の場面かもしれない。原作小説では、ブライオニーが飛び込む水は混濁していて、視界は効かないという設定になっている。しかし、映画版では、水のその不透過性を衝いて、もがくブライオニーの姿と、彼女を抱き締めて助けるロビーの姿をクローズアップでカメラははっきりと捉える。沈められたものが見えるように映像化されているのである。

にわかには採用しがたい解釈ではあろう。原作小説に限って見直すと、ブライオニーの愛の告白の直接的な言葉以外に、それを支える手掛かりは皆無である。しかし、排除するための手掛かりも、強いて言えば、ない。異形の愛を描くことに長けた作家でマキューアンはある。『贖罪』の二作手前の長編小説のタイトルは『愛の続き』(*Enduring Love*; 1997) ではなかったか(49)。

翻案の妙という観点から非常に興味深いのは、原作小説にはその元となる記述がないショットを映像でライト監督が創作するとき、そうして作られた映像に、原作小説が言わば再帰して忍び込んでくることである。原作小説においては曖昧に放置されている箇所に、特定の解釈に沿って選択的な加工を映像で施す。そうすることで映画はより分かりやすいプロットを獲得し、原作小説とは別の作品としてみずからを定位するかに見えるが、実相はそうではなく、原作小説とのあいだで複雑なインターテクストを結果的には構成することになる。そう考えてみると、水面下のショットは、映像であると同時に、翻案のありかたを考える際の示唆に富んだ比喩にもなっていることが分かる。

そのような事柄を諸々考え合わせると、映画版においてはブライオニーのつぐないは達成されたのかという問いは、ライト監督が一見したところ回答として設定しているセシーリアとロビーのハッピー・エンディングと、原作小説におけるよりもはるかに鮮明なその演出とは裏腹に、複雑な問いであるように思えてくる。そもそも、原作小説では、二人にハッピー・エンディングを物語上与えるだけでは、究極的には、ブライオニーのつぐないは達成されないとされている。彼女にできることは、つぐないを得ようと「試みる」ことのみであると。しかし、独自の解釈により、ライト監督はそれをもってしてブライオニーのつぐないは達成されるという解釈を採用する。分かりやすさと娯楽性に配慮をした解釈で、もちろんそれはある。しかし同時に、この映画は、作者の不定性をも考慮すべき問題群に取り入れることにより、原作小説に対して開かれたありかたをしてもいる。それはつまり、つぐないについての物語をすることによってブライオニーのつぐないは必ずしも達成されるわけではないという解釈を許すようにも、この映画はできているということである。

（1）本稿において用いるイアン・マキューアンの原作小説『贖罪』（*Atonement*；2001）の版は、Ian McEwan, *Atonement*, Vintage, 2002。引用のページ番号などはすべてこの版に依拠する。

（2）二〇〇七年九月に劇場公開されたジョー・ライト監督の翻案映画。タイトルはマキューアンの原作小説と同じ。日本での公開タイトルは『つぐない』。ジョー・ライト（Joe Wright）は一九七二年生まれのイギリスの映画監督。『つぐない』に先立って、ジェイン・オースティン（Jane Austen）原作の小説の映画翻案『プライドと偏見』（*Pride and Prejudice*；2005）を新進気鋭として手掛け、商業的に成功しただけでなく、批評家たちから高い評価を受けた。

（3）原作小説の構成部分名称の表記は邦訳の文庫版に従う。イアン・マキューアン、小山太一訳『贖罪』（上・下巻）新潮社、二〇〇八年。以下すべて、原作小説からの日本語での引用などにも、この版を使用する。付するページ数も同版に準じる。

（4）"BT London 1999." Ian McEwan, *op. cit.*, p. 349.

（5）マキューアンは、どんでん返しと呼んで差し支えない類似した語りの装置を、長編小説『甘美なる作戦』（*Sweet Tooth*；2012）の結末に再び仕組んでいる。Ian McEwan, *Sweet Tooth*, Jonathan Cape, 2012. 本稿の関心は文学作品を素材とする翻案映画と原作の関係の考察にあるので、この件について本稿では十分に論じることはできないが、特に中期以後のマキューアンには、捉えどころがないものとしての現実に明確に対比させるかたちでフィクションは徹底的にフィクションであることを浮き彫りにしつつ、同時に、不定形の現実に明晰なかたちを与えるための効果的な媒体としてフィクションを措定しながら、そのようにしてフィクションと現実が形成するエコノミーを小説を書くことにおいていかに実演するかに関心があるように思われる。これから見ていくが、ライト監督はマキューアンのそのような関心に、映画翻案において感応した形跡がある。

（6） イギリスの女優（一九三七—）。

（7） これらの点で原作小説に忠実であるべきだというライト監督の強い判断があった。Christopher Hampton が当初書いた脚本は原作小説の構造を捨象したものであったらしく、それにライト監督は満足せず、原作小説により忠実に書き直すよう指示をした。二〇〇八年リリースのＤＶＤ版に収録されている"The Making of *Atonement*"を参照（0:01:42–02:00）。同ＤＶＤ収録の"Novel to the Screen"も参照（0:02:48–03:42）。なお、使用したＤＶＤはＥＵ版であり、以下、映画本編も含めてＤＶＤ収録物への参照の詳細はすべてその版に依拠する。

（8） "The Making of *Atonement*," *op. cit.*, 0:24:20–42.

（9） 映画本編、1.41.55–49.48.

（10） "The Making of *Atonement*," *op. cit.*, 01:03:42–49. 日本語訳は筆者による。

（11） "I face an incoming tide of forgetting, and then oblivion. I no longer possess the courage of my pessimism. When I am dead, and the Marshalls are dead, and the novel is finally published, we will only exist as my inventions." McEwan, *Atonement*, p. 371.

（12） 脚本家 Hampton は原作小説のこの特徴を削ぎ落としたが、ライト監督はその判断を撤回させた。"Novel to the Screen," *op. cit.*, 0:03:03–42.

（13） "The problem these fifty-nine years has been this: how can a novelist achieve atonement when, with her absolute power of deciding outcomes, she is also God? There is no one, no entity or higher form that she can appeal to, or be reconciled with, or that can forgive her. There is nothing outside her . . . . It was always an impossible task, and that was precisely the point. The attempt was all." McEwan, *Atonement*, p. 371.「試み」云々をブライオニーがここまで明確な言葉で言うのは原作小説でだけだが、映画でも彼女のそのような思考は表現されていると思う。

（14） 作者のありかたにこのような相対論的な解釈を施すと、マキューアンはどのように位置づけされるのかをも考えたくなる。原作小説においてはブライオニーが「ロンドン、一九九九年」においてマキューアンと重なるように描かれているのが絶妙なのだが、それは物語作者としてのブライオニーに焦点を合わせて読むときに得られる印象である。その問いに直接に答えることにはならないが、マキューアンはこの翻案映画制作に"executive producer"として関わり、映画制作の現場に参加したことは、参考になるかもしれない。小説の原作者がそうすることの意義をマキューアンはインタヴュー形式で語っているので、"Novel to the Screen"を参照すると良い。

(15) 映画本編、*op. cit.*, 0:00:35–51。同じタイプライターの音が続く中、最初の場面が始まり、0:01:18で机に向かう少女の後ろ姿が捉えられる。

(16) *Ibid.*, 0:20:19–22:47.

(17) *Ibid.*, 1:41:30–54.

(18) *Ibid.*, 1:19:49–21:14. 映画における名称は *Two Figures by a Fountain* であり、原作小説において対応すると思われる原稿のそれと同一である。McEwan, *Atonement*, p. 311.

(19) *Ibid.*, 1:45:24–37.

(20) *Ibid.*, 0:42:35–49. 時計の秒針のような音がまず聞こえ、それにタイプライターを打つ音が重なっていく。最初の音が何の音なのか不明なまま、警察へのブライオニーの証言の場面は終わり、背景音も急に途絶えて、正面玄関からセシーリアが外に出て煙草に火をともす場面に切り替わるのだが、彼女のライターが三回はじかれる音がタイプライターの音に不思議と似て聞こえる。

(21) *Ibid.*, 0:42:58–43:06. 音は明らかにタイプライターの音なのだが、規則的、リズミカルなその音は、タイプライターの音としては実は不自然。特定のパターンで打楽器を叩いているかのごとくなのである。ライト監督がマキューアンの原作小説を読んでの印象として、打楽器的だと言っているのは興味深いし、映画翻案するにあたってタイプライターを背景音として使うことでどのような効果を狙っているのかを読み解く参考になるかもしれない。"The Making of *Atonement*"を参照（0:00:20–42）。ライト監督は原作小説には"percussive nature"（「打楽器的な性質」）があると述べている。

（22）*Ibid.*, 0:47:14–31. この手前で、ロビーを乗せた警察の車の前に彼の母親グレイス・ターナーが立ちはだかり、ボンネットを傘の柄で繰り返し叩く場面がある。その音が途切れなくドラムの音に変わり、そのドラム音に重ねられるかたちでタイプライターを叩く音が出てくる。更に言えば、グレイスが出てくる前に警察の車のドアが乱暴に閉じられる音があり、そして、次の場面はフランスの戦地のロビーの隠れ家へと移るのだが、ロウソクに火をともすためにマッチを擦る音から始まる。ライト監督が言うところの打楽器的な感触を、これら一連の効果音は見事に演出している。

（23）*Ibid.*, 1:16:52–17:29. 病院の静かな廊下の映像とタイプライターを打つ音から始まり、主任看護婦ドラモンドに先導されて見習い看護婦たちが行進するように歩く整然とした足音に合わせて、タイプライターの音がリズムを変えながら続く。

（24）*Ibid.*, 1:32:32–56. ここでもまた、初めはタイプライターを叩いているように聞こえるのだが、音はタイプライターのそれながら、リズムのために打楽器を叩いているような感じに変わっていく。

（25）*Ibid.*, 1:13:54–14:16. 手書きの手紙のモチーフが前景化されている場面だが、マッチが擦られる音も気になる。三回擦って火がつくのだが、最初に二回擦るときの音はタイプライターの音に似て聞こえもする。

（26）マキューアン『贖罪』（下巻）、四一頁。

（27）映画本編、*op. cit.*, 1:14:17–21.

（28）「カフェを出てコモンを歩いてゆくと、こうしてバラムに向かっている自分と、病院に戻りつつある自分のどちらが本物か分からないままに、距離だけが広がってゆく気がした。バラムへと足を運んでいるブライオニーこそ、想像の産物あるいは幻影ではないのか。」マキューアン『贖罪』（下巻）、一二三六頁。

（29）前掲書（下巻）、一四五頁。

（30）「神が贖罪することがありえないのと同様、小説家にも贖罪はありえない—たとえ無神論者の小説家であっても。」前掲書（下巻）、三〇六頁。

（31）映画本編、*op. cit.*, 0:01:43–03:02. この手前でブライオニーがタイプライターを打っているあいだは自然なタイプライターの音が聞こえるのだが、家の中を母親を探して歩き回るこの箇所で、二度ほど中断があるものの、緊迫感を高めるために使われているタイプライターの音は、効果音であり、打楽器を叩くようなリズミカルなものとなっている。

(32) DVD版に付属の "Director Commentary," 0:59:03–27. ブライオニーが溺れかけるのをロビーが助ける場面での解説。

(33) McEwan, *Atonement*, p. 232.

(34) マキューアン『贖罪』（下巻）、七二頁。英語原典では "theory" だが、邦訳では「説明」と訳されている。

(35) 註（32）を参照。そこでライト監督はロビーの解釈は採用しないと実質上言っている。

(36) マキューアン『贖罪』（下巻）、二五九頁。

(37) 映画本編、*op. cit.*, 1:22:54–23:30. 二人のやり取りの日本語訳は筆者による。

(38) *Ibid.*, 1:24:18–26.

(39) *Ibid.*, 1:36:40–53.

(40) *Ibid.*, 1:45:34–40.

(41) "Director Commentary," *op. cit.*, 1:36:43–58.

(42) マキューアン『贖罪』（下巻）、二八七頁。

(43) "Director Commentary," *op. cit.*, 1:48:13–38.

(44) McEwan, *Atonement*, p. 114.

(45) *Ibid.*, p. 370.

(46) 映画本編、*op. cit.*, 01:51:17–50.

(47) *Ibid.*, 01:11:53–12:00.

(48) *Ibid.*, 01:01:26–44.

(49) Ian McEwan, *Enduring Love*, Jonathan Cape, 1997. 邦訳はイアン・マキューアン、小山太一訳『愛の続き』新潮社、二〇〇〇年。愛は持続的に耐えなければならない、かつ、耐えられれば持続するものという意。この作品にも、明示はされていないどころか、読者はまず想定さえしない愛が埋め込まれている。狂信者ジェッド（Jed）が一方的にジョー（Joe）を愛し、ジョーがそれを強硬に撥ねつけるために惨劇が起こるのだが、ジョーのパートナーのクラリッサ

（Clarissa）は、それはジョーの妄執的な思い込みであり、ジョーがジェッドの求愛に応じるような、つまり愛を返すような反応をしたからこそ、ジェッドは執拗に彼につきまとったのだと考える。

〈追記〉　本稿は、「イギリス・ヘリテージ映画とナショナル・アイデンティティーに関する文化史的研究」科研チームの一員として、中央大学人文科学研究所、「英文学と映画」研究会で口頭発表を行った際の原稿に加筆修正を施したものである。（於、法政大学市ヶ谷キャンパス、二〇一三年一二月一五日。）

執筆者紹介（執筆順）

篠《しの》　崎《ざき》　　実《みのる》　客員研究員　千葉大学大学院人文科学研究院教授
新《あら》　井《い》　潤《めぐ》　美《み》　客員研究員　上智大学文学部教授
宮《みや》　丸《まる》　裕《ゆう》　二《じ》　研究員　中央大学法学部教授
松《まつ》　本《もと》　　朗《ほがら》　客員研究員　上智大学文学部教授
福《ふく》　西《にし》　由《ゆ》実《み》子《こ》　研究員　中央大学商学部准教授
秋《あき》　山《やま》　　嘉《よしみ》　研究員　中央大学法学部教授
丹《たん》　治《じ》　　愛《あい》　客員研究員　法政大学文学部教授・東京大学名誉教授
安《あん》　藤《どう》　和《かず》　弘《ひろ》　客員研究員　中央大学文学部兼任講師

英文学と映画

中央大学人文科学研究所研究叢書　69

2019 年 3 月 15 日　初版第 1 刷発行

編　者　中央大学人文科学研究所
発行者　中央大学出版部
代表者　間　島　進　吾

〒 192-0393　東京都八王子市東中野 742-1
発行所　中央大学出版部
電話 042(674)2351　FAX042(674)2354
http://www2.chuo-u.ac.jp/up/

ISBN978-4-8057-5353-8　㈱千秋社

中央大学人文科学研究所研究叢書

1 五・四運動史像の再検討

A5判 五六四頁
（品切）

2 希望と幻滅の軌跡 反ファシズム文化運動

様々な軌跡を描き、歴史の壁に刻み込まれた抵抗運動の中から新たな抵抗と創造の可能性を探る。

A5判 四三四頁
三五〇〇円

3 英国十八世紀の詩人と文化

A5判 三六八頁
（品切）

4 イギリス・ルネサンスの諸相 演劇・文化・思想の展開

A5判 五一四頁
（品切）

5 民衆文化の構成と展開 遠野物語から民衆的イベントへ

全国にわたって民衆社会のイベントを分析し、その源流を辿って遠野に至る。巻末に子息が語る柳田國男像を紹介。

A5判 四三四頁
三五〇〇円

6 二〇世紀後半のヨーロッパ文学

第二次大戦直後から八〇年代に至る現代ヨーロッパ文学の個別作家と作品を論考しつつ、その全体像を探り今後の動向をも展望する。

A5判 四七八頁
三八〇〇円

中央大学人文科学研究所研究叢書

7

近代日本文学論　大正から昭和へ

時代の潮流の中でわが国の文学はいかに変容したか、詩歌論・作品論・作家論の視点から近代文学の実相に迫る。

A5判　三六〇頁
二八〇〇円

8

ケルト　伝統と民俗の想像力

古代のドイツから現代のシングにいたるまで、ケルト文化とその稟質を、文学・宗教・芸術などのさまざまな視野から説き語る。

A5判　四九六頁
四〇〇〇円

9

近代日本の形成と宗教問題〔改訂版〕

外圧の中で、国家の統一と独立を目指して西欧化をはかる近代日本と、宗教とのかかわりを、多方面から模索し、問題を提示する。

A5判　三三〇頁
三〇〇〇円

10

日中戦争　日本・中国・アメリカ

日中戦争の真実を上海事変・三光作戦・毒ガス・七三一細菌部隊・占領地経済・国民党訓政・パナイ号撃沈事件などについて検討する。

A5判　四八八頁
四二〇〇円

11

陽気な黙示録　オーストリア文化研究

世紀転換期の華麗なるウィーン文化を中心に二〇世紀末までのオーストリア文化の根底に新たな光を照射し、その特質を探る。巻末に詳細な文化史年表を付す。

A5判　五九六頁
五七〇〇円

12

批評理論とアメリカ文学　検証と読解

一九七〇年代以降の批評理論の隆盛を踏まえた方法・問題意識によって、アメリカ文学のテキストと批評理論を多彩に読み解き、かつ犀利に検証する。

A5判　二八八頁
二九〇〇円

中央大学人文科学研究所研究叢書

13

風習喜劇の変容　王政復古期からジェイン・オースティンまで

王政復古期のイギリス風習喜劇の発生から、一八世紀感傷喜劇との相克を経て、ジェイン・オースティンの小説に一つの集約を見る、もう一つのイギリス文学史。

A5判　二六八頁
二七〇〇円

14

演劇の「近代」　近代劇の成立と展開

イプセンから始まる近代劇は世界各国でどのように受容展開されていったか、イプセン、チェーホフの近代性を論じ、仏、独、英米、中国、日本の近代劇を検討する。

A5判　五三六頁
五四〇〇円

15

現代ヨーロッパ文学の動向　中心と周縁

際だって変貌しようとする二〇世紀末ヨーロッパ文学は、中心と周縁という視座を据えることで、特色が鮮明に浮かび上がってくる。

A5判　三九六頁
四〇〇〇円

16

ケルト　生と死の変容

ケルトの死生観を、アイルランド古代／中世の航海・冒険譚や修道院文化、またウェールズの『マビノーギ』などから浮かび上がらせる。

A5判　三六八頁
三七〇〇円

17

ヴィジョンと現実　十九世紀英国の詩と批評

ロマン派詩人たちによって創出された生のヴィジョンはヴィクトリア時代の文化の中で多様な変貌を遂げる、英国十九世紀文学精神の全体像に迫る試み。

A5判　六八八頁
六八〇〇円

18

英国ルネサンスの演劇と文化

演劇を中心とする英国ルネサンスの豊饒な文化を、当時の思想・宗教・政治・市民生活その他の諸相において多角的に捉えた論文集。

A5判　四六六頁
五〇〇〇円

中央大学人文科学研究所研究叢書

19 ツェラーン研究の現在　詩集『息の転回』第一部注釈

二〇世紀ヨーロッパを代表する詩人の一人パウル・ツェラーンの詩の、最新の研究成果に基づいた注釈の試み、研究史、研究・書簡紹介、年譜を含む。

Ａ５判　四四八頁　四七〇〇円

20 近代ヨーロッパ芸術思潮

価値転換の荒波にさらされた近代ヨーロッパの社会現象を文化・芸術面から読み解き、その内的構造を様々なカテゴリーへのアプローチを通して、解明する。

Ａ５判　三四四頁　三八〇〇円

21 民国前期中国と東アジアの変動

近代国家形成への様々な模索が展開された中華民国前期（一九一二～二八）を、日・中・台・韓の専門家が、未発掘の資料を駆使し検討した国際共同研究の成果。

Ａ５判　五九二頁　六六〇〇円

22 ウィーン　その知られざる諸相

もうひとつのオーストリア

二〇世紀全般に亙るウィーン文化に、文学、哲学、民俗音楽、映画、歴史など多彩な面から新たな光を照射し、世紀末ウィーンと全く異質の文化世界を開示する。

Ａ５判　四二四頁　四八〇〇円

23 アジア史における法と国家

中国・朝鮮・チベット・インド・イスラム等における古代から近代に至る政治・法律・軍事などの諸制度を多角的に分析し、「国家」システムを検証解明する。

Ａ５判　四四四頁　五一〇〇円

24 イデオロギーとアメリカン・テクスト

アメリカン・イデオロギーないしその方法を剔抉、検証、批判することによって、多様なアメリカン・テクストに新しい読みを与える試み。

Ａ５判　三二〇頁　三七〇〇円

25 ケルト復興

一九世紀後半から二〇世紀前半にかけての「ケルト復興」に社会史的観点と文学史的観点の双方からメスを入れ、複雑多様な実相と歴史的な意味を考察する。

A5判 五七六頁
六六〇〇円

26 近代劇の変貌 「モダン」から「ポストモダン」へ

ポストモダンの演劇とは？ その関心と表現法は？ 英米、ドイツ、ロシア、中国の近代劇の成立を論じた論者たちが、再度、近代劇以降の演劇状況を鋭く論じる。

A5判 四二四頁
四七〇〇円

27 喪失と覚醒 19世紀後半から20世紀への英文学

伝統的価値の喪失を真摯に受けとめ、新たな価値の創造に目覚めた、文学活動の軌跡を探る。

A5判 四八〇頁
五三〇〇円

28 民族問題とアイデンティティ

冷戦の終結、ソ連社会主義体制の解体後に、再び歴史の表舞台に登場した民族の問題を、歴史・理論・現象等さまざまな側面から考察する。

A5判 三四八頁
四二〇〇円

29 ツァロートの道 ユダヤ歴史・文化研究

一八世紀ユダヤ解放令以降、ユダヤ人社会は西欧への同化と伝統の保持の間で動揺する。その葛藤の諸相を思想や歴史、文学や芸術の中に追求する。

A5判 四九六頁
五七〇〇円

30 埋もれた風景たちの発見 ヴィクトリア朝の文芸と文化

ヴィクトリア朝の時代に大きな役割と影響力をもちながら、その後顧みられることの少なくなった文学作品と芸術思潮を掘り起こし、新たな照明を当てる。

A5判 六五六頁
七三〇〇円

31
近代作家論
鴎外・茂吉・『荒地』等、近代日本文学を代表する作家や詩人、文学集団といった多彩な対象を懇到に検証、その実相に迫る。
A5判　四三二頁
四七〇〇円

32
ハプスブルク帝国のビーダーマイヤー
ハプスブルク神話の核であるビーダーマイヤー文化を多方面からあぶり出し、そこに生きたウィーン市民の日常生活を通して、彼らのしたたかな生き様に迫る。
A5判　四四八頁
五〇〇〇円

33
芸術のイノヴェーション　モード、アイロニー、パロディ
技術革新が芸術におよぼす影響を、産業革命時代から現代まで、文学、絵画、音楽など、さまざまな角度から研究・追求している。
A5判　五二八頁
五八〇〇円

34
剣と愛と　中世ロマニアの文学
一二世紀、南仏に叙情詩、十字軍から叙事詩、ケルトの森からロマンスが誕生。ヨーロッパ文学の揺籃期をロマニアという視点から再構築する。
A5判　二八八頁
三一〇〇円

35
民国後期中国国民党政権の研究
中華民国後期（一九二八～四九）に中国を統治した国民党政権の支配構造、統治理念、国民統合、地域社会の対応、対外関係・辺疆問題を実証的に解明する。
A5判　六四〇頁
七〇〇〇円

36
現代中国文化の軌跡
文学や語学といった単一の領域にとどまらず、時間的にも領域的にも相互に隣接する複数の視点から、変貌著しい現代中国文化の混沌とした諸相を捉える。
A5判　三四四頁
三八〇〇円

37 アジア史における社会と国家

国家とは何か？　社会とは何か？　人間の活動を「国家」と「社会」という形で表現させてゆく史的システムの構造を、アジアを対象に分析する。

A5判　三五二頁　三八〇〇円

38 ケルト　口承文化の水脈

アイルランド、ウェールズ、ブルターニュの中世に源流を持つケルト口承文化——その持続的にして豊穣な水脈を追う共同研究の成果。

A5判　五二八頁　五八〇〇円

39 ツェラーンを読むということ

詩集『誰でもない者の薔薇』研究と注釈

現代ヨーロッパの代表的詩人の代表的詩集全篇に注釈を施し、詩集全体を論じた日本で最初の試み。

A5判　五六八頁　六〇〇〇円

40 続　剣と愛と　中世ロマニアの文学

聖杯、アーサー王、武勲詩、中世ヨーロッパ文学を、ロマニアという共通の文学空間に解放する。

A5判　四八八頁　五三〇〇円

41 モダニズム時代再考

ジョイス、ウルフなどにより、一九二〇年代に頂点に達した英国モダニズムとその周辺を再検討する。

A5判　二八〇頁　三〇〇〇円

42 アルス・イノヴァティーヴァ

レッシングからミュージック・ヴィデオまで

科学技術や社会体制の変化がどのようなイノヴェーションを芸術に発生させてきたのかを近代以降の芸術の歴史において検証、近現代の芸術状況を再考する試み。

A5判　二五六頁　二八〇〇円

中央大学人文科学研究所研究叢書

43
メルヴィル後期を読む
複雑・難解であることが知られる後期メルヴィルに新旧二世代の論者六人が取り組んだもので、得がたいユニークな論集となっている。
A5判　二四八頁
二七〇〇円

44
カトリックと文化　出会い・受容・変容
インカルチュレーションの諸相を、多様なジャンル、文化圏から通時的に剔抉、学際的協力により可能となった変奏曲（カトリシズム（普遍性））の総合的研究。
A5判　五二〇頁
五七〇〇円

45
「語り」の諸相　演劇・小説・文化とナラティヴ
「語り」「ナラティヴ」をキイワードに演劇、小説、祭儀、教育の専門家が取り組んだ先駆的な研究成果を集大成した力作。
A5判　二五六頁
二八〇〇円

46
档案の世界
近年新出の貴重史料を綿密に読み解き、埋もれた歴史を掘り起こし、新たな地平の可能性を予示する最新の成果を収載した論集。
A5判　二七二頁
二九〇〇円

47
伝統と変革　一七世紀英国の詩泉をさぐる
一七世紀英国詩人の注目すべき作品を詳細に分析し、詩人がいかに伝統を継承しつつ独自の世界観を提示しているかを解明する。
A5判　六八〇頁
七五〇〇円

48
中華民国の模索と苦境　1928~1949
二〇世紀前半の中国において試みられた憲政の確立は、戦争、外交、革命といった困難な内外環境によって挫折を余儀なくされた。
A5判　四二〇頁
四六〇〇円

中央大学人文科学研究所研究叢書

49 現代中国文化の光芒

文字学、文法学、方言学、詩、小説、茶文化、俗信、演劇、音楽、写真などを切り口に現代中国の文化状況を分析した論考を多数収録する。

A5判 三八八頁 四三〇〇円

50 アフロ・ユーラシア大陸の都市と宗教

アフロ・ユーラシア大陸の都市と宗教の歴史が明らかにする、地域の固有性と世界の普遍性。都市と宗教の時代の新しい歴史学の試み。

A5判 二九八頁 三三〇〇円

51 映像表現の地平

無声映画から最新の公開作まで様々な作品を分析しながら、未知の快楽に溢れる映像表現の果てしない地平へ人々を誘う気鋭の映像論集。

A5判 三三六頁 三六〇〇円

52 情報の歴史学

「個人情報」「情報漏洩」等々、情報に関わる用語がマスメディアをにぎわす今、情報のもつ意義を前近代の歴史から学ぶ。

A5判 三四八頁 三八〇〇円

53 フランス十七世紀の劇作家たち

フランス十七世紀の三大作家コルネイユ、モリエール、ラシーヌの陰に隠れて忘れられた劇作家たちの生涯と作品について論じる。

A5判 四七二頁 五二〇〇円

54 文法記述の諸相

中央大学人文科学研究所「文法記述の諸相」研究チーム十一名による、日本語・中国語・英語を対象に考察した言語研究論集。

A5判 三六八頁 四〇〇〇円

中央大学人文科学研究所研究叢書

55 英雄詩とは何か

古来、いかなる文明であれ、例外なくその揺籃期に、英雄詩という文学形式を擁す。『ギルガメシュ叙事詩』から『ベーオウルフ』まで。

A5判　二六四頁
二九〇〇円

56 第二次世界大戦後のイギリス小説
ベケットからウインターソンまで

一二人の傑出した小説家たちを俎上に載せ、第二次世界大戦後のイギリスの小説の豊穣な多様性を解き明かす論文集。

A5判　三八〇頁
四二〇〇円

57 愛の技法　クィア・リーディングとは何か

批評とは、生き延びるために切実に必要な「技法」であったのだ。時代と社会が強制する性愛の規範を切り崩す、知的刺激に満ちた論集。

A5判　二三六頁
二六〇〇円

58 アップデートされる芸術　映画・オペラ・文学

映画やオペラ、「百科事典」やギター音楽、さまざまな形態の芸術作品を「いま」の批評的視点からアップデートする論考集。

A5判　二五二頁
二八〇〇円

59 アフロ・ユーラシア大陸の都市と国家

アフロ・ユーラシア大陸の歴史を、都市と国家の関連を軸に解明する最新の成果。各地域の多様な歴史が世界史の構造をつくりだす。

A5判　五八八頁
六五〇〇円

60 混沌と秩序　フランス十七世紀演劇の諸相

フランス十七世紀演劇は「古典主義演劇」と呼ばれることが多いが、こうした範疇では捉えきれない演劇史上の諸問題を採り上げている。

A5判　四三八頁
四九〇〇円

中央大学人文科学研究所研究叢書

61

島と港の歴史学

「島国日本」における島と港のもつ多様な歴史的意義、とくに物流の拠点、情報の発信・受信の場に注目し、共同研究を進めた成果。

A5判　二四四頁
二七〇〇円

62

アーサー王物語研究

中世ウェールズの『マビノギオン』からトールキンの未完物語『アーサーの顚落』まで、「アーサー王物語」の誕生と展開に迫った論文集。

A5判　四二四頁
四六〇〇円

63

文法記述の諸相Ⅱ

中央大学人文科学研究所「文法記述の諸相」研究チーム十名による、九本を収めた言語研究論集。本叢書54の続編を成す。

A5判　三三二頁
三六〇〇円

64

続 英雄詩とは何か

古代メソポタミアの『ギルガメシュ叙事詩』からホメロス、古英詩『モールドンの戦い』、中世独仏文学まで英雄詩の諸相に迫った論文集。

A5判　二九六頁
三二〇〇円

65

アメリカ文化研究の現代的諸相

転形期にある現在世界において、いまだ圧倒的な存在感を示すアメリカ合衆国。その多面性を文化・言語・文学の視点から解明する。

A5判　三一六頁
三四〇〇円

66

地域史研究の今日的課題

近世～近代の地域社会について、庭場・用水・寺子屋・市場・軍功記録・橋梁・地域意識など、多様な視角に立って研究を進めた成果。

A5判　二〇〇頁
二二〇〇円

中央大学人文科学研究所研究叢書

67

モダニズムを俯瞰する

複数形のモダニズムという視野のもと、いかに芸術は近代という時代に応答したのか、世界各地の取り組みを様々な観点から読み解く。

Ａ５判　三三六頁
三六〇〇円

68

英国ミドルブラウ文化研究の挑戦

正統文化の境界領域にあるミドルブラウ文化。その大衆教養主義から、もう一つの〈イギリス文化〉、もう一つの〈教養〉が見えてくる。

Ａ５判　四六四頁
五一〇〇円

定価は本体価格です。別途消費税がかかります。